名家选评

中国文学经典

元曲举要

赵其钧 著

中国古典文学研究名家
精选精注精评 精心结撰
带您走进中国古典文学的艺术殿堂
感悟经典文学作品的隽永意味和永恒魅力

安徽师范大学出版社

策　　划：侯宏堂
责任编辑：潘　安　汪天颖
责任印制：郭行洲
装帧设计：杨　群　欧阳显根

图书在版编目(CIP)数据

元曲举要/赵其钧著.—芜湖:安徽师范大学出版社，2014.12（2020.6重印）
（名家选评中国文学经典丛书）
ISBN 978-7-5676-1734-6

Ⅰ.①元… Ⅱ.①赵… Ⅲ.①元曲–注释 Ⅳ.①I222.9

中国版本图书馆 CIP 数据核字(2014)第 293586 号

YUANQU JUYAO
元曲举要
赵其钧　著

出版发行：安徽师范大学出版社
　　　　　芜湖市九华南路 189 号安徽师范大学花津校区　　　邮政编码：241002
网　　址：http://www.ahnupress.com/
发 行 部：0553-3883578 5910327 5910310（传真）　　E-mail：asdcbsfxb@126.com
印　　刷：山东润声印务有限公司
版　　次：2014 年 12 月第 1 版
印　　次：2020 年 6 月第 3 次印刷
规　　格：700 mm×1000 mm　1/16
印　　张：19.25
字　　数：274 千
书　　号：ISBN 978-7-5676-1734-6
定　　价：39.80 元

目　　录

前　言

　　元曲作为元代文学的代表，包括杂剧和散曲两大类。杂剧是合动作、语言、演唱为一体的戏剧艺术；散曲只是清唱，所以又叫"清曲"，是产生于宋、金而兴盛于元代的一种合乐歌唱的新体诗。此书入选的作品即属于后者——元代散曲。

　　宋代末年，文人词作渐渐疏远音乐之时，也正是少数民族音乐大量涌入中原之日；同时，村坊小曲，市井俚歌，也时有新曲活跃在南北各地。新的曲调，势必要有相应的曲辞与之相合。散曲文学，便在传统的诗词基础上，融民间俗谣俚曲，与各族音乐艺术，文化传统，在宋、金这个特定的时代诞生了。这就如王世贞所说的："自金、元入主中国，所用胡乐，嘈杂凄紧，缓急之间，词不能按，乃更为新声以媚之。"（《艺苑卮言》）亦如鲁迅先生所言："歌、诗、词、曲，我以为原是民间物。"（《致姚克》）当然，由"民间物"而成为一代"最佳文学"，其中自然凝聚了许许多多创作者，尤其是元代曲家的辛勤劳动和艺术才华。

　　元代是一个以蒙古贵族为主导，联合其他各族上层分子，对各族劳动人民进行奴役、剥削的专制社会。民族歧视，阶级压迫，不仅使寻常百姓陷入苦难的深渊，也使大批汉族文人失去了传统的地位，仕进无途，报效无门，就"九儒十丐"之说，也大致可以想见其失落的压抑与悲哀，即或有少数人谋得一官半职，也得小心伺候，免遭不测。"不平则鸣"，元曲，便成为他们"鸣"的一种方式，一种可以用的"工具"和

"武器"。这就是李开先所说的："夫以是人而居卑秩，宜其歌曲多不平之鸣。……中州人每每沉抑下僚，志不获展。……元词（指曲）所由盛，元治所由衰也。"（《张小山小令序》）王国维也曾指出："余则谓元初之废科目，却为杂剧发达之因。盖自唐宋以来，士之竞于科目者，已非一朝一夕之事，一旦废之，彼其才力无所用，而一于词曲发之……"（《宋元戏曲考·元剧之时地》）这里说的虽是杂剧，又何尝不能用之于散曲呢！"君子之学，或施之事业，或见于文章。"（欧阳修《薛简肃公文集序》）"事业"无门，只得"见于文章"，这种人生的取向，欧阳修似乎早已窥见到了。不过应该指出的是，这显然不是封建社会读书人理想的取向。元代都市的畸形的繁华，市民阶层的人数剧增，自然也带来了更多的文化娱乐的需求，而文人仕途黯淡，地位沦落，从另一方面来看，恰恰有助于创作出反映底层生活、百姓命运，适合他们审美情趣的杂剧和散曲。以上所述，便是散曲在元代兴盛、繁荣的主要社会原因。

元代是散曲的黄金时代，作家众多，佳作纷呈，风格各异。有姓名可考的散曲作者就有 200 多人，作品中小令有3 800多首，套数 450 多篇，而实际数字当远不止于此。这是因为在正统文学观念的影响下，当时人们并不重视它，不仅民间曲作不注意收集、整理，就是曲家自己随作随弃也是常事，散佚之多，可想而知，这已成为历史的遗憾！仅以今之所见，说古论今、抨击黑暗、忧国伤民、世道人情、人生体悟、社会习俗、悲欢离合、恋情闺怨、四季风光、山川景物等等题材，元代散曲无不涉及。至于避世乐隐，当然也是散曲中常唱的一个基调，其中虽有虚无、玩世、散诞的一面，然而透过它对现实的嘲弄、讽刺和否定，亦不难看出其苦闷与愤激的底蕴。这种思想与创作，只能放到那个具体的历史范畴中去考察，去分析。正如鲁迅先生所说的："风气和环境，加上作者的出身和生活，也只能有这样的意思，写这样的文章。"（《杂谈小品文》）但就元曲堪与唐诗、宋词鼎立并称而言，应该说更多的因素，恐怕还在于它独特而新颖的艺术风貌和审美追求。"若无新变，不能代雄"（萧子显《南齐书·文学传论》）。诗词善用比兴，言辞古雅，而散曲多用"赋"体，语言俚俗，所谓"方言常语，沓而成章"（凌濛初《谭曲杂札》）。律诗，字句皆有定数；词中的长短句，曲词牌规范定型，不可随意变易。曲中的句式虽然也有定格，却可另增衬字，且又不避重字，重韵，平仄通押，对仗的样式也多于诗词。这就是清代黄周星所指出的："愚谓曲有三难，亦有三易。三易者：可用衬字衬语，一也；一折之中，韵可重押，二也；方言、俚语，皆可驱使，三也。是三者，皆诗文所无，而曲所有也。"（《制曲枝语》）由于这些原因，诗词的总体特征是典雅蕴藉、缠绵婉转，其艺术追求大抵趋于怨而不怒，含而不露。曲则以俗为美，真率质朴，尖新刻露，豪辣诙谐，不拘礼法，方能显其本色。在这种"新变"中，明显地表现出一种"任性"的作风和"背逆"的意识。其艺术效果则是："意之欲至，口之欲宣，纵横出入，无之无不可也。"（王骥德《曲律·杂论》）从而使情与文的融洽达到一个更新、更活泼、更自然的境界，所以说"曲之体无他，不过八字尽之，曰'少引圣籍，多发自然'而已"（黄周星《制曲枝语》）。王国维则说得更为明确："元曲之佳处何在？一言以蔽之，曰：自然而已矣。"（《宋元戏曲考·元剧之文章》）而"自然"也正是中国文学艺术最早的、最基本的，也是最高的艺术追求和审美理想。那

3

么，这个"中国最自然之文学"——元曲，与唐诗、宋词并驾，辉煌于中国诗歌史上，就绝不是偶然的了。当然，历史是不会割断的，散曲的形成与发展也不是孤立的。仅就诗词而言，其长期积累的诸如形象、意境、章法、笔法等等方面的艺术经验，以至于诗词中丰富的言辞语句，曲家也都会自觉不自觉地有所借鉴和引入，这对于散曲艺术的发展与成熟，当然有着不可低估的影响。不过，任何事物都难免有其两面，元后期散曲诗化、词化的倾向，与"借鉴和引入"又不无关系。

　　散曲的体制分小令和套数。小令，又叫"叶儿"，通常只用一支曲子，一韵到底，体制短小，相当于诗的一首，词的一阕。所用的曲子都有牌名，曲牌分属不同的宫调。据《九宫大成南北词宫谱》所收，北曲十二宫调，五百八十一个曲牌；南曲九宫十三调，一千五百一十三个曲牌；不过常用的只是其中的一小部分。每一曲牌有正格的字数、句数和平仄音韵等，有的曲调例用双叠（幺篇），作曲时即按此填写。小令还有其他几种形式，如"重头"，即用同一个曲牌重复填写，数目不限，各首的标题、用韵都可以不同，每一首也可以各自独立。"带过曲"，小令中的又一体式，是以两支，最多三支，宫调相同，音律衔接的曲子组成一曲。"带过"二字，也可以用一个"带"字，或"过"字，或"兼"字，也可以不用这些字，只将几个曲牌连写，如［骂玉郎感皇恩采茶歌］。套数，又叫散套、套曲。它是将同一宫调中的不同的曲子联缀而成，有头有尾，衔接有序，一韵到底，尾声又称煞、尾、煞尾、结音、余音等，若与其他曲调混合，如［煞尾］和［离亭宴］混合在一起，即称［离亭宴煞］。关于曲调、音律等方面，读者如有兴趣，可以参阅有关著作，如《中原音韵》（周德清著），

《太和正音谱》（朱权编），《南九宫十三调曲谱》（沈璟编），《北词广正谱》（李玉编），《九宫大成南北词宫谱》（周祥钰等编），《南北词简谱》（吴梅编），《元人小令格律》（唐圭璋著），等等。这里就恕不赘言了。

元代散曲的创作大致可以元仁宗延祐年间为界，分为前后两期。前期作家活动的中心在大都（今北京），后期作家活动的中心南移到杭州。本书依《全元散曲》为底本，共选录了50多位作家的212首作品，既突出了前后期的代表作家，也适当地考虑到那些现存作品不多却有一定特色的作家，此外，还入选了无名氏小令10首，总计222首。其中以小令为主，这是考虑到"小令为曲体之本"（唐圭璋《元人小令格律》）。"曲家高手，往往尤重小令。盖小令一阕中，要具事之首尾，又要言外有余味，所以为难。"（刘熙载《艺概·词曲概》）见"难"而上，恰是一切真正的作家、艺术家可贵的品格，元代优秀的曲家亦复如此。事实可以作证，在元散曲中小令无论是数量，还是质量，都应该说是居于首位的。当然，套数也确有不少精彩的篇章，我们也选了几套，略备一格，以飨读者。书中对每位入选的作家有一个简介，每篇作品之后有"注释"与"品评"，前者重在词语的简释，因此少数词语浅明的作品即略去；后者意在篇章内容的理解、分析与鉴赏。"诗无达诂"，何况一孔之见，难言的当。倘"有几句话搔着了痒处"，有助于活跃读者的艺术思维，引发读曲的兴趣，从而进一步去发掘其美之所在，则笔者幸甚！限于水平和时间，不当之处，诚望读者、方家不吝指正。

赵其钧

2014 年 6 月 6 日

元好问 （1190—1257）

字裕之，号遗山，太原秀容（今山西忻县）人，祖系北魏拓跋氏。元好问曾任金代国史院编修、尚书省左司员外郎等职。金亡不仕，以著作自任，著有《遗山集》，并编有《中州集》《壬辰杂编》，在诗、词、文、史方面都有很高的成就，堪称金末元初文坛之冠。《全元散曲》辑其小令九首。

中吕·喜春来①
春　宴

梅残玉靥香犹在②，柳破金梢眼未开③。东风和气满楼台。桃杏折④，宜唱喜春来。

【注释】

①中吕：宫调名。喜春来，又名阳春曲，曲调名称。句式为七七、七、三五，五句五韵。

②句意是：春至梅残，然而那洁白的，犹如美人脸上酒窝一样的花瓣，依然散发出阵阵幽香。

③这句意思是：嫩黄的柳条上已经长出一个个叶芽，不过那小小的芽儿，还似没有睁开的睡眼。结合作者另一首 [喜春来] 中的"柳倚东风望眼开"，更能看出其笔墨的生动、细腻。

④折：似"坼"字之误。坼，坼裂，裂开。白居易《履道春居》："低风洗池面，斜日坼花心。"这里是形容桃、杏的花苞坼裂欲放。

【品评】

《春宴》共四首，这是第二首。其内容不在"宴"，而在"春"。春

1

之所以美，就在于"处处春芳动，日日春禽变"（梁·萧绎《春日》）。万物生辉就在这"动"与"变"的韵律中竞相展现。曲中所写也正是透过春日春风中的梅、柳、桃、杏的变化，以一种兴奋与喜悦的心情，唱出了早春的神韵，并预示着一个柳绿花红、春态婀娜的景象就在眼前。

双调·骤雨打新荷①

绿叶阴浓，遍池亭水阁，偏趁凉多。海榴初绽②，朵朵簇红罗。乳燕雏莺弄语，有高柳鸣蝉相和。骤雨过、珍珠乱撒，打遍新荷③。

人生百年有几，念良辰美景，休放虚过。穷通前定，何用苦张罗④。命友邀宾玩赏，对芳尊浅酌低歌⑤，且酩酊，任他两轮日月。

【注释】

①双调：宫调名。曲牌［骤雨打新荷］是［小圣乐］的俗称，由曲中"骤雨过……打遍新荷"而得。

②海榴初绽：石榴花初放。

③"骤雨过"两句写荷上的雨珠，可参读杨万里《昭君怨·咏荷上雨》词："却是池荷跳雨，散了珍珠还聚……"

④张罗：本指搜罗。这里有殚精竭虑、奔波操劳之意。

⑤尊：同"樽"，酒器。芳尊，即美酒。

【品评】

王季烈在《螾庐曲谈》中说，元遗山"所作曲虽不多，而甚超妙"。比如这首小令就曾一时传唱，"诸公甚喜"。

长夏烦暑如何打发呢？"树下地常阴，水边风最凉。蝉移惊鹊近，鹭起得鱼忙。独坐观群动，闲消夏日长。"（葛无怀《夏日》）这首曲的开头三句，也是以欣喜的笔调表现诗人寻得了一个凉爽的所在。而且，他所"观"的"群动"，还更为有声有色，丰富多彩，充满生机。因而曲的前半景语居多，然其意则仍在写"人"。所以后半开头"人生百年有几"，似断不断。但又巧妙地将诗思转向直抒情怀。那一切听命的情绪，那醉心于良辰美酒、浅酌低歌的玩世之态，总给人们感到有一种苦涩的自解自慰隐含其中。它反映了金末元初这一特定时代的文人较为普遍的心态。因此，对于这一类作品既不能就字面作简单的论断，更不能就此推论全人，就如元好问吧，他还写过："白骨纵横似乱麻，几年桑梓变龙沙。"（《癸巳五月三日北渡三首》）国家的兴亡，百姓的灾难，岂可忘怀，只是无可奈何而已！

杨果 （1195—1269）

字正卿，号西庵，祁州蒲阴（今河北安国）人。金哀宗正大元年（1224）举进士，曾任偃师（今属河南）等地县令，以廉干著称。入元后，官至参知政事，为元初曲章制度的制定颇有出力，以老致仕。《元史》本传称其"性聪敏，美风姿，工文章，尤长于乐府"。这里的"乐府"主要指的就是散曲。今存小令十一首，套数五套。著有《西庵集》。

越调·小桃红①

满城烟水月微茫，人倚兰舟唱②。常记相逢若耶上③。隔三湘④。碧云望断空惆怅。美人笑道，莲花相似、情短藕丝长。

【注释】

①小桃红：越调中常用的曲牌，句式为七五七、三七、四四五。

②兰舟：用木兰做的船，一般用以形容装饰精美的小舟。

③若耶：若耶溪，在浙江绍兴，相传为西施浣纱处，故又名浣纱溪。

④三湘：泛指湖南。其缘由说法各异，其一是因其境内有漓湘、潇湘、蒸湘三水，故总名三湘。

【品评】

《全元散曲》收杨果十一支［小桃红］，其中见于《阳春白雪》八首，见于《太平乐府》三首，题曰《采莲女》。这里选的是前八首中的三首。

　　这支曲写一位年轻女子在烟水微茫的月夜，低吟山高水远的相思。她难忘昔日的"相逢"，又为今日"隔三湘"而愁情满怀、"藕丝长"（丝与思谐音），更直率地唱出了她的执着。于是一个多情、悲苦、坚贞的少女形象便跃然纸上。

越调·小桃红

　　采莲人和采莲歌①，柳外兰舟过。不管鸳鸯惊破。夜如何？有人独上江楼卧。伤心莫唱：南朝旧曲②，司马泪痕多③。

【注释】

　　①采莲歌：梁武帝作《江南弄》七曲，其中之一名《采莲曲》。这里泛指南方妇女采莲时所唱的歌曲。

　　②南朝旧曲：南朝陈后主（叔宝）荒淫误国，所作《玉树后庭花》曲，被后世称为亡国之音。

　　③司马泪痕多：白居易《琵琶行》结尾："座中泣下谁最多，江州司马青衫湿。"这里用其悲伤落泪之意。

【品评】

　　这首曲是以南朝之事抒哀金之隐痛，构思巧妙。阵阵歌声飞过水面，欢快的采莲女哪想到这会惊破鸳鸯好梦！天真活泼，无所顾忌。这恰恰使得独卧江楼的人（大概是前朝旧臣吧），当心她们会唱出"南朝旧曲"。"伤心莫唱……"，这悲凉的祈求，委婉地说出了他心灵的隐痛。

越调·小桃红

碧湖湖上柳阴阴，人影澄波浸，常记年时对花饮。到如今，西风吹断回文锦①。羡他一对，鸳鸯飞去。残梦蓼花深②。

【注释】

①回文锦：指回文诗。一种能够回环往复阅读的诗。《晋书·列女传》载："窦滔妻苏氏，名蕙，字若兰，善属文。滔，符坚时为秦州刺史，被徙流沙，苏氏思之，织绵为《回文旋图诗》以赠滔，宛转循环以读之，词甚凄惋。"这句是暗喻夫妻被迫分离。

②蓼（liǎo）：一年生草本植物，花淡绿色或淡红色，多生于水边或浅水中，也叫水蓼。

【品评】

这支曲写夫妻别后的相思。第一句虽然写的是环境、景物和季节，但情随景生，自然地引出了下文。正如秦观写的："西城杨柳弄春柔，动离忧，泪难收。"（《江城子》）第二句亦颇有深意，要知道那清澈的水中"浸"入的该是孤身只影，这就越发勾起甜美的回忆。"不曾远别离，安知慕俦侣。"（张华《情诗五首》）如今尝够了离别之苦，才更羡慕那形影不离的鸳鸯，以至于梦中也在想象它们在蓼花深处相依相偎的情景。这首曲从一个侧面，反映了离乱时代人民对和平安定生活的向往。其借景写情，含蓄、绵密的特色，亦可以使人窥见由词向曲过渡的风貌。

刘秉忠（1216—1274）

　　初名侃，字仲晦，邢州（今河北邢台）人，年轻时不甘小吏生涯，隐居为僧，法号子聪。忽必烈未即帝位时，即注意罗致人材，将其留侍左右。因从征大理，攻南宋，多有献策。忽必烈即位，一时规模制作，多出其手。至元元年（1264）拜光禄大夫，位太保、改名秉忠。自号藏春散人。有《刘秉忠诗文集》《藏春散人集》。《全元散曲》录其小令十二首。

南吕·干荷叶①（三首）

　　干荷叶，色苍苍②，老柄风摇荡。减了清香、越添黄。都因昨夜一场霜，寂寞在秋江上。

　　干荷叶，色无多，不耐风霜剉③。贴秋波，倒枝柯。宫娃齐唱采莲歌④，梦里繁华过。

　　干荷叶，水上浮，渐渐浮将去⑤。跟将你去随将去！你问当家有媳妇⑥，问着不言语。

【注释】

　　①南吕：宫调名，多写悲戚之情。曲牌［干荷叶］，又名［翠盘秋］。句式为三三五、三三七五，七句六韵。
　　②苍苍：灰暗色。
　　③剉：摧折。

④宫娃：宫女。

⑤将：语助词。下句两"将"字与此相同。

⑥你问：即"问你"的倒装。

【品评】

前两曲以极少的笔墨暗示"干荷"曾经有过的"煌辉"，而用主要篇幅刻画眼前的"干荷"，荣枯相映，主次分明。两首连读，还可以看到由"色苍苍"而"色无多"，由"老柄风摇"而终于枯倒在寒潭。写得酣畅明快，表现了曲的本色。然其蕴意却在两曲的结尾。刘秉忠青年时代有过怀才不遇、皈依空门的经历，那荣枯不定、盛衰一梦的感叹，显然与"人生孰非梦"的禅理相似。不过，值得注意的是这并没有导致他远离红尘，而对他日后身处高位，却依然能淡泊人生，斋居蔬食，恐怕倒是颇有影响的。

"干荷叶"在金元土语中是隐喻男女失偶。第三支曲所咏正是此意。曲中女主人公表示要像浮叶随波一样，跟所爱的男子同去。但要把这一心愿变为现实，不能不问一问他有没有操持家务的妻子？那回答大概是：有了。于是大失所望的心情，不知所措的神态，尽在难堪的沉默中。

如果说这首曲的内容是真正的"辞咏本题"，带有浓厚的俚歌色彩，那么，前两首都与男女"失偶"之情事无关，只不过"依调填词"，借"荷"作喻，以抒写对人生、世事的观照，充分地表现了文人诗歌的特色。从"辞咏本题"到"依调填词"，也正是元初散曲发展由民歌向文人创作演化的轨迹。

杜仁杰 （1205？—1285？）

字仲梁，号止轩；原名之元，字善夫，济南长清人。金哀宗正大年间，同麻革、张澄隐居河南内乡山中。入元后、累征不仕，惟云游山水，交契文友。其诗素负盛名，颇受元好问等人的赏识，王恽《挽杜止轩》诗称："一代文人杜止轩，海翻鲸掣见诗仙。细吟风雅三千首，独擅才名四十年。"为人性善谑，才宏学博，著有《善夫先生集》。《全元散曲》录小令一首，套数三套。

般涉调·耍孩儿①
庄家不识构阑②

[耍孩子] 风调雨顺民安乐，都不似俺庄家快活。桑蚕五谷十分收，官司无甚差科③。当时许下还心愿，来到城中买些纸火④。正打街头过，见吊过花碌碌纸榜⑤，不似那答儿闹穰穰人多⑥。

[六煞]⑦ 见一个人手撑着椽做的门⑧，高声的叫："请请"，道："迟来的满了无处停坐"。说道："前截儿院本《调风月》⑨，背后么来敷演《刘耍和》⑩。"高声叫："赶散易得，难得的妆哈⑪"。

[五煞] 要了二百钱放过咱，入得门上个木坡⑫，见层层叠叠团圞坐⑬。抬头觑是个钟楼模样⑭，往下觑却是人旋窝⑮。见几个妇女向台儿上坐⑯，又不是迎神赛社，不住的擂鼓筛锣。

[四煞] 一个女孩儿转了几遭，不多时引出一伙。中间里一个央人货⑰，裹着枚皂头巾⑱，顶门上插一管笔⑲，满脸石

9

灰，更着些黑道儿抹。知他待是如何过？浑身上下，则穿领花布直裰[20]。

[三煞] 念了会诗共词，说了会赋与歌，无差错。唇天口地无高下[21]，巧语花言记许多。临绝末[22]，道了低头撮脚[23]，攧罢将么拨[24]。

[二煞] 一个装做张太公，他改做小二哥，行行行说向城中过[25]。见过年少的妇女向帘儿下立，那老子用意铺谋待取做老婆[26]。教小二哥相说合，但要的豆谷米麦，问甚布绢纱罗[27]。

[一煞] 教太公往前那[28]，不敢往后那，抬左脚不敢抬右脚，翻来复去由他一个。太公心下实焦燥，把一个皮棒槌则一下打做两半个[29]。我则道脑袋天灵破[30]，则道兴词告状，划地大笑呵呵[31]。

[尾] 则被一胞尿爆的我没奈何[32]。刚挨刚忍更待看些儿个，枉被这驴颓笑杀我[33]。

【注释】

①般涉调：宫调名。耍孩儿：曲牌名，又名魔合罗。句式为七七、七六、七七、三四四，九句六韵，其中三、五、八句可不用韵，但亦有变化。把首曲曲牌标于宫调之后是套曲的惯例。

②构阑：宋元时戏剧和各种技艺演出的场所，因以栅栏围圈而得名。亦称构肆。题意是庄家汉不认识城里的剧场。

③官司：官府。句意是：官府没有向百姓摊派什么赋税和差役。

④纸火：拜神用的纸钱、香烛。

⑤纸榜：犹今之剧院门口招揽观众的海报。

⑥那答儿：那里。闹穰穰：闹哄哄。

⑦煞（shā）："煞尾"的简称。[耍孩子] 做套曲中首曲时，后面一般不用其他曲牌，但为了充分展开所写的内容，可以连用几支 [煞]

曲，加［尾］声作结。［煞］曲次序可以顺数，亦可逆数如本曲。

⑧椽（chuán）：屋椽，这里指木条做的栅栏门。

⑨前截儿：前一半。院本：指金、元时行院（伶人）演出的脚本。《调风月》：即院本名称，其故事梗概就是下文［煞二］、［煞一］所言。

⑩背后：后一半戏。么（yāo）末：元代杂剧的另一种称呼。敷演：表演。《刘耍和》：杂剧名。高文秀有《黑旋风敷演刘耍和》剧，今已不传。

⑪赶散：指赶场的散乐。妆哈：即装呵，亦作装合，指勾栏里的正规演出。两句的意思是宣扬自己班子不是那些临时赶场的小戏班子可比的。

⑫木坡：木梯。

⑬团圝（luán）：围成圆形。

⑭觑（qù）：看。钟楼模样：指戏台。

⑮人旋窝：形容场内层层围坐的观众。

⑯台儿上：指乐床，前台中间靠台的伴奏席。

⑰央人货：即殃人货，意犹"害人精"，指剧中的滑稽丑脚。

⑱皂头巾：黑头巾。

⑲插一管笔：指翎毛一类的饰物。

⑳直裰（duō）：长袍。

㉑这句意思是：天上地下胡扯了一通。

㉒临绝末：临到结束。

㉓撒：收。意思是说唱完了，演员低头收脚向台下致意。

㉔爨（cuàn）：宋金杂剧院本中开头的一段演出，也叫艳段。艳段之后，才上演正杂剧。这句意思是：一段小戏（即四煞、三煞所写）演完了，接着就要上演正戏了。

㉕行行行：边走边说。

㉖老子：指张太公。铺谋：设计。

㉗以上两句是张太公对小二哥交待，不管她要什么彩礼、豆谷、纱罗均可以。这里《调风月》中三个人物全都出场了，剧情也随之展开。

㉘那：同"挪"，挪动，这以下四句，写台上小二哥捉弄张太公的表演。

㉙皮棒槌：也叫榼瓜，杂剧中常用的一种道具，用软皮包裹棉絮做的。

㉚天灵：天灵盖，即头顶骨。

㉛划（chǎn）地：反而。以上几句意思是：我以为这样狠打小二哥，他一定要去告状，可他反而哈哈大笑。

㉜爆：胀。

㉝驴颓：驴的雄性生殖器，骂人的话。以上两句意思是：本想勉强忍着看下去，但这个无赖（指张太公）实在叫人笑得受不住。

【品评】

这是元曲中的名篇。全篇洋溢着杜仁杰"善谑"的才气。作品写一位庄家汉进城买香火，却无意中被他从未见过的戏院吸引了，他花钱入场，于是剧场、戏台、乐队、角色、化妆、道具、表演，乃至众多的观众等等，无不作为新奇的事物摄入他的眼中，再以其自身的经验、知识，很快地加以感受、体认，并用那极具特色的语言加以表述。结果一切都"变"得似是而非，似解非解，妙趣横生，既不妨碍人们对原有事物的认识（所以人们把它视作研究元代戏剧艺术的重要资料），又获得了出乎意料的幽默诙谐的美感。同时，庄家汉的心理、神情也活现在读者的眼前。这个形象的可爱来自于他的憨直、本色和对新鲜事物所持的天真、活跃的心态。他的可笑，其表层的原因在他的"不识而误"，其深层的根源则在社会。封建社会后期农村凋敝，城市畸形发展，农民对城市生活、文化的陌生乃是必然的，更何况这种由生活实践的隔膜所造成的"不识"，在现实生活中庄家汉又何止一个呢！因此，这种"不识而识"虽然会闹出许多笑话，却又无损于这个形象的可爱，倒可以引发人们深切的同情与思索。

曲以常言俗语写情状物，穷形极态，充分地体现了散曲的特色。其笔调之幽默亦可谓开元曲滑稽、嘲谑一格之风。其个性化的代言叙述手法，对后来的《代马诉冤》（刘时中）、《高祖还乡》（睢景臣）等作品亦颇有影响。

王和卿

大名（今河北省境内）人，正史无传，字号、生卒年皆不详。与关汉卿交往甚密，"王常以讥谑加之，关虽极意还答，终不能胜"（陶宗仪《辍耕录》），可知其为人之滑稽善谑。《全元散曲》辑其小令二十一首，套曲一篇。

仙吕·醉中天①

咏大蝴蝶

弹破庄周梦②，两翅架东风。三百名园一采一个空。难道风流种③，谑杀寻芳的蜜蜂④。轻轻的飞动，把卖花人搧过桥东⑤。

【注释】

①仙吕：宫调名。醉中天：曲牌名，句式为五五、七五、六四六，七句七韵，一、二句一般要对。此曲一些句中用了衬字。

②庄周：战国时道家思想代表人物。《庄子·齐物论》中曾说他自己在梦中变成一只蝴蝶，很是得意。这里用"弹破庄周梦"来形容蝴蝶之大。

③风流种：指对女性多情的人，亦可指举止潇洒、才华洋溢的人。

④谑（xià）：同"吓"。

⑤这句大意是：大蝴蝶翅膀只轻轻地扇动，就将卖花人吹过了桥。

【品评】

《辍耕录》载："中统（1260—1264）初，燕市（北京）有一蝴蝶，其大异常，王赋［醉中天］云……由是其名益著。"即使此曲的创作有这么一个因由，那"其名益著"的原因，也不在于作者"记实"的本领，而在于奇思妙想的艺术创造。作者只从侧面描述这个"蝴蝶"翅大、力大、嘴大、腹大，整个"蝴蝶"究竟有多大？还有待于读者自己去想象。至于作者的创意是什么，似乎也是个谜。有人说是对那些"花花太岁"、权豪势要任意掠夺民女的讽刺；有人说这是在给放荡、风流文人画相；也有人认为结合元散曲中大量"俳谐"之作来考察，那滑稽嘲戏之中，自有一股牢骚不平、愤世玩世之情。也许正因为其"象"、其"意"，留下了如此广阔的空间，才赢得了更多的读者。元前期杂剧家史樟的《庄周梦》杂剧，第一折中就用了此曲，可见当时流行的情况。

仙吕·一半儿①
题情（二首）

书来和泪怕开缄②。又不归来空再三。这样病儿谁惯耽③？越恁瘦岩岩④，一半儿增添一半儿减⑤。

将来书信手拈着⑥，灯下姿姿观觑了⑦。两三行字真带草⑧，提起来越心焦。一半儿丝挦一半儿烧⑨。

【注释】

①一半儿：曲牌名。句式为七七、七三九，五句五韵，末句要求嵌入两个"一半儿"。

②开缄（jiān）：开封。

③惯耽：长期拖延。

④恁（nèn）：这样。岩岩：形容消瘦的样子。

⑤这句意思是：如此下去将是病情日增，体重日减。

⑥将来：这里是拿来的意思。

15

⑦孜孜：同"孜孜"，认真。

⑧真带草：字迹有端正的有潦草的。

⑨挦（xián）：撕、扯。丝挦，意即撕成碎片。

【品评】

两人分别之后自然要盼信，"谁知别易会应难，目断青鸾信渺漫"（唐彦谦《无题》）。不过，得了信也不一定就愉快，曲中的"和泪怕开缄"不就是一例吗？为什么有这种不寻常的预感和表现呢？原来她的丈夫在以往的信中不止一次地说过归期，结果都是"空"。痛苦的教训已经使她得到信也不敢打开，也不敢有什么希望。希望虽无，思念犹在，这样下去怎能受得了呢！

第二首曲，虽然仍与"书信"有关，然其表现又别具特色。那思妇就着灯光专心读信的神态，显然反映了她心中的渴望和期待。可是"真带草"的几行短信，就已经看出他的草率、敷衍，而且那潦草不清的文字中似乎还说了一些她不想见到的内容，所以她越发心焦。如果说前一首，思妇矛盾痛苦的心情凝聚在"怕"字中，那么，这里的"撕"与"烧"，便强烈地表现了她无可奈何的怨恨、恼怒。其明快、泼辣的风调，展示了散曲的本色。

双调·拨不断①
大　鱼

胜神鳌②，夯风涛③，脊梁上轻负着蓬莱岛④。万里夕阳锦背高，翻身犹恨东洋小⑤，太公怎钓？

【注释】

①拨不断：又名［续断弦］。句式为三三七、七七四，六句六韵，末句一作七字句，三、四、五三句，以对为佳。

②神鳌：神话中的大鳌。《列子·汤问》中："使巨鳌十五……"

③夯：这里是平定、镇平的意思。

④蓬莱岛：传说中的海上仙山。

⑤东洋：即《列子·汤问》所说的"渤海之东，不知几亿万里"的海洋。

【品评】

古话说："观人揖让，不若观人游戏。"是的，"揖让"的场合往往举止拘谨，言辞客套，甚至装模作样，难见真相。"游戏"则不然，恣意无束，尽情尽兴，本色尽露。王和卿的这首曲子看来就是"自娱娱人"的"游戏"之作，其滑稽放荡的情性亦跃然纸上。当然"游戏"是否精彩、可观，还是要具体分析的。这首"游戏"之作之所以能给人审美愉悦，起码还有这么两点值得指出。

第一，它表现了作者的学养与智慧。我们知道《列子·汤问》中有两段话：

> 汤又问：物有巨细乎？……革曰：渤海之东，不知几亿万里……其中有五山焉：一曰岱舆，二曰员峤，三曰方壶，四曰瀛洲，五曰蓬莱。……而五山之根无所连着，常随潮波上下往还，不得暂峙焉……帝恐流于西极，失群圣之居，乃命禺强，使巨鳌（海中大龟）十五，举首而戴之，迭为三番，六万岁一交焉，五山始峙而不动。而龙伯之国有大人……一钓而连六鳌……于是岱舆、员峤两山流于北极，沉于大海。
> ……
> 终北之北有溟海者，天池也。有鱼焉，其广数千里，其长称焉，其名为鲲。

这两段文字并不相属，鳌与鲲也互不关连。不过对王和卿的"游戏"似乎有所启示，或者说有一点相关的"渊源"，就如鲁迅先生说

17

的："神话不特为宗教之萌芽，美术所由起，且为文章之渊源。"（《中国小说史略》）但是，王和卿毕竟有着自己的机巧，他只用了一个"胜"字，便毫不费力地在"两者"的比较中创造了一个新的形象——"大鱼"，它平定"风涛"的威力远非"神鳌"可比。再看那《列子》中的"举首而戴"，也不免有些奋力而为，颇不自在，所以庾信说"鳌戴三山，深知其重。"（《谢赵王赍犀带等启》）又怎比得上"脊背上轻负着"那样的悠然潇洒呢！"力"之大，实为"形"之大作铺垫。夕阳西下，但见纹采斑斓的鱼背辉映在万里霞光之中，头在哪儿？尾在何处？耀眼的"锦背"只不过是"冰山一角"，所以说"东洋"虽大，它"犹恨"其小。如此"大鱼"，"太公怎钓？"这与那"一钓而连六鳌"相去又是何等之远！有力、有形、有神，而"大鱼"究竟有多"大"，又终未言及。善露善藏，方可活跃读者的心智。

第二，"游戏"之精彩，要在有品味，有蕴涵，而不是庸俗的搞笑。"太公"者，乃姜太公吕尚，又叫吕望。他不是神话中的人物，亦无"东洋"垂钓之事，然而谲怪之谈，并非无意，它既有联想的因素，又在不经意地笑谈中引进了史事，于是这"游戏"也就巧妙地潜入了现实的内涵。史载吕尚钓于渭水之边，遇文王得展其志，后又助武王伐纣灭商。后代诗人说："吕望当年展庙谟，直钩钓国更谁知。"（罗隐《题磻溪垂钓图》）郑思肖说："当初若是逃名者，谁要文王上钩来。"（《吕望垂钓》）然而，就是这位可以"钓国"、"钓王"的高手，才备文武的名臣，对于这种"大鱼"也只能徒叹奈何。那么"大鱼"自可无忧无虑逍遥东洋，既不可能被豢养于水族馆中供人赏玩，也不会有下油锅上餐桌供人品尝的灾难，也不会为功名利禄的饵食，落入"霸国不务仁，兵戈恣相酬"（李涉《咏古》）的网罗。重演"狡兔死，走狗烹"的悲剧。这个自舒其逸的"形象"，是不无金元易代，不屑仕进，特立独行的一些儒士的影子，以及他们内心的追求。不同的是它与那些"装呆装落"的表象相反，显得奔放与张扬，而给人以非凡的精神与气度。这倒与明代袁宏道的腔调颇为相似："鹏唯大，故垂天之翼，人不得而笼致之；若可笼，必鹅鸭鸡犬之类矣，与夫负重致远之牛马耳。何也？为人用也。"（《与汤义仍》）上溯魏晋南北朝，直至元明，如此异代同调，只能说明人的主体意识的觉醒毕竟是历史发展的趋势。王和卿的"大鱼"只不过是一个诙谐的"符号"，把人生意义赋予生命本身，才是符号的"密码"，并以此对抗社会的异化和不满于个体价值的失落。从这一面来看，又可以说"放言岂必皆游戏"。不过话说回来，似戏非戏，非戏似戏，倒也是颇能耐人回味的一格。

双调·拨不断

自 叹

恰春朝，又秋宵，春花秋月何时了。花到三月颜色消，月过十五光明少，月残花落。

【品评】

这首小令，六句六韵。春、秋、花、月，反复吟唱，读来自有一种宛转流畅、回环往复之美。就内容而言，又会令人感到似浅似深，似熟似生。浅者，熟者，是因为"诗里落花，多少风人红泪"，人们已经见得很多了。但是，月残花落虽相似，各有辛酸各有情。比如"春花秋月何时了，往事知多少？小楼昨夜又东风，故国不堪回首月明中……"（李煜《虞美人》）这外在的文本就展示了家国巨变的悲哀。王和卿的这首小令则不同，从头到尾，春秋花月一路写去，别无一点"人事"的描叙，归趣何在？不免又有似熟还生、似浅还深之感。吟咏兴趣，索解的心理，也由此而生。

细心的读者会发现诗人还是留下了一点心路的"痕迹"，那就是曲题。抓住"自叹"，自可索解。当然，索解也不可离开文本。诗人说：春朝秋宵，日月不居，年年有春花之美，岁岁有秋月之明，可是"花到三春颜色消，月过十五光明少，月残花落"——美景难久。然而，这并不是事物的终极。"春月秋月何时了"，不还意味着花落自有重开日，月残亦有月圆时吗？但是如果仅此而已，也只不过是花落花开，月圆月缺，人见人知，有何意味？意味就在"自叹"二字为其注入了艺术的生命，是所谓"情乃诗之胚"。感岁月悠悠，天地无穷，叹人生短暂，一去不返，这种对生命的感叹与忧患，虽然古已有之，但是时变世易，已成了有元一代文人普遍焦灼、无奈的心声，诸如"想人生七十犹稀……风雨相催，兔走乌飞。子细沉吟，都不如快活了便宜"，"黄金转世人何在，白日飞升谁见来？"等等。这种对生命的忧患，实际上反映了江山易主，社会变化，对传统理念、价值的否定所带来的生存状态，生命意义，进退出处……诸多解不开的也放不下的苦闷。"自叹"，又何尝不是有元一代文人的叹息呢！

袁枚说：余幼有句云："花如有子非真色，诗到无题是化工。"（《随园诗话》卷七）不错，无题之诗是有"天籁"之作。但我以为话也不可绝对，更不可逆推，因为"题"也未必都是诗的"桎梏"，或是有损于诗的多余之物，要在诗人如何立题，如何巧作。就如这首小令，之所以能做到景不虚设，意有所托，"融情于景物之中，托思于风云之表"，不正是有赖于"自叹"二字的暗示与点化吗？可见"题"对于诗的作用也不可一概否定。

生活在元初的王和卿，散曲作品并不多，既有滑稽调侃，粗俗嘲谑之风，也有空灵雅致之作，如这首小令，皆颇具特色，其题材、风格之多样，也可以说预示了元散曲多元发展的端倪。

盍西村

盍（hé）西村，盱眙（Xūyí，今属江苏省）人，生平不详。《全元散曲》录其小令十七首，套数一套。

越调·小桃红

江岸水灯

万家灯火闹春桥，十里光相照，舞凤翔鸾势绝妙①。可怜宵②，波间涌出蓬莱岛③。香烟乱飘，笙歌喧闹，飞上玉楼腰④。

【注释】

①舞凤翔鸾：指像凤凰和鸾鸟一样的纸灯在翻飞盘旋。
②可怜宵：可爱的元宵（之夜）。
③蓬莱岛：传说中的海上仙境。这里形容水上灯火灿烂的彩船。
④玉楼：这里指天上神仙的住处。

【品评】

这是盍西村小令《临川八景》中的第三首。写元宵之夜的灯会。"万家"、"十里"，似是一个全景式的场面，其景象之壮观、热烈，以"闹"、"照"二字点染，接着分写，先展现岸上之灯——形态各异，舞姿万般，令人目不暇接。然而更神奇的还在水上——"波间涌出蓬莱岛"，笙歌"飞上玉楼腰"。短短几句，便将那灯舞人欢，水陆相映，高潮迭起的元宵灯节写得有声有色。

越调·小桃红

客船晚烟

绿云冉冉锁清湾①，香彻东西岸。官课今年九分办②；厮追攀③，渡头买得新鱼雁。杯盘不干，欢欣无限，忘了大家难。

【注释】

①绿云：指暮霭，即题中的"晚烟"。锁：笼罩。
②官课：官家的赋税。九分办：按九成收缴。
③厮追攀：互相邀约聚会。

【品评】

这是《临川八景》中的第五支曲。开头写人物、情事的环境，暮霭轻笼清江湾，原野散发着阵阵清香。此刻，一个出人意料的喜讯（官家今年减免一成赋税），使宁静的小村庄欢腾起来，村民们奔走相邀，沽酒买鱼，为之庆贺，那情景真是"欢欣无限"。结句妙语突转——这只不过是一时之兴，忘了大家的难处而已——其实，艰难依旧，悲苦依旧！这，似是"欢欣"之后的清醒，似是诗人冷静的评述。总之，语浅意深，耐人寻味。

越调·小桃红

杂 咏

绿杨堤畔蓼花洲①，可爱溪山秀，烟水茫茫晚凉后，捕鱼舟，冲开万顷玻璃皱。乱云不收，残霞妆就，一片洞庭秋。

【注释】

①蓼花洲：生长着蓼花的小洲。

【品评】

盍西村《杂咏》共八首，这是第六首。绿杨、红蓼、流水、青山，色彩明丽，远近相衬。如果这"可爱"的景致是白天所见，那么，到了傍晚则又是一番境界，烟水茫茫、凉风拂拂，远去的渔舟，冲开平静的水面，波光闪烁；天空上彩云多姿，残霞似锦。正是这一切把洞庭的秋色妆点得如诗如画。笔墨所及，忽远忽近，忽上忽下，忽人忽景，无拘无束，自然流畅。无怪人称"盍西村之词，如清风爽籁"（朱权《太和正音谱》）。

商挺 （1209—1288）

字孟卿，一作梦卿。晚年自号左山老人，曹州济阴（今属山东）人。二十四岁时金亡，北上投奔赵天锡，与元好问、杨奂交游。元初曾任东平行台幕官，后官至参知政事，枢密副使。元史本传说他："有诗千余篇"，然多散佚。《全元散曲》辑其小令十九首。

双调·潘妃曲①

带月披星担惊怕，久立纱窗下。等候他，蓦听得门外地皮儿踏。则道是冤家来②、原来风动荼蘼架③。

【注释】

①潘妃曲：曲牌名，又称［步步娇］。句式为七五、三七、三五、六句六韵，末句须用去声收。

②则道是：只以为。冤家：对情人的称呼。

③荼蘼（túmí）：落叶小灌木，攀缘茎，初夏开花，色白而香。

【品评】

曲中的女主人公虽是担惊受怕，却不顾夜深独立窗下，等了很久，很久，忽然听到门外有了响声，她心想这个冤家终于来了。可是不见人影，又是一片寂静。原来那响声是"风动荼蘼架"。诗人以通俗的口语，抓住人物心理与行为的矛盾，心想与事实的反差，刻画出她的期待，惊喜与失望。于是这个幽期密约中的纯真、执着的少女形象，也就活现在我们的眼前。像这种既富有生活情趣，又颇具戏剧效果的情节，常常出现在作家的笔下，比如："最恨细风摇幕，误人几回迎门"（晁端礼《清平乐》）。又如："待月西厢下，迎风户半开。拂墙花影动，疑是玉人来"（王实甫《西厢记》）。

双调·潘妃曲

闷酒将来刚刚咽①，欲饮先浇奠②。频祝愿：普天下心厮爱早团圆③。谢神天，教俺也频频的勤相见。

【注释】

①将来：拿来。
②浇奠：把酒浇洒在地上，表示对神灵的祭奠。
③厮爱：相爱。

【品评】

空闺独守的思妇想到借酒遣闷，可是，酒入愁肠还是要"化作相思泪"的。无可奈何，只有祈求上苍了，于是乎"欲饮先浇奠"。可贵的是她的祈求并不局限于自己的苦乐与悲欢，从她的祝愿中，人们看到的是一个淳朴善良、美好开朗的心灵。

双调·潘妃曲

一点青灯人千里，锦字凭谁寄①！雁来稀②。花落东君也憔悴③。投至望君回④，滴尽多少关山泪。

【注释】

①锦字：前秦窦滔因罪被徙在外，其妻苏蕙织锦为《回文璇玑图

诗》以寄，诗文"纵横反复，皆成章句"。后人遂把妻子写给丈夫的信称为"锦字"。

②雁来稀：古有"雁足传书"的故事，雁来稀，则书信难传。

③东君：主管春天的神。

④投至：等到。

【品评】

开头一句简洁而形象地点明情之根由，也领起了全文。关山遥隔，而且万千心思难寄，惦念、凄苦之情溢于言表。眼前又是落花飘零春去也，花亦似人，人亦似花，无限悲情。往后呢？也只有期待中的泪水，泪水中的期待。"望君""关山"与"人千里"相呼应。曲中将空间、时间、景物、典故交相融织，婉转含蓄颇具词的风味，而与前两曲则大异其趣。

胡祗遹（yù，1227—1295）

字绍开（一作闻），号紫山，磁州武安（今属河北）人，至元元年（1264）授应奉翰林文字，兼太常博士，因忤权贵阿合马，出为太原路治中，提举本路铁冶。后历任江南浙西道提刑按察使等职，颇有政绩。著有《紫山大全集》。《全元散曲》录其小令十一首。

中吕·阳春曲①
春 景

几枝红雪墙头杏，数点青山屋上屏，一春能得几晴明。三月景，宜醉不宜醒。

【注释】

①阳春曲：曲牌名，一名 [喜春来]。见元好问 [中吕·喜春来] 注。

【品评】

《春景》共三首，本书选了第一、二两首。陆游曾说："一春常是风和雨，风雨晴时春已空。"（《豆叶黄》）所以暖日晴空，春光明媚，才分外令人珍惜、喜悦。这一首曲写得正是这种景象，这种心情。几枝红杏翘首墙头，数点青山宛如居屋的天然屏风。景物不仅充满浓浓春意，而且色彩、层次相映，令人赏心悦目。但是，若无"晴明"的天气，哪能见到这如画的"春景"呢！既然"春似酒杯浓"，人们也该陶醉在这难得天助，而又不能久留的春光之中。可见"一春难得几晴明"是全曲的枢纽，它使一、二句的景物得以展现，也是结尾议论、抒情的依据。前半景语雅致，结句直白、佻达，这种文白相间，亦是散曲常用的手法。

中吕·阳春曲
春　景

残花酝酿蜂儿蜜，细雨调和燕子泥，绿窗春睡觉来迟。谁唤起，窗外晓莺啼。

【品评】

同是"春景"，各有特色。花可"残"，但蜂却不因其"残"而去。"残花酝酿蜂儿蜜"，无悲无伤，执着而自然。"细雨"，润物湿土，这正是燕子调泥筑巢的天赐良机，就如史祖达所描绘的："芳径，芹泥雨润，爱贴地争飞，竞夸轻俊。"（《双双燕·咏燕》）诗人以其独特的审美感受，在"残花""细雨"中表现一派春光、一派生机，可以说一、二两句皆好，无怪关汉卿在杂剧《诈妮子调风月》中加以引用，而要堪称"人所不能道也"（李调元语），恐怕更应该属于"残花"一句。曲的第三句开始写"人"，"觉来迟"，是因为"春眠不觉晓"；"谁唤起"，也是由于春光明媚，莺啼窗外；那么，这就进一步创造出一个室内、室外，无处春不在的氛围。

双调·沉醉东风①

渔得鱼心满愿足②，樵得樵眼笑眉舒。一个罢了钓竿，一个收了斤斧，林泉下偶然相遇，是两个不识字渔樵士大夫。他两个笑加加的谈今论古③。

【注释】

①沉醉东风：曲牌名。七句六韵，句式为七七、三三（或五五）、七七七。一、二句，三、四句均须对。除了第六句之外，其他几个七字句都用上三下四的句法。

②渔得鱼：渔夫钓得鱼。下句"樵得樵"，亦即樵夫采得樵（柴）。

③笑加加：即笑哈哈。

【品评】

胡祗遹的仕途虽有挫折，但终其一生而言还是比较坦顺的，曲中所言显然不是自我写照，而是对一种理想化的渔樵生涯的赞美。美在无"文字功名"之累，无宦海不测之忧，却有得鱼得樵之乐，说古谈今的自由。元朝黑暗的统治，不仅使众多文人陷入前所未有的惨境，就连稍有理智的官吏，也都能感受其腐败和偏见所造成的不公。在朝、在野，境遇各异，但普遍的不满却汇成一个时代的思潮，这就是元散曲的一个主要的基调：归隐与弃世。

严忠济（？—1293）

一名忠翰，字紫芝，严实的第二个儿子。仪观雄伟，善骑射，袭东平路行军万户，"养老尊贤，治为诸道第一"。从元世祖攻宋，所向无前，"大臣有言其威权太盛者"，中统二年召还，罢官。《元史》卷148有传。《全元散曲》收其小令二首。

越调·天净沙①

宁可少活十年，休得一日无权。大丈夫时乖命蹇②。有朝一日天随人愿，赛田文养客三千③。

【注释】

①天净沙：句式为六六六、四六，五句五韵。头三句一般作鼎足对，或只是一、二句对。

②时乖命蹇（jiǎn）：时运不顺，命运不济。

③田文：孟尝君，齐国贵族，"战国四公子"之一，轻财下士，门下食客三千。

【品评】

严忠济文治武功颇为出色，曾得元定宗、元宪宗的"褒宠"，世祖忽必烈南征，他身领重任，"亲率勇士，梯冲登城"，不辱使命。就在他进一步采取一些治军方略时，不料"大臣有言其威权太盛者，中统二年（1261），召还京师，命（其弟）忠范代之"（《元史》本传，以下引文同）。可见他的失官不因贪赃和无能，只因"大臣有言"，有谗言诋毁，皇上听信。这使一向自觉颇有权力和能耐的严忠济，顿感手中之权原是如此渺小，小到含冤难辩、任人发落的地步。其实这在皇权至上的时代，本不足怪，可他却无法平静，无法沉默，径直地喊出——"宁可少活十年，休得一日无权"。生命与权力如此定位，似乎太热衷，太赤露了。但其好处在于真实，真实地反映了一时无法承受的冲动，痛不欲生的愤慨；也真实地表现出还有一股不甘失落的勇气。

"人因遇困方言命。"丢官的严忠济也想到"命"，不过他觉得命途挫折并非主观的差错。而是倒霉在"时乖"——客观现实的谬误。有如此心态与识见，意味着他没有丧失自信，没有丧失希望，亦可谓"时命难自知，功业岂暂忘"吧。这便是下文大转折的契机，引出了有朝一日，时来运转，天随人愿，"赛田文养客三千"。有人觉得这个结尾与开篇相比笔力见弱——只不过比孟尝君多养几个门客而已。这恐怕就过于局限字面，讲得太死了。因为孟尝君除了"养客"之外，还曾为秦相、齐相，也曾遭忌、遭疑，而最终为魏相，西合秦、赵、燕，一举破齐，使战国形势为之一变。当然，严忠济是否有为相为宰的念头，不敢妄论。但任人发落的滋味已经尝够了，因此一旦东山再起，一吐心中的怨气，给自己一个公正，还自己本来面貌的想法该是有的。但是，这一切又都涉及朝廷、皇上，岂能直言为人提供口实，激动而未至于傻的严忠济怕也只能这么说。要知道这么说的好处，还在于他自己也确实在东平改建庙学，"教养诸生，后多显者。幕僚如宋之贞、刘肃、李昶、徐世隆，俱为名臣"。那么，"赛田文养客三千"，也就借史事与己事的某种巧合，不露痕迹地掩去了讨还公道、再展才能的心事。看来如此结尾恰是机巧，而非弱笔。

"情欲应予净化，但不应铲除。"（威廉·葛德文《政治正义论》）"官"总得有人当，"权"总得有人掌，有人有此欲望，也无可厚非，也"不应铲除"。问题在于如何获取，如何为官用权。严忠济袭父职进入官场，这在今天看来已不可取，但在当时并非"歪门邪道"。至于为官，他也曾"养老尊贤，治为诸道第一"；还曾"借贷于人，代部民纳逋赋，岁久愈多。及谢事，债家执文券来征"。据此则严忠济对"权"字如此大喊大叫，不是由于权迷心窍，贪权敛财，而是面对无理的现实，公正的失衡，以及那些世态炎凉的嘴脸，一吐心中的憎恶和愤恨。正如鲁迅先生所说的："自称盗贼的无须防，得其反倒是好人；自称正人君子的必须防，得其反则是盗贼。"（《而已集·小杂感》）可怕的是表面一副温良谦让，弯腰曲膝，满口仁义，内里一腔坏水，八方窥测，不择手段攀权附势，力登高位者。因为罗马史学家早就说过："靠罪恶手段获致的权力，绝不会用于正当目的。"（塔西佗《历史》）

由于严忠济不是那种"两面"的角色，也没什么不正当的目的，再看看是非不辨、宦海沉浮的历史和现实，一阵呐喊之后，也就心平气静了。请看他的另一首〔双调·寿阳春〕：

三闾些，伍子歌。利名场几人参破。算来都不如蓝采和。
被这几文钱把这小儿人瞒过。

蓝采和，相传为唐末隐士，传说中八仙之一。衣破蓝衫，常醉踏歌："蓝采和，世界能几何，红颜一春树，流年一掷梭。"世人以为他真的是行歌乞索，用几文钱把打发过去，孰不知他是劝导世人参破红尘。严忠济对蓝采和的理解与称赞，正说明了他对世事、权势已经有了另一种了悟。所以"至元二十三年（1286），特授资德大夫、中书左丞、行江浙省事，以老辞"。因此，说他"谢去大权，贵而能贫，安于义命，世以是多之"。似亦不无依据。

严忠济不以曲名，《全元散曲》只收录了这两首小令。然其内容实可补史传之不足，因为它纯属心的写照，情的流露，人生历程和为人性格的展示。

刘因 （1249—1293）

原名骃，字梦骥，后改名因，字梦吉，号樵庵，又号雷溪真隐。河北容城县人。六岁能诗，七岁能文，落笔惊人。性不苟合，不妄交接。不忽木以其学行荐于朝，擢承德郎、右赞善大夫，未心，以母疾辞归。至元二十八年（1291），诏以集贤学士、嘉议大夫征，以疾固辞。这位"性不苟合"之人，终于成了"不召之臣"。著有《四书精要》《丁亥集》《静修集》等。

黄钟·人月圆

茫茫大块洪炉里①，何物不寒灰②。古今多少，荒烟废垒。太行如砺，黄河如带③，等是尘埃④。不须更叹：花开花落，春去春来。

【注释】

①大块洪炉：意思是天地宇宙犹如大火炉。《庄子·大宗师》："今一以天地为火炉，造化为大冶。"

②寒灰：灰烬，死灰。

③砺：磨刀石。带：衣带。《汉书·高惠高后文功臣表》："封爵之誓曰：'使黄河如带，泰山若砺，国以永存，爰及苗裔。'"意思是就算出现了砺山带河的情况，汉家王朝还是国固永存，子孙相传。这种立誓，可以说代表历代王朝的心声与愿景，而事实只不过是一厢情愿的"美梦"。

④等是：同是。

【品评】

就文学创作而言，刘因不以曲称，应该说是位诗人。因为现在可见到他的散曲只有两首，而对于诗不仅有自己的见解，还留下了二百三十多首作品。不过，这首曲子还是大可一读的，因为它有助于我们了解其"全人"。

据《元史·刘因传》说：他出生在一个世为儒家，少时就才气超迈，对程、朱等人的书，"一见能发其微"。他早年丧父，"家虽甚贫，非其义，一介不取。家居教授，师道尊严，弟子造其门者，随材器教之，皆有成就"。对于君臣之义，他也"自谓见之甚明"。可见他的思想理念，人格追求，乃至教授之法，都是一派孔门之遗风。这在他的诗作中表现得更具情感色彩。他深怀时乱世易之怨："曾闻父老说秦强，不信而今解亡国"（《桃源行》）；"江海十年几战酣，劫灰飞尽到耕蚕"（《送人官浙西》）。他也心羡"整顿乾坤了，千古功名立"（《秋夕感怀》）的壮举。但现实生活呢，则是"人间万事思空遍，依旧西窗理断编"（《平昔》）。这其间自有许多难以尽言，也难拂去的隐痛。所以他说："每当多感慨，直欲罢登临。莫更留尘迹，千年不易禁。"（《晚上易台》）兴衰存亡，可以成为过去，古今之慨，却留给了后人。是亦可谓"夫人心之极，有世变所不能夺者"（《翟节妇诗·序》）。正是这种"不能夺"的情结，使他喊出了"远游未尽平生兴，几欲狂歌续楚骚"（《五月二十三日登城楼》）这样追求与幻灭的悲哀。

千载同心不同时，悲情相通，时代两样。元代文人不再投江跳河，更多的去寻求解脱，他们换一个视角，换一种思路，以企求一个超然的心态。就像刘因这首小令所说的：天地就是大熔炉，无论什么终是一堆"寒灰"。多少坚不可破的要塞堡垒，多少雕梁画栋的亭台楼阁，如今所见，无非"荒烟废垒，老树遗台"。即或是横绝长空的太行，咆哮万里的黄河，就茫茫宇宙而言，也只不过"如砺""如带"，难逃"寒灰"的结局。说的是山河，亦关社会，巧于借典，翻出新意，不着痕迹。时空无限，事物有限，大化迁流，势不可挡，如此立论，便自然地引出了

"不须更叹：花开花落，春去春来"。推而广之，亦可曰不须更叹：兴衰荣辱，生死存亡，是非得失……曲的结尾，看似无奇，实是举重若轻，一笔扫却世情、世事。

这种视角、思维，就是要在无限时空与事物终极的比照中，抽空一切事物的过程、意义和价值，也就消解了一切成败与哀乐。"不须更叹"，也就是要达到"有人之形，无人之情"（《庄子·德充符》）的境界。曲中的如此冷漠、超脱和虚无，与他在诗歌中感慨悲歌，深情热切，岂不是矛盾的吗？是的。然而正须见到这种"矛盾"，方能得知刘因的"全人"，方能看到"济世"不通，求诸"道"的悲哀，方能看到有元一代文人"以道化儒"的无可奈何的扭曲。了解这些，对于我们理解元代诗中多"儒"，曲中多"道"的文学现象，乃至剖析笼罩在全部元曲中浓重的悲剧意识，也都是有所启示的。

魏初 （1226—1286）

字太初，号青崖，弘州顺圣（今河北阳原县）人。幼好读书，尤长《春秋》。为文简而有法。中统元年（1260）为中书椽史兼掌书记，未几，以祖母年老辞归，隐居教授。至元七年（1270）授国史院编修官，寻拜监察御史，疏陈时政，多见采纳。累官至南台御史中丞，卒年六十一，著有《青崖集》，《全元散曲》收小令一首。

黄钟·人月圆①
为细君寿②

冷云冻雪褒斜路③，泥滑似登天。年来又到④，吴头楚尾⑤，风雨江船。但教康健，心头过得，莫论无钱。从今只望，儿婚女嫁，鸡犬山田。

【注释】

①人月圆：句式为上片七五、四四四，下片四四四、四四四，共十一句，其中二、五、八、十一句用韵。三组四字句，多用鼎足对。

②细君：古代诸侯之妻称小君，或细君，后世用为妻的通称。

③褒斜路：古地名，亦作"褒斜道"、"褒斜谷"。为古代川陕交通要道。

④年来：近年来。

⑤吴头楚尾：代指江西省。从江流看，江西在吴国的上游，楚国的下游，故称。

【品评】

这首曲子是为妻子的生日写的。但是开篇滔滔不绝说的都是"自

36

己"，这是不是有点离题，或者说笔墨过多呢？不是。"想得家中夜深坐，还应说着远行人。"（白居易《邯郸冬至夜思家》）妻子自己的生日未必记得，但对身处异地的丈夫倒是日夜念在心头。所以作者首先向妻子汇报自己的生活、踪迹和近况。他说去冬通过川陕一带高山绝壁的栈道，而后又乘船顺江而下，现在已经到了"吴头楚尾"的江西。如此一一道来，意在要让妻子了解得更多更细，好使悬着的心放下来，不惜笔墨，正是善解人意的体贴。按照常情，在这种"题"下，艰难苦况似也不宜多说。但是冷云冻雪，路似登天，风雨江船，一气说来，亦不无渲染的色彩，为什么要如此着笔呢？因为从时间来看，这一切都已过去，事成过去自无不安之虑，反而会带来几分庆幸和欣慰。"自在勤劳地，常思放旷时。"（张司业《和裴仆射移官言志》）正因宦游四方，艰难奔波，思家之情更是与日俱增，因此，这么写也为结尾预设伏笔。不过先还是遵照题意，表述生日的祝愿——身体康健，心无烦恼，"但教"二字意在强调。要做到这一点，还须坦然面对一个现实的问题：金钱与财富。"莫论无钱"，即可安贫、乐贫。"富贵催人生白发，布衣蔬食易长年。"（莎士比亚《威尼斯商人》）生活态度，养生之道，人生哲学皆在其中，作者的精神风貌亦于此可见。"身健何妨远，情亲未肯疏。"（陈师道《寄外舅郭大夫》）遥遥相思之人期盼的也莫过于平安和健康。所以这三句，虽只简浅的十二个字，实可谓诚挚深厚，情意无穷。如果说这是现在的心愿，那么最终的心愿还在后面——"儿婚女嫁，鸡犬山田"。这愿望是自己的，也一定是妻子的，意涉两面，又见体贴，又展示了阖家团圆的明天。全曲也就结束在这两心默契的憧憬之中。这美好的憧憬并非一时之兴，我们不妨参读作者的另一首词——《鹧鸪天·室人降日以此奉寄》：

去岁今辰却到家。今年相望又天涯。一春心事闲无处，两鬓秋霜细有华。　　山接水，水明霞。满林残照见归鸦。几时收拾田园了，儿女团圆夜煮茶。

南去北来两鬓霜，思家相望在天涯。家乡的山山水水，妻子儿子，田园生活……无不描绘得氤氲温馨，令人神往。这就像歌德写的："浪迹天涯的游子最终又会思恋故土，并在自己的茅屋内，在妻子的怀抱里，在儿女们的簇拥下，在为维持生计的忙碌操劳中，找到他在广大的世界上不曾寻得的欢乐。"（《少年维特的烦恼》）此可谓人同此心，中外相通；心同此情，异曲同工。

王恽（1227—1304）

字仲谋，号秋涧。卫辉汲（今河南汲县）人。早年以文章名世，中统元年（1260），因左丞姚枢之荐，进入仕途，历任国史编修、监察御史、平阳路总管、福建按察使等职，既"有经纶黼黻之才"，又"有弹击平反之誉"。一生好学，善文章，能诗词，精书法，著有《秋涧先生大全文集》一百卷。《全元散曲》辑其小令四十一首。

正宫·黑漆弩①
游金山寺并序

邻曲子严伯昌②，常以［黑漆弩］侑酒③。省郎仲先谓余曰④："词虽佳，曲名似未雅。若就以'江南烟雨'目之何如？"予曰："昔东坡作'念奴曲'⑤，后人爱之，易其名曰'酹江月'，其谁曰不然"？仲先因请予效颦⑥，遂赋《游金山寺》一阕，倚其声而歌之。昔汉儒家蓄声妓⑦，唐人例有音学，而今之乐府，用力多而难为工。纵使有成，未免笔墨劝淫为侠耳。渠辈年少气锐⑧，渊源正学，不致费日力于此也⑨。其词曰：

苍波万顷孤岑矗⑩，是一片水面上天竺⑪。金鳌头满咽三杯⑫，吸尽江山浓绿。蛟龙虑恐下燃犀⑬，风起浪翻如屋。任夕阳归棹纵横，待偿我平生不足。

【注释】

①黑漆弩：正宫的一个曲牌。白贲曾以此调咏"渔父"，其中有

39

"侬家鹦鹉洲边住"一句，故又名［鹦鹉曲］，白贲曾为学士，故又名［学士吟］。分前后两片，句式为七七、七六，后片为七六、七七。八句五韵，第三、五、七句可不叶韵。

②邻曲子：邻居。严伯昌，生平不详。

③侑酒：劝酒、助酒。

④省郎：中书省供职的郎官。仲先，未详。他对王恽说的一段话大意思：［黑漆弩］文词虽好，但曲牌名称不雅，假若就用"江南烟雨"作为曲牌名称，如何呢？按白贲的［鹦鹉曲·渔父］中有"睡煞江南烟雨"一句，由此可知序中"侑酒"所听之［黑漆弩］曲，即是白贲之作。

⑤东坡：即苏轼，所作《念奴娇·赤壁怀古》一词的末句为"一樽还酹江月"，后人亦因之有将《念奴娇》改称《酹江月》的。

⑥效颦：《庄子·天运》中说，西施有心痛病，常颦眉捧心，人更觉其美。有一丑女也学西施之态，结果把人都吓跑了。后人以此喻拙劣的仿效，这里是作者的自谦之词。

⑦蓄声妓：蓄养歌舞艺人。

⑧渠辈：你们。

⑨日力：指光阴。

⑩孤岑：突兀而起的小山，指金山，位于江苏镇江西北，原在江中，后因泥沙淤积，渐于南岸相连，上有古寺。矗（chù）：直立。

⑪天竺：天竺山，在今杭州市西面，分上、中、下三天竺，上天竺在北高峰下，山上有天竺寺。

⑫金鳌头：指金山上最高处的金鳌峰。

⑬燃犀（xī）：《晋书·温峤传》记载温峤到牛渚矶（在今安徽当涂县西北长江边），听说水下多怪物，他点燃犀角照之，于是水族显形，奇形怪状。联系下句意思是说：江中蛟龙担心有人燃犀入水，照出它们的原型，所以兴风作浪。

【品评】

这首曲大约是至元二十六年（1289），作者出任福建按察使南下途经金山，应友人所请而作。题名《游金山寺》，文中除第二句以"天竺"二字对"寺"略作暗示，其余笔墨皆写金山。万顷波涛，金山矗立，已见出惊险奇伟之势。如果说这可以作为"望"中之景，那么，三、四句便已是身在此山，而且登上了金山之巅——金鳌峰。面对天地壮观，大江茫茫，痛饮三杯，那真是景生豪情酒助兴，恍惚壮怀如海，可以吸尽一江碧波。五、六两句巧借神话传说，写金山脚下的风波浪涌，赋予寻常景物以神奇浪漫的色彩。职责在身，难得投闲山水，难得如此奇景，如此良机，岂可轻轻放过，所以，夕阳西下，任他人扬帆归去，而自己仍是留连忘返，尽兴一游，以偿平生之不足。

全曲或正面、或侧面，始终抓住以水写山，以突出金山的特色。同时采用夸张、想象，以及传说、典故，创造出奇幻、瑰丽的境界。可以说个性鲜明，格调豪放，虽是自谦"效颦"，实是曲中不可多得的佳作。

越调·平湖乐①

　　平阳好处是汾西②，水秀山挼翠③。谁道微官淡无味？锦障泥④，路人争笑山翁醉⑤。西山残照，关卿何事⑥？险忙杀暮鸦啼⑦。

【注释】

　　①平湖乐：一名［小桃红］，见杨果［越调·小桃红］注。

　　②平阳：今山西临汾。元代平阳路治所位于平水之阳，故名。汾西：汾水之西。

　　③挼（ruó）：揉搓。挼翠：意思是山上好像被青翠的颜色浸染过一样。

　　④锦障泥：指垂在马鞍下的马鞯（jiān）子，用以挡住泥土，名曰

"障泥"。锦障泥：即以锦缎制作的障泥。

⑤山翁：作者自指。

⑥卿：指下文中的"暮鸦"。

⑦险忙杀：险些儿忙死了。

【品评】

这首小令是王恽出任平阳判官时写的，表现了作者怡情山水，逍遥任诞的精神风貌。有汾西的秀水青山，身为微官亦颇有兴味，这是问题的一面；但若原本就计较功名，苦于钻营，加之一介微官，哪有心思乐于山水之间呢！所以问题的另一方面，或者说更重要的一面，还在作者的人生追求。他曾经说过："休官彭泽居闲久，纵清苦爱吾子能守……平生学道在初心，富贵浮云何有"（《正宫·黑漆弩·曲山亦作言怀一词遂继韵戏赠》）。只有恬淡的心灵，才能真正发现和融入自然，摒弃世俗之见，不以微官为"淡"，而能以"山翁"自许，醉游山水，"笑"者乐，"醉"者亦乐，一切任其自然，管它夕阳西下，又何必匆匆归去！妙在以暮鸦不解此情此理，个中真趣，加以反衬，更见风趣，更显其逍遥自在的风神。这对于以诗、词观念作散曲，开元曲"雅化"一途的王恽来说，倒是其小令中难得的"曲味"。

越调·平湖乐

采菱人语隔秋烟，波静如横练①。入手风光莫流转②，共流连，画船一笑春风面③。江山信美④，终非吾土，何日是归年⑤？

【注释】

①横练：横铺的白绸。

②入手：意犹"到手"。句意是说：就在眼前的大好风光且莫匆匆流逝。

③春风面：指女子青春美好的面容。杜甫《咏怀古迹五首》中"画图省识春风面"。

④信美：确实很美。这里化用王粲《登楼赋》中两句："虽信美而非吾土分，曾何足以少留"。

⑤何日是归年：借用以往诗句。李白有"万重关塞断，何日是归年"（《奔亡道中》）。杜甫有"今春看又过，何日是归年"（《绝句二首》）。

【品评】

秋高气爽，湖水澄澈，烟水朦胧之处远远传来采菱姑娘的阵阵笑语，南国秋光，直使得生长于北地的诗人为之惊叹、陶醉。"画船一笑春风面"，更是一个令人心荡神驰的镜头。景美、水美、人美、"江山信美"，诚不虚语。谁料"终非吾土"一语突转，结语顺势而下，直逼出思归之心。不因南国之美而忘返，反而使乡情难收，这就更透过一层表现出"美不美，家乡水"的故土深情。这也是一种生活的辩证法。"外地见花终寂寞，异乡闻乐更凄凉"（韦庄《思归》），不也是这种难解的情结吗？

卢挚（约1241—约1315）

字处道，一字莘老，号疏斋，又号嵩翁。先祖为涿郡（河北涿县）人，他的籍贯为河南颍川。二十岁左右出仕。累迁少中大夫，历任江东、陕西、河南、湖南等地方官，后入朝官至翰林承旨。卢挚为元初著名作家，文与姚燧并称，诗与刘因齐名。著有《卢疏斋集》《疏斋后集》，惜已散佚，今有李修生《卢疏斋集辑存》。《全元散曲》录其小令一百二十首。其作品题材多样，风格以清丽为主。

黄钟·节节高①
题洞庭鹿角庙壁②

雨晴云散，满江明月。风微浪息，扁舟一叶。半夜心③，三生梦④，万里别。闷倚篷窗睡些。

【注释】

①节节高：黄钟宫的一个曲牌，句式为四四、四四、三三三、六，八句五韵。

②鹿角：即鹿角镇，在湖南岳阳洞庭湖滨。

③半夜心：夜深人静时心中的思绪。

④三生：佛家所说的前生、今生、来生。

【品评】

元成宗大德年间（1297—1307），卢挚到湖南任职，这首小令当是途经洞庭所作。前四句写景，空阔静谧，正是这种"夜阑风静縠纹平"的境界，使他愈感旅途孤寂，扁舟无语，心事万千，齐涌心头。身在此境，难断此情，还是闷倚篷窗，小睡片刻吧。不过，这只是一种自劝之词，实际上倒很可能是："夜耿耿而不寐兮，魂茕茕而至曙"（屈原《远游》）。这首小令比较含蓄地抒发了作者这次离京外放的郁郁情怀。

南吕·金字经①

宿邯郸驿②

梦中邯郸道③，又来走这遭。须不是山人索价高④，时自嘲，虚名无处逃。谁惊觉？晓霜侵鬓毛。

【注释】

①金字经：南吕宫的一个曲牌，又称［阅金经］、［西番经］。句式为五五七、一五三五，七句六韵。

②邯郸：在今河北省。驿：古代供公务人员中途换马、休息的驿站。

③梦中邯郸道：这里是化用"邯郸梦"（一称黄粱梦）的典故。唐代沈既济的传奇《枕中记》，写卢生在邯郸客店中遇道士吕翁授枕入梦，时店主方蒸黄粱。卢生在梦中历尽荣华，醒来主人黄粱尚未蒸熟。

④山人：山人，隐居山林的人。

【品评】

卢挚曾两赴燕南河北道就职，一在早年，一在晚年，从"又来"二字可知这是第二次就任途经邯郸所作。卢挚仕途坦顺，文负盛名，也可以说实现了一般封建文人的人生追求。然而，这次故地重来，山川依旧，人已老矣！何况这又是"邯郸梦"的地点所在，而那故事中的人物恰恰也是姓卢，虽是偶然巧合，却也感慨系之。卢生梦里荣华终是空，自己虽然在现实中身居高位，一番荣华，但岁月无情，劳生有限，亦不免感到"万事到头都是梦"。那为什么不早一点去过"瓦盆边浊酒生涯"呢？这倒也不是"山人索价"太"高"，使我归隐不成，而恰恰是自己多年仕宦所得来的"虚名"！作者于自嘲自伤中蕴涵了人生的矛盾和苦闷。

双调·沉醉东风

秋　景

挂绝壁松枯倒倚①，落残霞孤鹜齐飞②。四围不尽山，一望无穷水。散西风满天秋意。夜静云帆月影低，载我在潇湘画里③。

【注释】

①这句是化用李白的诗句："连峰去天不盈尺，枯松倒挂倚绝壁"（《蜀道难》）。

②这句本于王勃"落霞与孤鹜齐飞，秋水共长天一色"（《滕王阁序》）。鹜（wù）：野鸭，这里泛指水鸟。

③潇湘：潇水和湘水在湖南零陵相会，称潇湘（即今湘江），流入洞庭湖。宋代画家宋迪曾作"潇湘八景"。

【品评】

这首小令当是大德初年卢挚任湖南廉访使时所作。首二句虽是化用前人成句，却也用得新巧。第一句静态，奇险、高耸，"山"字隐在其中；第二句动态，明丽，飞动，言外自有一个"水"字（鹜生水边，有鹜即有水）。三、四句明写出"山""水"，可是"不尽"、"无穷"二词，虽是境界的拓展，同时也是景物的虚化。虚实互含，耐人寻味。第五句点题，也使所有景物在"秋"的色调和神韵中得以和谐地统一。到了夜晚，天高月明，小舟白帆，烟水微茫，连自己也融入了这潇湘画中。这就不仅表现了"画"的迷人之类，也可以看出诗人怡然自得的风神。

双调·沉醉东风

闲　居

恰离了绿水青山那答①，早来到竹篱茅舍人家。野花路畔开，村酒槽头榨②。直吃的欠欠答答③，醉了山童不劝咱，白发上黄花乱插。

【注释】

①恰：刚才。那答：那边。

②槽头榨：古代酿酒的一种方式，将发酵好的米放入木制的酿器中挤压。

③欠欠答答：迷迷糊糊。

【品评】

避世、乐隐是有元一代颇有影响的社会思潮，比如此曲所描绘的：这里无车马喧嚣，只有青山绿水，竹篱茅舍，一路鲜花。诗人信步其中，早已沉浸在一派清新、纯朴的村野美景之中，又遇上村酒新酿，正可开怀痛饮，"山童不劝"，妙！那正说明"山童"已是见惯不为奇，"欠欠答答"寻常事。苏轼说："人老簪花不自羞，花应羞上老人头。"（《古祥寺赏牡丹》）那么，"白发上黄花乱插"，岂不滑稽可笑吗？然其"美"，就在于它表现了醉乐、放达之真情。"词静而曲动，词敛而曲放"（任中敏《词曲通义》）。这首小令正是通过人物的一系列的行动、动作，把"闲居"之乐写得极情尽致，颇具曲之本色。

双调·蟾宫曲①

想人生七十犹稀，百岁光阴，先过了三十。七十年间，十岁顽童，十载尪羸②，五十岁除分昼黑③，刚分得一半儿白日。风雨相催，兔走乌飞④。子细沉吟：都不如快活了便宜。

【注释】

①蟾宫曲：又名［折桂令］、［天香引］、［步蟾宫］、［秋风第一枝］。基本句式为六四四、四四四、七七、四四四，十一句七韵，第二节四四四要求作鼎足对。结处以增加一句为多。

②尪羸（wānglèi）：瘦弱。《礼记·曲礼上》："二十曰弱，冠。"

③这句意思是：五十年间还要平分为白天与黑夜。

④兔走乌飞：意犹日月飞驶。古称日为金乌，月为玉兔。

【品评】

古人说"人之百年，犹如一瞬"。虽是无限感慨，但还是比较笼统。这首小令就不同了，它细细算来，具体得使你不得不信。遗憾的是"沉吟"，思索之后的结论似不足取。但有两点值得提及：其一，把它放到特定时代去考察，却也折射了元代文人失落、苦闷的境遇，不甘沉沦的牢骚。其二，如果从"一生复能几，倏然如电惊"（陶渊明《饮酒二十首》）的角度，吸取其合理的内涵，确实也会从那实在而形象的计算中惊觉起来，从而采取"尺璧非宝，寸阴是竞"（周兴嗣《千字文》）的姿态，去把握、去充实有限的人生。

双调·蟾宫曲

沙三伴哥来嗏^①，两腿青泥，只为捞虾。太公庄上，杨柳阴中，磕破西瓜^②。小二哥昔涎剌塔^③，碌轴上淹着个琵琶^④。看荞麦开花，绿豆生芽，无是无非，快活煞庄稼^⑤。

【注释】

①沙三、伴哥：这是元曲中对青年农民常有的称呼。嗏（chā）：语助词。

②磕（kē）破：撞破。

③昔涎剌塔：形容垂涎肮脏的样子。

④碌轴：即碌碡（zhóu），脱粒用的石滚。淹：通淹，淹留。大意是石滚上留下一个颈细肚大活像个琵琶的小二哥。

⑤庄稼：即庄稼人。

【品评】

作者以最俚俗的语言，把人物写得极其本色，但绝不单调。不仅人物的动作、心态极为传神，而且那吃者自吃，看者自看，虽是不言不语，却有着强烈的戏剧性效果。吃者不藏其乐，看者不掩其馋，自然率真，各任其情。"荞麦开花，绿豆生芽"，景是多姿多彩，各随其性。生活在如此纯静、自然的天地中的庄稼人，实在是"快活煞"！这无疑带有某些理想的色彩，然亦透露了作者在深知官场黑暗、人间不平之后的心灵向往。全曲从题材到语言，都充分地体现了以俗为美的审美情趣。

双调·蟾宫曲

萧 娥①

晋王宫深锁娇娥②，一曲离筛③，百二山河④。炀帝荒淫，乐陶陶凤舞鸾歌。琼花绽春生画舸，锦帆飞兵动干戈⑤。社稷消磨，汴水东流⑥，千丈洪波。

【注释】

①萧娥：隋炀帝杨广大业元年（605）立萧氏为皇后。

②晋王：杨广即位之前为晋王。隋文帝杨坚曾幸其第，杨广藏匿美姬，只留衣着无华的老丑者侍奉左右，以示简朴，博取文帝欢心。开皇二十年（600），文帝废太子勇，立晋王为太子。

③一曲离筛：隋亡，萧后辗转流徙没入突厥。直至唐贞观四年（630）破突厥，才迎归长安。

④百二山河：《史记·高祖本纪》：“秦形胜之国，带河山之险，县（悬）隔千里，持戟百万，秦得百二焉。”意为秦国地形险要，只须两万兵力即可抵御诸侯百万人马。以上三句是说：晋王始以深藏美女的矫饰之行，立为太子，结果是丧身别妻，牢固的江山终不可恃。

⑤锦帆：以锦缎制作的船帆。兵动干戈：指隋末农民起义。

⑥汴水：隋炀帝大业元年发丁百万，开通济渠，即汴河故道，自河南商丘南经安徽宿县、泗县入淮。

【品评】

题为《萧娥》，实际上只是借帝后的得失，写炀帝的兴衰。杨广始以奸佞狡诈得势，即位后肆意妄行、骄奢淫逸。“乐陶陶”二句，写炀帝御龙舟三下江都以概其余。物极必反，乐极生悲。“锦帆飞兵动干戈”，承上启下，然二者相连之紧，确也近乎事实，大业六年（610）

炀帝二下江都，次年即有王薄、窦建德等人的起义，大业十二年七月炀帝三下江都，十月即有翟让、李密等人起兵。在耗尽民力国力之后，这个迷于声色、刚愎自用的昏君，也被其左右杀死于江都。汴水不随亡国改，山川依旧，暴戾之君何在！这就进一步加深了曲的内涵。将丰富的史事，纳入短短的小令，概括而形象，生动而深刻，非谙知其人、其事，非作曲之高手是难以为之的。

双调·蟾宫曲
寒食新野道中①

柳濛烟梨雪参差，犬吠柴荆②，燕语茅茨③。老瓦盆边，田家翁媪④，鬓发如丝。桑柘外秋千女儿⑤，髻双鸦斜插花枝⑥。转眄移时⑦，应叹行人，马上哦诗。

【注释】

①寒食：清明节前一天（亦说前两天）。新野：今河南省新野县。

②柴荆：柴门，简陋的小木门。

③茅茨：茅屋。

④翁媪（ǎo）：指老大爷、老大娘。

⑤桑柘（zhè）：泛指桑树。

⑥髻双鸦：指髻丫，即盘于头顶左右的发结。陆游："江头女儿双髻丫，常随阿母供桑麻。"（《浣溪沙》）

⑦转眄（miǎn）：眼珠转动。移时：多时。

【品评】

首句是远望之景，"犬吠"二句，反映了诗人渐近村庄。接下去五句写村中之人，老者安详，少者活泼，各得其乐。下面三句写什么呢？可以沿着上面思路再将村景、人乐写足，也可以抒写自己的观感和赞美……，但都不是，而是巧妙地透过少女的眼光把自己引入其中。"马上哦诗"，诗人不奇看者奇，引得天真而好奇的少女们"转眄移时"。"应叹"只是诗人的揣度，是否如其所言倒也无关，因为不管怎样，"行者"与"看者"在视觉、感觉、情绪上都得到了呼应，气氛自然也为之活跃，这一出乎寻常的结尾，可以说写得有虚有实，语关两面，耐人寻味。

双调·寿阳曲①
别珠帘秀②

才欢悦，早间别③。痛煞煞好难割舍。画船儿载将春去也，空留下半江明月。

【注释】

①寿阳曲：一名 [落梅风]。句式为三三七、七七，五句四韵，首句不用韵。第三、五两个七字句，须上三下四法句。

②珠帘秀：即朱帘秀，元杂剧著名女艺人。

③早：已。间（jiàn）别：分别。

【品评】

这是一首送别的小令。发端便用两个短句，把欢与别两件相反的情事紧紧相连，接着用一长句尽吐这种巨变的悲痛，语气节奏很富有表现力。至此事已明，情已显，下面写什么呢？"一溪烟柳万丝垂，无因系得兰舟住"（周紫芝《踏莎行》），分别的时刻终于来到了，妙在诗人将人、景、情的蕴意，全融化在一个"春"字之中，美人去了，春何在，情何堪！结句借景写情，那意境该是：但目送画船终不见，"空留下半江明月"——一腔愁。孤单寂寞，怅然若失之情尽在言外。曲的前三句质朴无华，后二句婉转蕴涵，很能反映元前期散曲那种俚歌化与类词化相结合的风调。

双调·寿阳曲

夜忆（二首）

窗间月，檐外铁①，这凄凉对谁分说。剔银灯欲将心事写，长吁气把灯吹灭。

灯下词，寄与伊，都道是二人心事。是必你来会一遭儿②，抵多少梦中景致。

【注释】

①檐外铁：屋檐下的风铃，古称"铁马"。
②是必：务必。

【品评】

《夜忆》共四首，这里选的是一、四两首。曲中所言是作者自道情怀，还是属于代言体、写女子闺情，难以考定。但这并不影响人们对作品的欣赏。先看前一首，望月可以令人怀远，铃声更觉凄清，由境生情，而又孤寂无诉，便想到"欲将心事写"，岂料提笔难下，正是"拟把此情书万一，愁多翻搁笔"（晏几道《谒金门》）。只好长叹一声，把灯吹灭。书未成，愁更深，怎度今宵？余情不尽。再看后一首，主人公灯下疾书，尽吐昔日的欢情和别后的相思，但是，写着写着，便觉得写得再多，人分两地，终是难消相思梦。说千道万，最重要的还是务必"来会一遭"。结句既反衬出"务必"一语的分量，也暗示了不尽的相思在梦中。两首曲的选材各异其趣，但是平白处有曲味，幽婉处见词风，俗中见雅，又是它们共同的艺术特色。

双调·殿前欢①

酒杯浓，一葫芦春色醉山翁②，一葫芦酒压花梢重。随我奚童③，葫芦干，兴不穷。谁人共，一带青山送。乘风列子④，列子乘风。

【注释】

①殿前欢：又名［凤将雏］、［凤引雏］、［小妇孩儿］，句式为三七七、四五三五、四四，九句八韵，第八句不用韵。末二句作对，或回文。

②山翁：指晋代人山简，耽酒，好游山水，曾镇守襄阳。时人为之歌曰："山公时一醉，径造高阳池。日暮倒载归，酩酊无所知。"李白《襄阳歌》也有："笑杀山公醉似泥。"这里作者用以自况。

③奚童：供役使的小童。

④列子：列御寇，战国时人，《庄子·逍遥游》中说他能"御风而行"。

【品评】

苏轼在《洞庭春色赋序》中说："安定郡王以黄柑酿酒，名之曰洞庭春色。"所以曲中的"春色"一词巧于双关，既可指"酒"，亦可含自然春色之意。酒可醉人，春光亦可醉人，更难得两者相加。"一葫芦"山翁已醉，可还有满满的一葫芦酒挂在花树上，连花枝都压弯了，这里就将酒与春色相连。因此酒干兴不穷，犹沉醉于青山、春色之中，飘飘然如列子凌空，遨游太清。这里看不到"愁来饮酒二千石"的苦闷，也没有"烈士击玉壶"的愤激，也不是要表现"山公醉后能骑马"的风流偶傥之举。诗人只以放达之笔，塑造其精神世界的另一面——悠然超脱、陶然忘机。

陈草庵

名英，字彦卿，号草庵，析津（今北京城西南）人，生卒年不详，《录鬼簿》列于"前辈名公"。大德七年（1303）曾任江西宣抚使，延祐元年（1314）以中书左丞往河南经理钱粮，后任河南行省左丞。《全元散曲》存其小令二十六首。

中吕·山坡羊①

青霄有路②，黄金无数③。劝君万事从宽恕。富之余，贵之余，望将后代儿孙护。富贵不依公道取，儿，也受苦；孙，也受苦！

【注释】

①山坡羊：又名[苏武持节]。句式为四四七、三三、七七、一三一三，十一句九韵。末四句分两组，形成对比，是其特点。

②青霄有路：意为青云直上，富贵显达，人世间固然有求取的道路。

③黄金无数：极言财富之多。

【品评】

汉代王充说："考事则受赂，临民则采渔。"（《论衡·程材篇》）唐代诗人皮日休讲："狡吏不畏刑，贪官不避赃。"（《橡媪叹》）宋代洪咨夔讲："不论天有眼，但管地无皮。"（《狐鼠》）到了清代吴敬梓就讲得更直白："钱到公事办，火到猪头烂"、"三年清知府，十万雪花银"（《儒林外史》）。看来"官—权—钱"早已结成一个可以互换互易的"怪圈"，元代当然也不例外。这首曲的开头也正由此生发，只要官运亨通，青云直上，那自然就是"黄金无数"了。第三句"劝君万事从宽恕"，承上启下。对上而言，意在奉劝——不要"一旦在位，鲜冠利剑；一岁典职，田宅并兼"（王充《论衡·程材篇》）。请记住贪夫徇财，夸者死权，物极必反的教训，语气和缓，寓意精警。对下而言，又引逗出为何要宽厚仁恕？这里作者没有从国事、苍生等大处去说，而只着眼于"儿孙"，因为在贪夫的心中本无"大处"可言，如果从他们的嘴里冒出"国事""苍生"，那也不过是挂挂"羊头"而已。但是，心中"儿孙"还是有的，而且敛财聚物，刮地皮，除了满足自己淫欲享受之外，一个重要的动因就是为了子孙后代。不过，又错了。这不是护、不是爱，恰恰是害。因为"能爱子孙者遗之以善，不爱子孙者遗之以恶"（郑太和《郑氏规范》）。"富贵不依公道取"，无疑就是巧取豪夺，"遗之以恶"。且不说积憎成祸，殃及子孙，就是那种官虎吏狼的形象、贪婪不义的品性对儿孙的影响也是十分可怕的，因为这些恶德恶行也可以"传之子孙"，所以鲁迅先生说："将来的运命，早在现在决定，故父母的缺点，便是子孙灭亡的伏线，生命的危机。"（《我们现在怎样做父母》）这发聋振聩之论，与曲中的"儿，也受苦；孙，也受苦"真可谓不谋而合。

劝告也罢，警告也罢，古往今来，何可计数！然而，人各有异，面对权势、金钱……的诱惑，总有一些人要落水的，"富贵不依公道取"的种种表演，也是古今不绝的。为什么？英国有句谚语似可略作解释，那就是"许多人听过忠告，只有聪明人深受其益"。但愿"聪明人"多一点！

中吕·山坡羊

伏低伏弱①，装呆装落②，是非犹自来着莫③。任从他，待如何？天公尚有妨农过④。蚕怕雨寒苗怕火⑤。阴，也是错；晴，也是错。

【注释】

①伏：低头承认。

②落：落伍，不如人。

③着莫：沾惹。

④妨农过：妨碍农事的过失。

⑤火：形容烈日似火。

【品评】

　　陈草庵的［中吕·山坡羊］二十六首，有的本子总的冠以《叹世》之题，亦不无道理。仅就这一首而言，这个"世"也着实令人可"叹"！你就是毫无尊严地将自己摆到低、弱、呆、落的地位，麻烦、是非……，也会找上门来。怎么办呢？只好听之任之。下面语调一转，老天爷的处境不也如此吗？这似乎在心理上获得了一点平衡和安慰，其实恰恰证明了人只能永远是"错"，是失败。显然在这自嘲自慰之中，蕴藏了深重的悲剧意识。当然，那个制造悲剧的"世"——现实社会，在这里也就得到了彻底的否定和诅咒。

中吕·山坡羊

　　阴随阴报，阳随阳报，不以其道成家道。枉劬劳①，不坚牢，钱财人口皆凶兆。一旦祸生福怎消②？人，也散了；财，也散了。

【注释】

①枉劬（qú）劳：白白地劳累。

②消：消受，享受。

【品评】

　　既然是一个没有公理，没有任何规定性的人"世"，必然造成大部分人无法生存，而少数权势者恰可为所欲为。而贪赃枉法，聚财敛物，"不以其道成家道"，就是他们罪孽的一端，是他们为自己、为子孙"造福"的惯用手段。作者对此不无嘲讽的口气指出，这是"枉劬劳，不坚牢"。似福实祸，人、财两空。说这是轮回报应，也许有一点宗教色彩，说这是"多行不义必自毙"，"自作孽，不可逭"，该是公允的吧。那么，这首小令对于那些贪官民贼来说，不仅是讽刺，也是警钟，也是颇有辩证思维的预言。

中吕·山坡羊

　　晨鸡初叫，昏鸦争噪，那个不去红尘闹①。路遥遥，水迢迢，功名尽在长安道②。今日少年明日老。山，依旧好，人，憔悴了。

【注释】

　　①红尘：本指飞扬的尘土，后用以喻繁华热闹的地方，或乌烟瘴气的名利场。

　　②长安：代指京城。长安道：即入京求取功名之路。

【品评】

　　科举、入仕、功名，是封建社会为儒士所规定的道路，有什么值得嘲讽的呢？要回答这个问题，得把问题放到特定的历史环境中去。且不论元代政治如何黑暗，仅就儒士所处的"九儒十丐"的地位，就不难想见他们心中的失落和不平，也不难想见那个颠倒的现实，在他们的眼中是何等的"无道"。可是，依然有那么一些人起早摸黑、风尘仆仆，追名逐利。这岂不是有背于天下"无道则隐"的古训吗！这岂不丧失了"君子固穷"的人格尊严，而成了"穷斯滥矣"的"小人"吗！不错，这首曲就是在为这种"小人"画像，但又不仅如此，透过这个形象，还可以看到作者对那个颠倒的现实的鄙弃和否定，而这也正是元散曲中有那么多厌世、乐隐之作的一个重要的原因。

中吕·山坡羊

　　江山如画，茅檐低凹。妻蚕女织儿耕稼。务桑麻，捕鱼虾，渔樵见了无别话。三国鼎分牛继马①。兴，也任他；亡，也任他。

【注释】

　　①牛继马：牛，谐音"刘"。指刘裕篡夺司马氏的东晋王朝，继而建立了刘宋政权。

【品评】

　　这首小令以较多的笔墨写田园之乐。江山如画是大自然的恩赐，茅屋虽小，但是妻儿团聚，自食其力，邻里们"相见无杂言，但道桑麻长"，一派和睦、宁静，令人向往。下面有个转折，陶渊明的《桃花源记》中的人是"不知有汉，无论魏晋"。但是这里的人显然是知而不问，任他兴亡。而且有意地以一种戏弄、轻蔑的笔调，把历史写得滑稽可笑，毫无意义。"善言古者，必有节于今"（《荀子·性晋》）。今日的"堂堂大元"，也无非是"牛继马"一类的闹剧而已。若要远离"闹剧"，便是归隐。那田园之"美好"，也正是为批判现世而进行的一种"创造"，这便是曲的上下两层的内在联系。

关汉卿 （约 1225—约 1302）

号已斋，已斋叟（亦说名一斋、字汉卿）。其籍贯以大都（今北京）一说较为可信。元后期曲家钟嗣成《录鬼簿》说他做过"太医院尹"，然《元史》无此官名。别本《录鬼簿》作"太医院户"，"医户"是元代户籍之一。那么，关氏或许曾为太医院的一位医生。南宋灭亡之后，关氏南下，晚年主要活动在扬州、杭州。元代熊自得《析津志》说他"生而倜傥，博学能文，滑稽多智，蕴藉风流，为一时之冠"。他之所以能成为当时杂剧作家、散曲作家和艺人的朋友、领袖，这种性格与才华也是一个原因吧。关氏一生创作极为丰富，所作剧本六十多种，今存十八本（有几本可疑）。而且还能"躬践排场，面敷粉墨"（臧晋叔《元曲选·序》），这种亲自登台的艺术实践，无疑是有助于杂剧的创作。关氏不仅是杂剧大家，也在散曲史上占有极重要的地位。现存小令五十七首，套数十三套。

正宫·白鹤子①

四时春富贵，万物酒风流。澄澄水如蓝②，灼灼花如绣③。

花边停骏马，柳外缆轻舟。湖内画船交，湖上骅骝骤④。

鸟啼花影里，人立粉墙头。春意两丝牵⑤，秋水双波溜⑥。

香焚金鸭鼎⑦，闲傍小红楼⑧。月在柳梢头，人约黄昏后⑨。

【注释】

①白鹤子：全曲四句，句式为五五、五五，两句一韵，可连用数支。

②水如蓝：白居易："春来江水绿如蓝。"（《忆江南》）形容水色青碧。

③灼灼：形容桃花姿色鲜亮。《诗·周南·桃夭》："桃之夭夭，灼灼其华。"

④骅骝：骏马。骤：奔跑。

⑤丝：语义双关，与"思"谐音。

⑥秋水：形容女子眼睛澄澈明亮。溜：眼珠儿灵动。

⑦金鸭鼎：鎏金的鸭形熏炉。

⑧红楼：古代富家女子的闺楼。白居易《秦中吟·议婚》："红楼富家女，金缕绣罗襦"。

⑨"月在"二句：借用欧阳修词《生查子》："去年元夜时，花市灯如昼。月上柳梢头，人约黄昏后。"此词作者，或作朱淑真，或作秦观。

【品评】

这四支小令，分美，合亦美，我们不妨合起来读。曲中没有那种流水无情、花开花谢的忧伤，也没有"又怕春归"的失落，而是一组春的颂歌，爱的欢唱，在轻快浪漫的旋律中，又伴随着几分典雅与含蓄，这在关氏的散曲中也是独具一格的美。

"四时春富贵"，时空包举，是为总领，创造了氛围，定下了基调。"富贵"二字极为俗熟，但来形容万物竞发，水蓝花绣，满目生机华茂的春天，倒也显得新颖和俏皮。"万物酒风流"，与首句相对亦相连。"酒"之"风流"，妙在醉人；春色如酒，亦可令人陶醉，诚如诗人所言："春似酒杯浓""二月风光浓似酒"。不信吗，你看那"花边""柳外""湖内""湖上"，一派春光浓似酒，静者（停马、缆舟）沉于醉，动者（游船、奔马）沉于醉，各尽其醉，交相辉映。如果说这第二支曲是用移动的镜头，摄入了全景、群像。那么，第三支曲则是一个有声有色的近景——花里闻啼鸟，墙头见美人，物态人情总蕴涵了藏不住的春情春心。"春意两丝牵，秋水双波溜。"那该是墙头马上，眉眼传情，两意绵绵的镜头，词美、境美、情美、人美，极为精彩，无怪郑振铎先生赞曰：这是"如何漂亮的一首抒情小诗！"（《中国俗文学史》）

"香焚金鸭鼎，闲傍小红楼。"室内香炉上飘着袅袅青烟，姑娘静静地倚窗而立，这情景不免有点境冷情寂、时光难耐之感。不过，没有跌宕，没有快慢的节奏未免单调，单调的乐章又怎能表现多彩的生活呢？读下去便知道，寂寞深藏了期待，孤单孕满了渴望，这是欢乐的前奏，高潮的延宕与蓄势。果然，天遂人意，事如人愿——"月在柳梢头，人约黄昏后"。美丽温情的时刻到了，曲也戛然而止。激动的情，甜蜜的"戏"，引而不发，任读者、听者去想象，去创造吧。可见曲的余味，亦有赖于诗人的聪慧。

仙吕·醉扶归①
秃指甲

十指如枯笋，和袖捧金樽②；挢杀银筝字不真③，揉痒天生钝④。纵有相思泪痕，索把拳头揾。⑤

【注释】

①醉扶归：全曲六句，句式为五五、七五、六五。亦入 [越调]，及 [双调]。

②和：连的意思。金樽：酒器。也作"尊""罇"。李白《行路难三首》："金樽清酒斗十千，玉盘珍羞直万钱。"

③挢（chōu）：弹奏。杀：通"煞"，形容极甚之词。"白杨多悲风，萧萧愁杀人"。（《古诗十九首》）

④揉痒：搔痒。

⑤揾（wèn）：揩拭。辛弃疾《水龙吟·登建康赏心亭》："倩何人唤取，红巾翠袖，揾英雄泪。"

【品评】

曲论家评此曲为俳谐、嘲戏、逗趣之作。但也有人从它的字里行间"可以看出作者深刻的同情"，有此看法，自无"发噱"之感。读作品因人而异，不足为怪。如果要我说，我则倾向于后者。理由是：

一、按照常情，弹筝的手就如韩偓所言："腕白肤红玉笋芽，调琴抽线露尖斜。"（《咏手》）一个生来就"十指如枯笋"的女孩子，何苦定要学弹筝，更不可能在大庭广众之下以此为业。那么可能的情况就是当年的"玉笋"，或因衰老，或因病变……成了今日的"枯笋"。更可悲的是生涯依旧，身不由己，无力改变。"和袖捧金樽"，该是不得已的小心侍奉，尊重宾客，因为"枯笋"捧杯的尴尬，会令客人难堪，扫了雅兴。而非作戏遮丑，故为滑稽，因为下面还要弹筝，"枯笋"是明明遮不住的！你看她"挦杀银筝"，尽心尽力地弹奏，结果还是"字不真"，原来那枯秃的手指连搔痒、拭泪都不可能，怎么能弹好筝！然而她还必须要作这种屈辱的表演，因而那不准的筝声，无疑是心灵的哭泣，是人生之路无法选择的悲哀，命运之于她就是如此残忍！

二、此曲载于《中原音韵》《词林摘艳》，俱无撰人，载于《留青日札》《北宫词纪外集》，只注元人作。明代蒋一葵《尧山堂外纪》指为关汉卿作，《全元散曲》亦收在关氏名下。倘若此说可以成立，那么，我们还可作一点分析。

如果将它视作俳谐之曲，则曲中的弹筝女不是嘲戏的对象，便是一位喜剧性的丑角，不管怎样，那弹筝的动作，音不准的效果，都是营造滑稽的表演，作者完全可以就此渲染成篇，而不必转到"相思泪"也难以揾的话题，作为戏剧家的关汉卿自然知道这种沉痛的结尾是无法让人笑起来，乐起来的。因为"幽默本身的秘密源泉是欢乐，而不是悲伤"（马克·吐温语）。

关汉卿的伟大就在于他以自己的作品（尤其是杂剧），强调人的价值，赞美人的尊严，同情那些被贱视的底层女子，肯定她们的才智、品格。一个充满人道关怀的作家，不大可能把一个女子落魄无路的屈辱当作笑料的。要知道"折磨穷苦人的种种苦恼，莫过于开一个嘲弄的玩笑"（约翰逊《伦敦》）。是的，我们在关汉卿的散曲中确实见不到这种"玩笑"。

三、比较有助于鉴别。请看王和卿的［越调·天净沙］《咏秃》。

> 笠儿深掩过双肩，头巾牢抹到眉边。款款的把笠檐儿试掀，连荒道一句：君子人不见头面。

读罢不免令人解颐。可笑不在其"秃"，而是他只知其一，不知其二。只知"深掩""牢抹"，可以深藏不露，却不知那大帽子既超"过双肩"、又压"到眉边"的奇形怪状恰恰有违初衷，反而引人注目，示人以"秃"。再说，人有款款试掀，未必就掀，只不过一点试意而已，他就紧张万状，慌不择言——"君子人不见头面"。此话似是十分高雅堂皇，实是不伦不类，不知所云，"君子坦荡荡"，何以不能"见头面"？岂不是又一次"将那无价值的撕破给人看"。言行毕肖，"此地无银"，欲盖弥彰，动机与效果的反差令人发噱。

关汉卿的《秃指甲》则不同，弹筝女没有想，也无法"深掩"，反而要以其"秃指"干自己不能干的事，越是尽力，越是伤心，你能笑得出来吗？你能不感到这是一幕肉体和心灵深受戕害的悲剧吗？悲剧，折射出作者人道思想的光辉。

"可笑或不可笑取决于听者的耳朵，而不是说者的舌头。"（莎士比亚《爱的徒劳》）关汉卿的《秃指甲》是嘲弄吗，抑或不是？笔者所言是耶，非耶？答案，还是"取决于听者的耳朵"。

仙吕·一半儿
题情（四首）

云鬟雾鬓胜堆鸦[①]，浅露金莲簌绛纱[②]，不比等闲墙外花③。骂你个俏冤家④，一半儿难当一半儿耍⑤。

碧纱窗外静无人，跪在床前忙要亲，骂了个负心回身转。虽是我话儿嗔⑥，一半儿推辞一半儿肯。

银台灯灭篆烟残⑦，独入罗帏掩泪眼，乍孤眠好教人情兴懒。薄设设被儿单⑧，一半儿温和一半儿寒。

多情多绪小冤家，迤逗得人来憔悴煞⑨，说来的话先瞒过咱。怎知他，一半儿真实一半儿假。

【注释】

①鸦：鸦鬓，妇女发髻的一种样式。句意是说乌黑蓬松的长发绾成高高的发髻。

②金莲：指女子的小脚。句意是"金莲"走过，红色的罗裙簌簌飘动。

③等闲：寻常。墙外花：指可以随意采摘的闲花野草，喻指勾栏妓女之类的女子。

④俏：美好。俏冤家：昵称心爱的人。

⑤难当：使气、赌气。

⑥嗔（chēn）：嗔怪、生气。

⑦银台：银白色烛台。篆：这里指盘香。

⑧薄设设：薄薄的。设设：语助词，无义。

⑨迤逗：引逗、勾引。

【品评】

这四首小令曲调相同，首尾句法一样，用韵各异。这种体式在散曲中叫作"重头"。其内容是描写一对青年男女的相见、相恋和相思。合

65

之可以相连，分之则各成一曲。

第一首写相见。那男子将对方从头到脚打量一番，不过作者用笔是十分精炼。从外貌、举止、衣着……，他就迅速地作出"不比等闲墙外花"的结论。这种从外表透视其身份、气质的眼力，自然也反映了"他"也是一位精明的人物。可爱而不可轻得，只好半真半假地开个玩笑："骂你个俏冤家"，以作试探与引逗。"冤家"这男女间的昵称，用来更见唐突，不过请别当真，只是玩笑而已。不管那"窈窕淑女"作何反应，"君子好逑"之心已经机智地透露了。结得余味不尽。

有缘相遇情难已。第二首是写两人相恋中的一个很富戏剧性的场面。窗外无人，那正是幽会的良机。闺房中一个跪着要亲，一个边"骂"边"转身"。结果呢！"一半儿推辞一半儿肯"，生动曲折地表现了那"骂"原本就是"爱"的另一种方式和情趣。

第三首写女子的相思。"独入""孤眠"，反复咏叹，意在倾诉情之所生，一个"乍"字，从时间、情节上强调出久恋之后突然分别的失落、难耐，结语既写出夜不能寐的苦况，也道出了复杂的思绪，往日的温情尤可慰藉今日的寂寞，而今日的孤单和难测的未来实是令人心寒，借物写情，亦俗亦雅。

第四首虽是续叙相思，却与上首不同，它不是以特定情境为背景来引发情思，而是对"人"和人物语言的回味、咀嚼。因为"他"是个善于引逗的多情种，既叫人苦苦思念，也令人不甚放心，而往日的甜言蜜语，究竟是真是假，也叫人难以捉摸，想到这些，相思中又增加了许多不安！

相思、恋情是诗、词中常见的题材，但是，这样"俗"的格调却不曾多见，然而要说散曲文学的特质、本色，倒也正在于此。"俗"并不意味简单、粗陋，相反，它在选材与表现上同样有着精炼、深刻、生动之处，从而使之达到雅俗共赏的艺术境界，就比如这四首小令，"没有一首不是俊语连翩，艳情飞荡的"（郑振铎《中国俗文学史》）。

中吕·朝天子①

从嫁媵婢②

鬓鸦，脸霞，屈杀了将陪嫁③。规模全是大人家④，不在红娘下⑤。巧笑迎人，文谈回话⑥，真如解语花⑦！若咱、得他，倒了葡萄架⑧。

【注释】

①朝天子：全曲十一句，句式为二二五、七五、四四五、二二五。又名［谒金门］、［朝天曲］。

②媵（yìng）婢：随嫁侍女。

③屈杀：屈死。

④规模：这里是风度、气质的意思。

⑤红娘：《西厢记》中崔莺莺的侍女红娘。

⑥文谈：宋元时期人们谈话，常常引经据典，来表现自己的才学和身份，时称"文谈"。

⑦解语花：五代后周王仁裕《开元天宝事》下《解语花》："明皇秋八月，太液池有千叶白莲数枝盛开，帝与贵戚宴赏焉。左右皆叹美久之，帝指贵妃示于左右曰：'争如我解语花。'"后因以比喻美人。

⑧倒了葡萄架：意犹酸极了。元曲中常用来形容争风吃醋。吴梅《顾曲麈谈》第四章《谈曲》："元人以妒嫉之妇为'葡萄架'，不知何意。"

【品评】

我们先说一点题外的话。这首小令在历来的著作中，有归之于周德清，有指为关汉卿，《全元散曲》则分别录入两人的名下。笔者把它放在关氏名下，虽无考据，然亦有所思考，当然也是主观臆度的几点：

一、从两家散曲的总体风格来看，小令的直率无掩，更像关氏的旷放无忌，与元后期周德清的清雅之风颇异其趣。二、周氏散曲主要是抒写怀抱，趋于雅化；关氏散曲题材则更丰富，这说明作为戏剧家的关汉卿对生活的体验、观察更为宽泛。比如他在《诈妮子调风月》杂剧中，写得就是一位"百伶百俐"的婢女燕燕的婚爱故事。可见作者的笔触已经涉及这一题材领域，关注到这一层人物，那么，写作《从嫁媵婢》的可能性也是存在的。三、吴梅《顾曲麈谈·谈曲》："汉卿轶事，有至可笑者。尝见一从嫁媵婢甚美，百计欲得之，为夫人所阻。关无奈，作小令一支贻夫人云：'鬓鸦，脸霞……'夫人见之，答以诗云：'闻君偷看美人图，不似关王大丈夫。金屋若将阿娇贮，为君唱彻醋葫芦。'关见之太息而已。"王季烈的《螾庐曲谈》也有类似记载。有人认为这是在"敷衍故事……以成小话"。就算是这样吧。为什么人们只愿意"敷衍"到关氏，而不"敷衍"到周氏，这不也透露一点人们认知的信息吗，那就是从作者生活到创作来看，这首小令更近乎关氏，而不类于周氏。

下面我们回到作品。小令对这位婢女的刻画可谓简而有序，开篇就说仅就那乌亮的鬓发，光彩照人的面容，作为陪嫁的婢女实在是"屈杀了"！如果说这是一眼瞥见的形象和感觉，往下便是细察，看那伶俐而大方的举止、风度，绝不在红娘之下，接下去再以"巧笑迎人，文谈回话"两句，补足了她的热情、聪明，文辞典雅，谈吐不凡。一路写来，层层着色，外美内秀，跃然纸上，水到渠成，脱口而出——"真如解语花"以赞叹之辞，一语总束，却又逗出下文。眼之所见，耳之所闻，心之所感，情亦为之而动——"若咱、得他"。浪漫奇思刚一闪现，立即想到——"倒了葡萄架"，那醋意颇浓的夫人会受不了的。妙语突转，"浪漫"无影，风趣地结束了全曲。"敷衍"之"小话"盖亦基于曲的结尾，进一步渲染了夫妻之间爱的碰撞、情的交流，使寻常生活更富于戏剧性，此亦足见"敷衍"者独发其妙的灵性与创想。于曲无碍，故引于上。

小令一面写媵婢才貌、举止、风度，一面率直无掩地写作者的观感和内心活动，其用意只有一点，那就是如此才貌不凡、风韵袭人的美人，终是如此命运，煞是委屈！这种不依世俗的贵贱论人，而把目光投向人的自身才智、品貌，并认为相应的生活权利、美好生活，该是由此而得，而不是决定于什么出身、地位的高下，否则便是天道不公，屈杀了"人"。这种平等意识，在他那个时代可以说是超前的，具有挑战性的，但就关汉卿而言却不是偶然的，他在许多杂剧、散曲中，维护人的尊严，张扬惩恶扬善的理想，关怀底层人物的命运，控诉清浊不分、是非颠倒的社会黑暗，抨击官民、男女、主婢之间种种不合理的现象，不都闪耀着震撼腐朽，激励人心的"平等"二字吗？所以说"一个人无论做出多少件事来，我们都可以在里面认出同样的性格"（爱默森《历史》）。这也是笔者把这首小令写在关氏名下的又一个原因。

南吕·四块玉①

别　情

自送别，心难舍，一点相思几时绝。凭栏袖拂杨花雪②。溪又斜、山又遮，人去也。

【注释】

①四块玉：南吕宫的一个曲牌。句式为三三七七、三三三，七句五韵（第一、五句可不叶韵）。

②杨花雪：白色的杨花像雪一样纷纷飘落。

【品评】

这是一首代言体小令。"不曾远别离，安知慕俦侣"（张华《情诗五首》）。是的，情感源于生活。此曲发端即言别后之思，言辞无华，却也是真切地体验之言，只不过还少了一点感发的形象。不用急，"凭栏"二字，不正推出了思妇"妆楼频望"的镜头吗！而那"袖拂杨花

69

雪"，更是静中有动，情景相生，传神地表现出"无限事，不言中"的意象。她思前想后，一切的一切，都归之于"恨不能阻其行以至于此"。最悔恨的，自然也是最难忘的。你看，当年送别的一幕不禁又浮现出来了——"溪又斜、山又遮，人去也"。这，恰恰就是思悠悠，恨悠悠，"一点相思几时绝"的开始。首尾相映，了而未了，蕴涵无穷。

南吕·四块玉

闲 适

南亩耕①，东山卧②，世态人情经历多。闲将往事思量过，贤的是他，愚的是我，争什么！

【注释】

①南亩耕：陶渊明《归园田居》之一："开荒南亩际，守拙归田园。"

②东山卧：晋代谢安曾隐居东山（在今浙江上虞县），屡征不就。

【品评】

曲的开头用陶潜躬耕南亩、谢安高卧东山，以表明"我"的选择，反复迭用意在强调决心之大。这原因还不是一般散曲中所写的乐山乐水寻快活，而是"世态人情经历多"的彻悟。"闲将往事思量过"，承上启下。"思量"的"往事"，自然包括所"经历"的世态炎凉、人海风波等等。而在"思量"这些之后呢？那就是"贤的是他，愚的是我"，"我"在这个人生的舞台上始终只能扮演一个失败者的角色，还有必要去"争"呢？倒不如"南亩耕，东山卧"。写得回环往复，首尾相应。于正言反说，冷嘲热讽之中，寄寓了一股愤世嫉俗、孤高傲世之情。

双调·沉醉东风

咫尺的天南地北①，霎时间月缺花飞②。手执着饯行杯，眼阁着别离泪③。刚道得声"保重将息"④，痛煞煞叫人舍不得⑤，好去者前程万里⑥。

【注释】

①咫尺：形容很近。古代八寸为咫。

②月缺花飞：比喻分离，与花好月圆形容团聚相反。

③阁：同"搁"，含着。

④将息：调养。

⑤痛煞煞：极度悲痛。

⑥好去者：犹言好好地去吧。者，语气词，无义。

【品评】

欧阳修写过："离愁渐远渐无穷，迢迢不断如春水。"(《踏莎行》)那变化是渐进的，情感是含蓄而绵长的，这大概就是词的阴柔之美吧。再读一读"咫尺的天南地北，霎时间月缺花飞"，就全然不同了。距离被猛然地拉得很开、很开，变化只在刹那间，离情是强烈地迸发而出。可见散曲即使是表现儿女情长，也同样可以展现其阳刚之美。下面写饯行的场面，手端酒杯，眼噙泪水，亦可谓"未成曲调先有情"，果然只勉强地道出一声"保重将息"，再也说不下去了。言者"痛煞煞"，听者何尝不也是这样呢！如此下去，不仅是"别语缠绵不成句"，也使行者更为伤情，不能不控制情绪，不能不改变思绪，调换语气——好走吧，愿君前程万里！语异情同，情深感人。真挚而复杂的离情，写得声口逼肖，淋漓尽致。所以郑振铎先生评关氏的这一类小令说："比柳

（永）词还要谐俗，却也比柳词还要深刻活泼；比山谷（黄庭坚）还要艳荡，却也比山谷词还要令人沉醉，却又那样温柔敦厚，一点也不显出粗鄙恶俗。"（《中国俗文学史》）

南吕·一枝花①

赠朱帘秀②

[一枝花] 轻裁虾万须，巧织珠千串③；金钩光错落，绣带舞蹁跹④。似雾非烟，妆点就深闺院⑤，不许那等闲人取次展⑥。摇四壁翡翠浓阴，射万瓦琉璃色浅⑦。

[梁州] 富贵似侯家紫帐，风流如谢府红莲⑧，锁春愁不放双飞燕⑨。绮窗相近，翠户相连，雕栊相映，绣幕相牵。拂苔痕满砌榆钱，惹杨花飞点如绵⑩。愁的是抹回廊暮雨潇潇⑪，恨的是筛曲槛西风剪剪⑫，爱的是透长门夜月娟娟⑬。凌波殿前⑭，碧玲珑掩映湘妃面⑮，没福怎能够见。十里扬州风物妍，出落着神仙⑯。

[尾] 恰便似一池秋水通宵展，一片朝云尽日悬⑰。你个守户的先生肯相恋⑱，煞是可怜⑲，则要你手掌儿里奇擎着耐心儿卷⑳。

【注释】

①一枝花：套数首牌。通常与梁州第七（简称梁州）、尾声三曲组成。

②朱帘秀：元代著名女杂剧艺人。

③虾万须：指帘。这两句写珠帘织作的精美，以喻朱帘秀的光彩照人、歌声圆润，古代常以串珠比喻音乐和歌声。

④金钩、绣带：指帘上的物品，暗喻朱帘秀演出时穿戴的饰品。错

落、蹁跹：形容帘幕的珠光闪灼，随风飘动，实是赞美朱帘秀舞姿袅娜轻盈。

⑤"似雾非烟"两句：形容薄薄的帘幕似雾如烟，使深闺更增一层朦胧神秘的美。

⑥取次：随便。句意是不许一般人任意展看，也就是说朱帘秀不轻易向人献艺。

⑦"摇四壁"两句：表面上说珠帘摇动，四壁都披上翡翠的绿阴，琉璃瓦也变得不那么耀眼。实际上写朱帘秀一出场就四座皆惊。

⑧侯家、谢府：所指不详。两句说珠帘的华贵、风流直可比侯家的紫罗帐、谢府的红莲幕，暗喻朱氏的高贵、风流。

⑨"锁春愁"句：承"风流"二字，说珠帘锁住双燕，喻朱氏闺中的欢爱生活。接下去用相近、相连、相映、相牵，表面上写珠帘与四周景物的映衬，实写两情相亲相洽。此人也许就是作者，也可能另有所指。

⑩砌：台阶。榆钱，即榆荚，似钱而小，俗称榆钱。这两句是说拂去青苔上的榆荚，又有杨花随风扑落珠帘。喻意可能是指轻薄子弟对朱氏的侵扰，以及由此而散布的流言飞语。

⑪抹：涂抹，指绵绵细雨淋湿曲折的走廊。

⑫筛：透过。指寒冷的西风透过曲折的栏杆。

⑬长门：汉代有长门宫。这里泛指闺门。以上三句借帘外景物的变化，写帘中人的孤寂处境，以及她的爱和憎。

⑭凌波殿：即凌波宫，唐代宫名，这里泛指水边殿堂。

⑮碧玲珑：形容水的清澈。湘妃：指舜的二妃娥皇、女英。舜南巡死于苍梧，二妃悲泣的泪水滴在竹上形成斑纹，后人称之为湘妃竹，用这种竹子编织的帘子叫湘帘。这句是说清澈的池水中映出珠帘的影子。

⑯"十里扬州"二句：化用杜牧诗句："春风十里扬州路，卷上珠帘总不如。"（《赠别》）赞美朱氏色艺超群，简直是人间的仙女。

⑰一池秋水、一片朝云：字面是形容珠帘，实是写朱氏清雅、动人之美。

⑱先生：元代称道士为先生。朱氏后来在杭州嫁给一个道士，守户先生即指此人。

⑲煞是可怜：非常可惜。

⑳奇擎（qíng）：视为珍奇佳物托举着。意思是对珠帘要爱惜地捧着，轻轻地舒卷。借物写人，希望这位道士珍爱朱氏。

【品评】

元代夏庭芝《青楼集》以"杂剧当今独步"称赞朱氏的表演艺术。关汉卿的杂剧创作，也可以说"独步"一时。他们同在大都，日常交往、艺术切磋自是甚多。当然，熟悉朱氏，并以词曲相赠的文人也不是关氏一人。胡祗遹的"锦织江边翠竹，绒穿海上明珠"（《沉醉东风·赠妓朱帘秀》）。也是咏物写人，亦属佳作。关汉卿以套曲形式纵横铺叙，句句写帘，句句写人，其容、其艺、其品……，无不包容其中。作者的爱物之情，怜人之意，处处可见。文思之巧，内容之丰，是有胜于胡氏小令的。尤其写到"没福怎能够见"，"见"的"福"分都没有了，何论其他！虽是泛指，实是自伤；虽是自伤，却不忘祈求别人给予她关怀、怜爱；声酸词苦，催人泪下。同时，作者那忠厚仁爱，深情缱绻的形象，也浮现在读者眼前。它不仅是关汉卿散曲的力作之一，也是戏曲史上一份珍贵的资料，因为它真实而生动地反映了一代伟大的戏曲家和一位杰出的女艺人之间的交往和情谊。

南吕·一枝花

不伏老

攀出墙朵朵花，折临路枝枝柳①。花攀红蕊嫩，柳折翠条柔。浪子风流②。凭着我折柳攀花手，直熬得花残柳败休③。半生来折柳攀花，一世里眠花卧柳。

［梁州］我是个普天下郎君领袖，盖世界浪子班头。愿朱

颜不改常依旧，花中消遣，酒内分忧。分茶攧竹④，打马藏阄⑤，通五音六律滑熟⑥，甚闲愁到我心头？伴的是银筝女⑦，银台前、理银筝、笑倚银屏⑧；伴的是玉天仙⑨，携玉手、并玉肩、同登玉楼；伴的是金钗客⑩，歌金缕、捧金樽、满泛金瓯⑪。你道我老也暂休⑫，占排场风月功名首，更玲珑又剔透。我是个锦阵花营都帅头⑬，曾玩府游州⑭。

[隔尾] 子弟每是个茅草岗、沙土窝、初生的兔羔儿，乍向围场上走⑮；我是个经笼罩、受索网、苍翎毛老野鸡，踏踏的阵马儿熟⑯。经了些窝弓冷箭蜡枪头⑰，不曾落人后。恰不道人到中年万事休⑱，我怎肯虚度了春秋。

[尾] 我是个蒸不烂、煮不熟、捶不匾、炒不爆、响珰珰一粒铜豌豆⑲；恁子弟每谁教你钻入他锄不断、斫不下、解不开、顿不脱、慢腾腾千层锦套头⑳。我玩的是梁园月㉑，饮的是东京酒㉒，赏的是洛阳花㉓，攀的是章台柳㉔。我也会围棋、会蹴踘、会打围、会插科、会歌舞、会吹弹、会嚥作、会吟诗、会双陆㉕。你便是落了我牙、歪了我嘴、瘸了我腿、折了我手，天赐与我这几般儿歹症候㉖，尚兀自不肯休㉗。则除是阎王亲自唤㉘，神鬼自来勾，三魂归地府，七魄丧冥幽，天哪，那其间才不向烟花路儿上走㉙！

【注释】

①出墙花、临路柳：代指妓女。

②浪子：风流浪荡的人。

③直熬得：直弄到。

④分茶：把茶水均匀地分注杯中待客。攧（diān）竹：画竹。

⑤打马藏阄（jiū）：古代两种博戏。

⑥五音：指宫、商、角、徵（zhǐ）、羽。六律：即黄钟、大簇、姑

洗、蕤宾、夷则、无射（yì）。滑熟：熟练。

⑦银筝女：弹筝女子，指乐妓。

⑧理：弹奏。

⑨玉天仙：美女。

⑩金钗客：漂亮的歌女。

⑪金缕：指《金缕衣》曲调。金瓯：酒杯。

⑫"你道我"三句：是作者假设旁人指责的话，意思是你老了，应该退下去，在风月场中，在吹打弹唱的场面，要作首领是必须灵敏活跃，能应付各种情况的年轻人。排场：即戏剧或其他伎艺的演出。

⑬锦阵花营：指娼优群中。都帅头：总头目。

⑭玩府游州：到处游玩。

⑮子第每：即子弟们。元代娱乐场中的演员、嫖客都可称子弟。围场：设围的猎场。句意是那些刚刚步入风月场中的子弟，就如在茅草岗、沙土窝里才出世的小羊羔突然跑进了围场，那倒是很危险的。

⑯踏（chǎ）踏：踩踏。阵马：战阵、战场。句意是：我是个经历了笼捕网捉的老野鸡，对于战场般的风月场是踩得很熟的。

⑰窝弓：放在暗处的弓箭。

⑱恰不道：即却不道。

⑲匾：同扁。

⑳恁（nèn）：你们。锦套头：漂亮的圈套，诱人的陷阱。

㉑梁园：为汉代梁孝王所营建，在今河南开封附近。这里是指汴京（今开封）。

㉒东京：指宋代都城汴京，因在西京洛阳之东，故称东京。

㉓洛阳花：洛阳向以花木著称，尤以牡丹为最。

㉔章台柳：章台，汉代长安街名。唐代诗人韩翊与章台歌妓柳氏相爱，韩翊去外地为官三年，寄诗柳氏："章台柳，章台柳，昔日青青今在否？"后人遂以章台柳代指妓女。

㉕蹴鞠（cùjū）：古代踢球游戏。打围：打猎。插科：戏剧用语。为了增加戏剧效果，演员在舞台上穿插适当的动作。科：指动作。嘌

作：可能指演唱技巧。元代汤式套曲《醉花阴·离思》中有："嗽作处换气偷声使徿巧"。双陆：古代一种棋类游戏。

㉖歹症候：恶习，坏毛病，即上述各种爱好和技艺。

㉗尚兀自：还是。

㉘则除是：除非是。

㉙烟花路：指勾栏妓院。

【品评】

　　这是关汉卿的颇具特色的代表作。第一曲反复写攀花折柳，毫不含糊地表明"我"这个风流浪子的本色。"一世里眠花卧柳"，暗示了题意。第二曲，进一步宣布"我"并非一般的浪子，而是"郎君领袖""浪子班头""锦阵花营都帅头"。其间"你道我老也暂休"一语，为反驳设置对立面，其意犹在"不伏老"三字。第三曲，以"兔羔儿"与"老野鸡"对比，既写出"我"的经历，也正面表示了"不伏老"的决心。第四曲，态度更为坚定，不单是"不伏老"，就是历尽磨难也至死不渝，充分地展示了"我"的孤傲、倔强的性格，完满地表现了主题。

　　"我"，不能说没有作者在内，但也不能说全是作者个人的真实写照。公允地讲应该是元代一部分文人的典型概括。"九儒十丐"的境遇，既然使元代文人失去了传统的位置、理想和人格，落入下层社会，他们也就索性"放倒"，把一切彻底地颠倒过来。羞于言说之事，偏要说得洋洋自得，眉飞色舞；最为人鄙视的"烟花"路，非要公然地发誓走下去，永不回头。从言论到行为到观念，都显示出对传统的和现实的所谓礼教、高贵、清白的蔑视，以背逆的方式去摆脱绝望的痛苦，去寻找精神上的自由，去证明不甘屈服的生命的存在与抗争。这，就是这个玩世不恭的典型的意义之所在。唯其如此，其悲剧的心理总是难以完全隐去的，"花中消遣，酒内忘忧"，不是微露真情了吗？还有"我也会围棋……会吟诗……"，难道都是"歹症候"吗？这种故作伴狂，实出于一腔悲愤。

　　如果说关氏《赠朱帘秀》套曲写得湿润明丽，那么这套曲则迥然不同了。其语言豪放泼辣，绝无顾忌，加之大量衬字的运用，更显得奔放不羁，而这无疑有助于内容的表现和形象的塑造。

白朴 （1226—1306 以后）

字太素，号兰谷。初名恒，字仁甫。陕州（今山西河曲县附近）人，后定居真定（今河北正定）。父白华任金朝枢密院判官，金亡之际受命往邓州搬兵。金亡，其母被蒙古军所虏，年幼的白朴为父亲的好友元好问救助，视如亲子教养，并对他的聪明、才华颇为赞赏，尝赠诗曰："元白通家旧，诸郎汝独贤"。入元之后，不肯出仕，至元十七年（1280）移居金陵（今江苏南京），浪迹山水，纵情诗酒。晚年仍归北方。与关汉卿、马致远、郑光祖并称"元曲四大家"。所作杂剧现存《梧桐雨》等三种，另有词集《天籁集》。《全元散曲》存小令三十七首，套数四套，艺术上以清丽见长。

中吕·阳春曲
知几① （二首）

知荣知辱牢缄口②，谁是谁非暗点头。诗书丛里且淹留③。闲袖手，贫煞也风流。

张良辞汉全身计④，范蠡归湖远害机⑤。乐山乐水总相宜。君细推⑥，古今几人知。

【注释】

①知几：预先知道事物变化的微小征兆以及未来的结局。《易·系辞下》："子曰：知几其神乎？……几者，动之微，吉之先见者也"。

②缄口：闭口不言。

③淹留：滞留。

④张良：字子房，辅佐汉高祖刘邦平项羽，定天下，功成之后，"愿弃人间事，欲从赤松子（传说中的神仙）游耳"（《史记·留侯世家》）。

⑤范蠡：字少伯，与文种共佐越王勾践，灭吴雪耻。此后，"范蠡以为大名之下，难以久居，且勾践为人可与同患，难与处安。"于是乘舟浮海逃离越国（见《史记·越王勾践世家》）。文种未走，果被勾践赐剑自杀。

⑥细推：细细推究。

【品评】

《知几》共四首，这里选两首。前一首直白地写出自己选择的生活道路：对是非、荣辱心中虽是清清楚楚，但绝不开口评说。装聋作哑，躲进"诗书丛里"，纵览古今，神游天下，兴之所至，还可以吟诗抒怀，诚所谓"诗家贫煞也风流"（元好问《阮郎归》）。为什么有这样的选择呢？就是因为"知己"，因为太了解那个险恶无理的现实，所以要防祸于未萌。后一曲，以古证今，说明这种选择终究是明智的。你看，即使如张良、范蠡那样功高一世的人物，也得"辞汉""归湖"，方可全身远害，否则便难逃文种那样的下场。尤妙在结句："君细推，古今几人知"！促人深思，令人猛醒。从古至今，虚伪残酷的封建统治者制造出多少"狡兔死则良犬烹"的惨剧，但又有几个人能"知己"勇退，去"乐山乐水"呢！又有多少人迷于富贵权势而难逃一"烹"呢！"苛政，则无逸乐之士"（《邓析子·无厚篇》）。装聋作哑，自是痛苦的扭曲，"乐山乐水"的"归湖"，也是不得已的全身之计，所以这"乐"的根由，还是一个"苦"字。不错，这种扭曲与逃避都带有消极的色彩，但是，那种与统治者决不合作的精神和傲岸的性格则是它真实的内涵，这比起那些为一己之利禄去趋炎附势，出卖灵魂充当元蒙新贵的鹰犬和奴才，却是高明得多。

中吕·阳春曲

题情（四首）

轻拈斑管书心事①，细折银笺写恨词，可怜不惯害相思。则被你个肯字儿，迤逗我许多时。

从来好事天生俭②，自古瓜儿苦后甜。奶娘催逼紧拘钳③。甚是严，越间阻越情忺④。

笑将红袖遮银烛，不放才郎夜读书，相偎相抱取欢娱。止不过迭应举⑤，及第待如何⑥？

百忙里铰甚鞋儿样⑦，寂寞罗帏冷篆香⑧。向前搂定可憎娘⑨。止不过赶嫁妆，便误了又何妨！

【注释】

①斑管：指笔杆有斑纹的毛笔。

②好事：这里指男女间的爱情。俭：少。

③奶娘：亲娘，有时亦指乳母。紧拘钳：意思是管教约束很严。

④间阻：从中阻拦。忺（xiān）：欣喜。句意是奶娘越是阻挠，两人越是情投意合。

⑤迭应举：累次参加科举考试。

⑥及第：科举应试中选。

⑦铰：剪。

⑧篆香：指盘香，或香的烟缕。

⑨可憎娘：反语，是男子对女方最亲昵的称呼。

【品评】

　　原题六首，这里选四首。第一首，写女子握笔展笺"书心事"，万千心事也就是一腔"恨词"。"恨"从何来呢？原来她还是一位初入情网的天真单纯的姑娘，对方既有一个"肯字儿"，为何又不来相会？于是这难以捉摸的"肯"字，使她情窦初开，也使她坠入相思、不安的苦海。怨怀无托，不知所措，只好欲书心事寄幽恨了。第二首，开头两句劈空而来，干净利落，其极富生活经验和深刻哲理的内涵，意味着女主人公思想的成熟。这就为她敢于向封建礼教挑战，对爱情的大胆追求，奠定了思想和性格的基础。因此曲中所写虽是少见的果敢、泼辣，读来亦觉自然、可信。第三、四两首，写男女之间的嬉戏调笑，值得注意的是他们的语言。女子的"及第待如何"，短短一语，却从根本上动摇了封建社会世代相传的科举功名、仕途经济的观念。再比如说就当时而言，"嫁妆"无疑是财富、身份地位的标志，"鞋样""针线"是女子才能和聪慧的体现，可那男子却一反这些尘俗之见，直言"便误了又何妨"！在艺术上绝不像诗、词那样多用意象、意境去渲染、暗示，而是直截用人物行为、动作、语言、心理去表达情感，塑造形象，以其直露、真率的神韵，展示其独特的风采和散曲的审美特征。

越调·天净沙

春

　　春山暖日和风，阑干楼阁帘栊①，杨柳秋千院中。啼莺舞燕，小桥流水飞红②。

秋

　　孤村落日残霞，轻烟老树寒鸦，一点飞鸿影下。青山绿水，白草红叶黄花。

【注释】

①帘栊（lóng）：窗帘。
②飞红：落花。

【品评】

白朴用这一曲调写了两组春、夏、秋、冬，共八首小令。白朴不仅"善作情语"，也"颇长于写景色。春、夏、秋、冬的四题，已被写得烂熟，但他的［天净沙］四首，却是情词俊逸，不同凡响"（郑振铎《中国俗文学史》）。且以所选的这两首为例。试谈其"不同凡响"之处。其一，景多而不乱。比如《春》，每一句都是相关景物的组合。再从全曲看，第一句是从大的环境、气氛去表现"春"，可谓总体背景；接下去便从人物的居所开始，由近而远的移动镜头：楼阁……庭院……流水……，其间插入"啼莺舞燕"，声、态妩媚，以动破静，春意盎然。这种多姿多彩，而又井然有序的安排，正是作者匠心独运所致。其二，笔简而传神。比如《秋》，开头两句每一个名词前，只用一个形容词：孤、落、残、轻、老、寒，不仅简炼地传达出各具特色的形、神，而且那残阳下的孤村，暮霭中的寒鸦，更使那秋日傍晚的画面，增添了萧瑟清冷的神味。其三，象集于一而意不单。这两首曲，每一首都写了十多种景物，每一种物象的选择与表现都围绕一个中心，即"春"和"秋"。但是，那物象的审美蕴意并不单调。暖日春风，莺啼燕舞，自可给人欣欣向荣的美感，然而落花流水，亦可引发惜春、伤春之情；孤村落日、老树寒鸦，一点飞鸿，不无孤寂、凄迷之感，可那青山绿水、红叶黄花、色彩绚丽的秋光，显然又别有一种傲霜斗寒的生机。象集于一，以其鲜明、强烈的个性特色，引人入胜；蕴意不单，则以其不同的意象，构成不同的审美情境，自可使更多的读者流连其中，反复吟咏。而这一切简言之，即可谓"不同凡响"的艺术魅力吧！

双调·沉醉东风

渔　夫

　　黄芦岸白蘋渡口，绿杨堤红蓼滩头。虽无刎颈交①，却有忘机友②，点秋江白鹭沙鸥。傲杀人间万户侯③，不识字烟波钓叟。

【注释】

　　①刎颈交：古时称可同生死的交情。

　　②忘机友：不藏机心，坦诚相见的朋友。

　　③万户侯：古代贵族封邑以户口计算，汉代封侯大者"食邑万户"。这里泛指高官厚禄。

【品评】

　　曲的开头描绘了一个景色极美的江边，随之出现的便是"渔夫"，他怡然自得，恬静淡泊，蔑视功名富贵，却与鸥鹭相亲。白朴生于亡国之邦，长于战乱之年，母亲失散，父亲先任职于金，后又投宋、降元，世事沧桑，历经荣辱，再加之元代文人的悲惨处境，这些都使得白朴绝意于仕途，投情于山林。曲中的"渔夫"，可以说写出了他的人生理想。但也仅仅是个"理想"，因为"人生识字忧患始"，这个"渔夫"之所以能那么超然、逍遥，别忘了他是个"不识字"的，而这一点对于白朴来讲已是不可能的了，那么，这个"识字"的白朴，即或做了"烟波钓叟"，也只能在"忧患"中走完自己的一生。可见在这个"理想"形象的塑造中，蕴含了多么深重的悲剧意识！

双调·庆东原①

忘忧草②，含笑花③，劝君及早冠宜挂④。那里也能言陆贾⑤？那里也良谋子牙⑥？那里也豪气张华⑦。千古是非心，一夕渔樵话。

【注释】

①庆东原：句式为三三七、四四四、五五，八句六韵（一、七句不用韵）。首二句及末二句宜对，中间三个四字句宜作鼎足对，末二句亦可作两个三字句。

②忘忧草：即萱草。《诗经·伯兮》："焉得谖（萱）草，言树之背。"毛传云："谖草令人忘忧。"

③含笑花：花如兰，开时常不满，状如含笑，因以得名。

④冠宜挂：宜挂冠的倒装，意即辞官。

⑤那里也：意犹哪里是、在哪里。陆贾：从汉高祖定天下，曾游说南越尉赵陀归汉，故称"能言"。

⑥子牙：即姜尚，姜太公，后从封地改姓吕。辅佐周文王，被尊为尚父。又从武王谋划伐纣灭殷，故称"良谋"。

⑦张华：字茂先。《晋书·张华传》说他"勇于赴义，笃于周急"。后为中书令，散骑常侍，曾排除异议，力劝武帝定灭吴之计，统一后出为持节、都督幽州诸军事，加强对东北地区的统治。故作者总以"豪气"称之。

【品评】

曲以比兴手法领起，意思是若要忘却忧愁，含笑人间，就须及早辞官。即使能如陆贾、子牙、张华那样，如今又何在呢！无非作为渔樵闲谈的资料而已。历史不也是如此么,"想秦宫汉阙,都做了衰草牛羊野,不恁么渔樵没话说"(马致远[双调·夜行船]套)。现实又何尝不是这样呢,"古今尽成闲是非,翻覆兴和废"(钟嗣成[双调·清江引])。那么,由此可知今之"堂堂大元"也不过是千古兴废中的一幕闹剧,后世渔樵的谈资,有什么必要在这个"闹剧"中去争荣辱高下、功过是非呢?可见,及早挂冠,还是源于愤世嫉俗;否定人世一切存在的价值,其根本所指还是对现实的蔑视和抨击。理解这一点,有助于把握这一类散曲深层的思路和隐曲的心迹。

双调·得胜乐①

红日晚,残霞在,秋水共长天一色②。寒雁儿呀呀的天外,怎生不捎带个字儿来③?

【注释】

①得胜乐:句式为三三六、六六,五句三韵(一、四句不用韵)。

②"秋水"句:王勃《滕王阁序》中有:"落霞与孤鹜齐飞,秋水共长天一色。"

③怎生:为什么。因古代有鸿雁传书之说,故有此问。

【品评】

曲的开头写景,景之所见该出于一位独上层楼之"人"。红日依山,残霞犹在,一江秋水悠悠东流,与无际的碧空在远处相连。色彩绚丽,境界开阔,但那残阳、秋水和无垠的空旷,不免又有些凄凉、寥落,这似乎已经透露了登楼之人的心绪。如果说"望到斜阳欲尽时,不见西飞雁"(宋·程垓《卜算子》),还少了一点儿曲折的话,那么这首曲的后两句就不同了。几声雁叫,点燃了心中的希望,欣喜、激动可想而知，可是空叫几声掠空而去，并无半点消息，杳杳天涯人何处？欲抑先扬，虽是瞬间的起伏，却带来更深的失望和怨恨，怨恨亦以曲笔出之——只怨"寒雁"不怨人，道是无理却有情。全曲借景写情，有声有色，清丽婉曲，散曲中类词化一路的特征于此可见。

姚燧 （1238—1313）

字端甫，号牧庵。祖籍营州柳城（今辽宁朝阳），后迁居洛阳。三岁丧父，由伯父姚枢抚养，及长，受学于许衡。姚枢、许衡皆元初著名文臣，对姚燧的学业、思想、仕途都颇有影响。至元九年（1272）许衡任国子祭酒，召姚燧入京，后被推荐任秦王（忽必烈第三子）府文学。历任肃政廉访使、行省参知政事等职，官至翰林学士承旨。姚燧以散文见称，《元史·姚燧传》称其"为文宏肆该洽，豪而不宕，刚而不厉，春容盛大，有西汉风，宋末弊习，为之一变"。今存《牧庵集》三十六卷。散曲存小令二十九首，套数一套。

中吕·普天乐①

浙江秋②，吴山夜③。愁与潮去，恨与山叠。塞雁来④，芙蓉谢⑤。冷雨青灯读书舍⑥，怕离别又早离别。今宵醉也，明宵去也，宁耐些些⑦。

【注释】

①普天乐：句式为三三、四四、三三、七七、四四四，十一句六韵。

②浙江：指新安江经杭州入海的一段，又叫钱塘江，秋天多潮，气势壮观。

③吴山：在杭州市钱塘江北岸。

④塞雁：从塞北飞到南方来过冬的大雁。

⑤芙蓉：荷花。

⑥青灯：油灯，灯光青荧微弱，故名。

⑦宁耐：忍耐。些些：一些儿、一点儿。

【品评】

这是一首送别朋友的小令。前七句用比兴手法层层渲染。开头两句点出季节与时间，三、四两句写愁如潮涌，恨如山叠。潮由江起，山由山来，承接自然。而那秋与恨又和下文的秋声、秋色、秋雨、青灯、书舍，相生相映，离情更浓。上半虽是笔在空际，但已为下半抒情蓄势。"怕离别又早离别"，点明主旨，难舍难分，一语醒豁。"问人间，谁管别离？杯中物"（辛弃疾《满江红》）。那么，"今宵"尚可共醉慰离愁，"明宵去也"与谁共醉慰离愁？无限伤情，尽在言外。不过，丈夫不作儿女别，还是"宁耐些些"吧，劝己慰人，深情可感。曲中多短语，但语意前后相属，上下相对，因此读起来既有情急节促之感，又有反复唱叹、绵绵不尽的情味。语言前雅后俗，表现出散曲文学雅俗相融之美。

中吕·阳春曲

笔头风月时时过①，眼底儿曹渐渐多②。有人问我事如何，人海阔，无日不风波！

【注释】

①风月：清风明月。句意是说：美好的时光不停地从笔头匆匆逝去。指自己写诗作文用去了许多时光。

②儿曹：儿女们。这里亦包括后进，新人。

【品评】

开头两句对仗工整，前句偏于回忆，后句落在眼前，总写出光阴易逝，岁月催人之感。不过言辞中也透露了这位一代"文章大匠"对事业、家庭隐隐自得之情。这就有点像陆游说的："百岁光阴半归酒，一生事业略存诗。"（《衰疾》）人生如寄，遗憾颇多，但亦决非纯然无成空老去。"有人问"一语故作一转，把内容生发开去，暗暗地引向未来，未来怎样？难说。而且那难说的原因还不宜直说，因此，只能巧设比喻以暗示，明言之该是宦海风波，无时不在。也许正是这种时时处处防患于未然的清醒和谨慎，才使得他一生坦顺的吧。但这毕竟反映了元代黑暗、险恶的政治在仕人心中所投下的阴影。

越调·凭阑人①

马上墙头瞥见他②，眼角眉尖拖逗咱，论文章他爱咱，睹妖娆咱爱他。

【注释】

①凭阑人：句式为七七、五五，四句四韵。此曲三、四句各多一个衬字。

②马上墙头：白居易《井底引银瓶》："妾弄青梅凭短墙，君骑白马傍垂杨。墙头马上遥相顾，一见知君即断肠。"这里也是写男女"遥相顾"的情景。

【品评】

深闺大院的隔绝，封建礼教的束缚，使多少人丧失了青春的欢爱，酿成了多少人间悲剧。但是，芳心难锁，所以像"马上墙头"一类浪漫的故事，倒也是代代有之。与作者同时代的白朴写李千金与裴少俊相恋的杂剧，就以《墙头马上》名之。姚燧的这首曲虽是短小，却也有其精彩之处。你看，才子在马上一眼就瞥见了探身墙头的"她"，她呢！秋波频传深属意。目成心许的情节，写得干净利落。不期而遇，似属天赐、一见倾心，却非偶然。第四句承第一句，佳人娇美多情，所以"咱爱他"。第三句承第二句，她之所以引逗咱、爱咱，那是咱的文采才华所致。活画出一副年轻才子自信自傲的神气。短短四句，前后勾连，表里相通，一气浑成，才子佳人一见钟情的环境、情节，人物的神形、心态，皆历历可见，展现了散曲的尖新佻挞，直率自然的风神。

越调·凭阑人

寄征衣^①

欲寄君衣君不还，不寄君衣君又寒。寄与不寄间，妾身千万难^②。

【注释】

①寄征衣：给羁旅在外的人寄衣。
②妾：妾古代妇女自称。

【品评】

唐代陈玉兰有《寄夫》诗："夫戍边关妾在吴，西风吹妾妾忧夫。一行书信千行泪，寒到身边衣到无？"与这首小令颇有相似之处。比如：都用第一人称，都以寄衣一事切入主人公内心活动，句式基本上采取相对或相关的两层意思构成，且大量运用重言复辞。当然，不同之处也很明显。陈诗围绕"忧"字展开，小令则着重表现"难"字。这里顺便说一下，有人把小令中的"君"也解作征戍者，恐怕不妥。因为"征戍者"是身不由己的，还与不还，与衣之寄与不寄，并不相关，这一点常理妻子也该明白，陈诗不涉及这一点恰好是个例证。小令中的"君"似是一般因事、因商而羁旅在外的，所以才有"欲寄——不还"，"不寄——又寒"的矛盾，究竟该如何办呢？"妾身千万难"！不知所措，戛然而止。面对这没有解开的情结，连读者似乎也无法安心掩卷，这种余意不尽的艺术魅力，亦与唐人绝句十分相似。

马致远（约 1250—1321 以后）

　　号东篱，大都（今北京）人。年青时曾热衷功名，然不得志。元灭南宋，马致远南下，年约三十岁。此后任过江浙行省务官，掌税收。这对于具有"佐国心，拿云手"的马致远来说，恐非所愿，加之不甘于元蒙统治者的歧视、钳制，大约五十岁左右即隐退，住在杭州附近的乡村，以诗酒自娱。马致远是"元曲四大家"之一，著杂剧十五种，今存六种，又合著一种。其散曲成就为元代之冠，有"曲状元"之称，作品声调和谐优美，语言清新豪爽，意境直率醇厚，现存小令一百一十五首，套数十六套，残套七，有辑本《东篱乐府》。

南吕·四块玉

叹　世

　　两鬓皤①，中年过，图甚区区苦张罗②？人间宠辱都参破。种春风二顷田，远红尘千丈波③，倒大来闲快活④。

【注释】

　　①皤（pó）：白色。

　　②区区：愚，固执，迂拘。《焦仲卿妻》："阿母谓府吏，何乃太区区。"张罗：计算、操劳。

　　③红尘千丈波：人世风波。

　　④倒大来：程度副词，多么，何等。

【品评】

　　马致远早年也曾梦想青云直上，建功立业。但现实是"恨无上天梯""半世蹉跎"的他，五十岁以后离开官场，晚年隐居于杭州郊外。为什么有了这样的决心，这样的选择呢？那是因为"人间宠辱都参破"。所以这首小令可以说是作者自述心路、略画生平的作品，但也应指出它的社会性、典型性，因为这也是一代文人共同的心声。请听："林泉高攀，蓄盐贫过，官囚身虑皆参破"（陈草庵［中吕·山坡羊］），"利名两字不坚牢，参透也弃了"（无名氏［双调·快活年］）。恕不多举。这是由于"不读书有权，不识字有钱，不晓事倒有人夸荐"的社会风气、价值取向，使文人失去了传统的地位与出路。"参破""参透"，无疑蕴涵着许多无奈与痛苦，但就思想而言也并非尽是消极与逃避，这其中有愤懑与抗争，也有自尊与选择。参破王朝兴亡，就意味着对皇权的蔑视，对现实政治的否定；参破功名利禄，就是不俯仰于权贵，以求得身安心安；参破贤愚，就是对"贤和愚无分辨"的嘲弄与抗争；参破贵贱荣辱，就是鄙弃尘世浮华张狂，以求得清闲快意的生活。而元曲的创作与繁荣，应该说与元代文人的这种选择与心态又有着密不可分的关系。

南吕·金字经

夜来西风里，九天鹏鹗飞①。困煞中原一布衣②。悲，故人知不知？登楼意③，恨无上天梯④。

【注释】

①九天：极高远的天空。鹏、鹗：两种飞禽，这里主要取大鹏之意。

②布衣：指平民、百姓。

③登楼意：东汉末年，王粲因董卓之乱，离开中原，投靠荆州牧刘表，未得其用，作《登楼赋》抒发其怀才不遇和郁郁思乡的惆怅。

④上天梯：喻指有力的凭借、引荐。

【品评】

庄子说："鹏之徙于南冥也，水击三千，抟扶摇而上者九万里"（《逍遥游》）。小令开头两句的意象亦有与此相似之处，不过这里是用那乘风而起，搏击长空，翱翔九天的雄姿，反衬自己沉沦底层，处境困顿，两相对比，更觉可"悲"！"故人知不知?"问得声情感人，反映了一种无力承受的、深沉的期求与渴望。但如果甘心于"南亩耕、东山卧"，不也闲适快活吗！这就透露了马致远的初衷所在。是的，他曾经热衷于进取，也进入了官场，但都没有如愿。王粲在《登楼赋》中说过："冀王道之一平兮，假高衢而骋力"。意思是希望天下太平，自己愿凭藉帝王之力，以施展才智。这大概也是马致远"登楼意"所暗示的"鸿鹄之志"。可惜没有"好风凭借力，送我上青云"。这就是结尾两句的内涵，全曲的重心所在，既有怀才不遇之悲，亦有怨恨现实之意。写得豪迈而沉痛，是了解马致远其人不可不读的一曲。

越调·天净沙
秋　思

枯藤老树昏鸦，小桥流水人家，古道西风瘦马。夕阳西下，断肠人在天涯。

【品评】

这是元曲散曲中备受称赞的名篇。周德清誉为"秋思之祖"（《中原音韵》）。吴梅说它"直空古今"，后人"不可及者此也"（《顾曲麈谈》）。曲的开始便是一组又一组景物，密集而洗炼，一下子就吸引住读者。但是景的具体内涵并不明确，所以又要急于读下去，于是便看到那飘零的游子在暮色苍茫中踽踽独行……"断肠人"出现了，天涯漂泊之感点明了，那前面的景物也"活"了，成了具有特定情感的艺术形象。暮鸦归巢，人归何处？小桥人家，此时显得分外恬静自在，浪迹天涯的游子，何时能拥有这一份安宁和温馨呢？"古道西风瘦马"，虽以景语和上二句构成鼎足对，然亦是对这个问题作出了现实的、令人伤心的回答；同时，古道漫漫，瘦马困顿，也为下文人物出场预作准备。蕴意构思，十分精巧。全曲不见"秋思"二字，却又无处不在；"断肠人"为何离乡背井，征途究向何方！等等问题不露丝毫痕迹，然其形其神宛然可见。写得空灵深邃，情景浑然，纯朴自然，章法圆紧，"寥寥数语，深得唐人绝句妙境"（王国维《宋元戏曲考·元剧之文章》）。

双调·蟾宫曲

叹 世

咸阳百二山河①，两字功名，几阵干戈。项废东吴②，刘兴西蜀③，梦说南柯④。韩信功兀的般证果⑤，蒯通言那里是风魔⑥。成也萧何，败也萧何⑦，醉了由他⑧！

【注释】

①咸阳：今陕西咸阳，秦代建都于此。《史记·高祖本纪》："秦形胜之国，带河山之险，县（悬）隔千里，持戟百万，秦得百二焉。"裴骃《集解》引苏林的解释："秦地险固，二万人足当诸侯百万人也。"

②项废东吴："秦末项羽起兵会稽（郡治在今江苏吴县），终被刘邦击败，自刎乌江（在今安徽和县东北）。以上两处古代皆属吴地。

③刘兴西蜀：秦亡，刘邦封为汉王，"王巴蜀、汉中，都南郑"。刘邦以此为基地，终于击败项羽，统一中国。

④梦说南柯：唐李公佐《南柯太守传》写淳于棼（fén）一次醉卧，梦入大槐安国，娶了公主，做了二十年南柯郡太守，生五男二女，富贵荣显，醒来原是一梦。

⑤韩信：西汉大将军，与张良、萧何并称汉兴三杰，为汉高祖刘邦

定天下屡立大功，终被吕后所害，诛夷三族。兀的般：这般。证果：结果。

⑥蒯（Kuǎi）通：即蒯彻，汉初著名的辩士。曾劝韩信背汉自立，韩信不听，他怕受牵连，遂装疯逃遁，后来韩信被吕后所害，临刑前叹曰："悔不听蒯彻之言，死于女子之手。"可见蒯通之言并非疯言癫语。

⑦萧何：汉初大臣。楚汉战争中，荐韩信为大将，后来吕后杀韩信，用的也是萧何的计谋。故俚语有"成也萧何，败也萧何"。

⑧他（tuō）：协歌戈韵，义不变。

【品评】

历代王朝的盛衰兴亡，历史人物的功过成败、是非恩怨，应该说都有一定的内涵和意义，是所谓历史的存在与价值。但在这首小令中，这一切都成了南柯一梦，不可捉摸，也毫无意义。说古是为了论今，对历史的否定，也就隐含了对现实的否定，否定之后的选择便是"醉了由他"。但如果真的能在杯中忘掉一切，一切"由他"，还有什么可"叹"的呢？可见"叹世"之时的马致远心中并不平静，了解了这一点，便不难觉察虚无是出自于愤激，忘世则因为无路，超然只在寻求解脱。豪放洒脱的言辞，难掩现实投向他心中的阴影。

双调·寿阳曲

山市晴岚①

花村外②，草店西③。晚霞明雨收天霁④。四围山一竿残照里⑤，锦屏风又添铺翠⑥。

【注释】

①晴岚：雨后新晴，山林中浮动的雾气。

②花村：山花丛开的村庄。

③草店：村野的酒店。

④霁：雨止天晴。

⑤一竿残照：夕阳西下，离山顶只一竿之遥。

⑥锦屏风：指四周秀丽的山峦。

【品评】

宋代画家宋迪善作平远山水，其得意者有"潇湘八景"：平沙落雁，远浦归帆，山市晴岚，江天暮雪，洞庭秋月，潇湘夜雨，烟寺晚钟，渔村落照。元人散曲对此多有题咏，马致远亦依题写了八首小令，这是其中的第一首。"花村""草店"，点出题中的"山市"，接着用"外"字，"西"字，把视线引开，画面随之开阔。三、四句意在写"晴"——这是雨后的新晴，晚霞残照中的新晴，而"四围山"又为这个新晴确定了具体的空间。这些因素的相融相映，便创造出一种山林一洗，青翠碧绿，晚霞辉映，薄雾轻笼，妩媚多姿的诗情画意。层层刻画，都为"晴岚"二字铺垫，曲意流畅，意境清新。

双调·寿阳曲

远浦帆归①

夕阳下，酒旆闲②。两三航未曾着岸③。落花水香茅舍晚，断桥头卖鱼人散。

【注释】

①浦：水边。

②酒旆：酒旗，即酒店门前的幌子。

③航：这里指船。

【品评】

这是马致远题"潇湘八景"图的第二支曲子。"夕阳下",既是画中一景,也给画面确定了时间背景和统一画面的色调。此外,可见的景物有酒旗、小舟、水面上的落花,断桥边的茅舍,散落在地面、岸边、水上,有远有近,而且那两三只小船,虽远在湖中,但是它那向着岸边归来的动向、动态,显然较之其他景物更为引人注目,这便是画面的中心——归帆。不过,好的题画作品又不能止于画图的描述,还要用语言的艺术写画中难写之景、难尽之意。比如那个"闲"字,不仅刻画出酒旗悠然轻遥之态,还可以使人想象日落黄昏,店中无客,主人悠闲,一派宁静的气氛。画中水面上的落花,看上去也许会给人"春去也"的感觉。但是着一"香"字,其境界就不同了,不单创造出落花随水,香留人间的情味,更使晚霞中的茅舍又添几分令人向往的温馨。画面上"断桥头"空寂无人,曲中补以"卖鱼人散"四字,既交待了无人的原因,也暗示了未"散"之前有买有卖熙熙攘攘的景象。这些画外之画、画外之意,无疑深化和扩大了画的意境。

双调·寿阳曲

云笼月[1],风弄铁[2]。两般儿助人凄切。剔银灯欲将心事写[3],长吁气一声吹灭[4]。

【注释】

①笼:笼罩。

②铁:挂在屋檐边的铁马,几块铁片悬在一起,风吹作响。

③剔银灯:把灯挑亮。

④吁(xū)气:叹气。

【品评】

从曲中情境来看，女主人公本已是孤灯只影、愁绪满怀，又偏偏遇上云迷月色，风动檐铁，更觉暗淡凄凉，孤寂难眠。于是她索性把银灯挑亮，"轻拈斑管书心事"。这既可一吐相思，又可打发时间。可是"心曲千万端，悲来却难说"（孟郊《古怨别》）。书未写成心更乱，只好长叹一声把灯吹灭。灯虽灭，曲已终，情未了。短短几句，写得情景相生，跌宕起伏，余情不尽。

双调·寿阳曲

心间事，说与他。动不动早言两罢①！罢字儿碜可可你道是耍②，我心里怕那不怕！

【注释】

①罢：算了。
②碜（chěn）可可：实实在在。

【品评】

从小令的内容看，姑娘与她的情人已经相识一段日子了，可是知人知面尚未知其心。"相面不如相心"，聪明的姑娘也是深知此理的。如何审视其心呢？她先将自己的"心间事，说与他"。以诚换诚，以心换心，他也该将"心间事，说与我"。可是，他动不动就说咱俩还是算了吧！下面该有一个省略——姑娘听了又气又急地回他一句：算就算！那小伙子一听，便慌忙改口：好了，好了，跟你开玩笑的！可姑娘的心尚未平静——接着又说：你说得轻松，可那"罢字儿"确实是你亲口说的，人家听了是什么滋味，怕不怕！娇嗔、责怪之中，蕴涵了无限的真挚、温存和期盼。如此短章，竟能将人物写得口吻毕肖，情趣盎然。言情之巧，堪称高手！

双调·寿阳曲

人初静，月正明。纱窗外玉梅斜映。梅花笑人休弄影，月沉时一般孤另。

【品评】

喧嚣的一天安静了，外边是"月光如水水如天"。女主人公大概是想一赏那月白风清之景，以解心头的忧思，她举目便见洁白的梅花映印在纱窗上，斜枝疏影，姿态娇媚，别是一番风韵。可她看着、看着，便觉得那梅花像是有意地向她炫耀自己的"形影相伴"。可她呢，也不甘于这无端的嘲弄——请不要笑我的孤独，也不必炫耀你的对影成双，待到月儿西沉，不也和我一样孤孤零零的吗！情因景生，景因情"活"，别具情趣，似熟还新。

双调·拨不断

叹寒儒，谩读书①，读书须索题桥柱②。题柱虽乘驷马车，乘车谁买《长门赋》③？且看了长安回去。

【注释】

①谩：徒然。

②题桥柱：西汉司马相如未遇时，从成都去长安，途经升仙桥，在桥柱上题下："不乘驷马高车，不过此桥。"

③《长门赋》：汉武帝的陈皇后失宠，废置在长门宫。她听说司马相如长于辞赋，就托人用重金请司马相如作《长门赋》，武帝看后颇受感悟，陈皇后重新受到宠幸。

【品评】

"学而优则仕"（《论语·子张》），仕，自有车马俸禄。但也不仅于此，"丈夫贵兼济，岂独善一身"（白居易《新制布裘》）。施展才能，报国安民，建功立业，等等，亦在其中，而且对有的人来说这还是"仕"的本意之所在。隋唐以来，读书人一般都由科举进入仕途，而有元一代则无正常的科举制，即或偶一为之，对汉族儒生也极不公正，这就切断了文人的仕途，剥夺了文人实现其传统人生价值的机遇。这首曲的开头落笔便是一"叹"，就凝聚了这种失落的悲哀和愤恨，下面反接其意，说读书人就要像司马相如那样，有志且有幸去实现驷马高车之愿。可如今的"乘车"者（即有权有势的人），有谁去赏识、重用有才之士呢！因此，也就不要再做什么功名梦了，还是看看长安（代指京城）就回去吧！小令在表现上采用"顶真体"，使"读书""题柱""乘车"诸词重复相连，这种语势蝉联而内容转折的艺术手法，巧妙地抒发了作者心中郁积难申的感慨不平之气。

双调·拨不断

　　酒杯深，故人心。相逢且莫推辞饮，君若歌时我慢斟，屈原清死由他恁^①，醉和醒争甚！

【注释】

　　①屈原清死：屈原被黜，行至江滨，披发行吟，有渔父问之："子非三间大夫欤？何故而至此？"屈原曰："举世混浊而我独清，众人皆

醉而我独醒，是以见放。"（《史记·屈原贾生列传》）终于"伏清白而死直分"，自投汨罗。恁（nèn）：那么。

【品评】

　　白居易的《对酒五首》中有："相逢且莫推辞醉，听唱阳关第四声。"韦庄的《菩萨蛮》中有："珍重主人心，酒深情亦深。"这首小令的前三句颇有与之相似之处，我们也把它作为朋友的宴饮吧。酒深、情深，朋友当然不好推辞，几杯之后，主人乘兴相邀："对酒当歌"，唱一曲吧！我给你慢慢斟来缓缓饮。看来那位友人不仅唱了，而且是慷慨悲歌，一吐心中的抑塞不平。按照这个曲牌的格式，第五句宜与三、四句相对，构成一个意义单位。这首小令却又是一格，五、六句相连，而与上文有个转折，那情形大概是歌者过于动情，主人忙加劝解：屈原清死就由他那么去吧，是而非之，非而是之，古往今来，何可计数！醉与醒，清与浊，有什么可争的！"哀莫大于心死"。不"争"者，心死也；心死者，乃执着之后的绝望也！这种超脱放旷与悲剧意识的深深相融，便构成了散曲文学精神的一个基本特色。

双调·拨不断

　　布衣中①，问英雄：王图霸业成何用？禾黍高低六代宫②，楸梧远近千官冢。一场恶梦！

【注释】

　　①布衣：没有功名官职的人。

　　②"禾黍"二句：化用唐代许浑诗句："……松楸远近千官冢，禾黍高低六代宫。石燕拂云晴亦雨，江豚吹浪夜还风。英雄一去豪华尽，惟有青山似洛中"（《金陵怀古》）。六代：即六朝：指建都建康（今南

京）的吴、东晋、宋、齐、梁、陈。楸（qiū），一种茎干高大的落叶乔木。

【品评】

作为布衣中的人，请问"英雄"们：图王称霸究有何用？这个开端语短节促，突乎其来，锋芒逼人，给人一种位卑识高，成竹在胸之感。禾黍残宫，楸梧荒冢，原是许浑望中之景，兴亡盛衰之叹的触媒，而在这里却是"成何用"的答案。答得如此具体可见，别的话何须多说，所以只用"一场恶梦"，便扫却一切"王图霸业"。俞陛云称赞许浑诗说："涵举一切，不专指一代一事，此后过金陵者，追忆孙吴六代，屡见篇章……皆指一事而言，许诗则浑写大意也。"（《诗境浅说》）所评甚是。然许诗毕竟还有题中"金陵"二字的制约，而马致远只借其句，却无此制约，则此曲的涵概历史、浑写古今之妙，当亦不在许诗之下。

双调·夜行船①

秋　思

　　［夜行船］百岁光阴一梦蝶②，重回首往事堪嗟。今日春来、明朝花谢。急罚盏夜阑灯灭③。

　　［乔木查］想秦宫汉阙，都做了衰草牛羊野。不恁么渔樵没话说④。纵荒坟横断碑，不辨龙蛇⑤。

　　［庆宣和］投至狐踪与兔穴，多少豪杰⑥。鼎足虽坚半腰里折，魏耶！晋耶⑦？

　　［落梅风］天教你富，莫太奢。没多时好天良夜。富家儿更做道你心似铁⑧，争辜负了锦堂风月⑨。

　　［风入松］眼前红日又西斜，疾似下坡车。不争镜里添白

雪⑩，上床与鞋履相别⑪。莫笑鸠巢计拙⑫，葫芦提一向装呆⑬。

[拨不断] 利名竭，是非绝。红尘不向门前惹⑭，绿树偏宜屋角遮。青山正补墙头缺⑮，更那堪竹篱茅舍。

[离亭宴煞] 蛩吟罢一觉才宁贴⑯，鸡鸣时万事无休歇，何年是彻⑰。看密匝匝蚁排兵⑱，乱纷纷蜂酿蜜，急攘攘蝇争血。裴公绿野堂⑲，陶令白莲社⑳。爱秋来时那些：和露摘黄花，带霜分紫蟹，煮酒烧红叶。想人生有限杯，浑几个重阳节㉑。人问我顽童记者㉒：便北海探吾来㉓，道东篱醉了也！

【注释】

①夜行船：双调中常用的套曲，而不单独作小令用。这套曲比较自由，除首牌 [夜行船] 和结尾 [离亭宴煞] 外，中间各曲一般不固定。

②梦蝶：见王和卿《咏大蝴蝶》注。这句大意是：人生百年就如一场梦。

③罚盏：古人饮酒行令，不胜者罚饮，亦称罚盏，后即以之称饮酒。夜阑：夜尽，夜深。意为赶快饮酒，已是夜深灯灭，比喻生命匆匆，时间无多。

④不恁么：不是这样。

⑤龙蛇：指字迹。古人常以龙蛇形容笔势的蜿蜒、飞动。

⑥投至：等到。这两句大意是：等到坟墓变成狐、兔出没之穴的时候，已不知消磨了多少豪杰之士。

⑦鼎足：这里指魏、蜀、吴并立之势。半腰里折：指三国先后都亡，那狐踪兔穴里长眠的是魏的英雄，还是晋的豪杰？

⑧更做道：即使，纵使。争：同怎。

⑨锦堂风月：指富贵人家豪奢的装饰和生活享受。

⑩不争：与其。白雪：指白发。

⑪以上两句大意是：与其愁白了头，倒不如上床睡大觉。

⑫鸠巢计拙：相传斑鸠不会筑巢，只以鹊巢寄居。《诗经·召南》："惟鹊有巢，惟鸠居之。"

⑬葫芦提：糊里糊涂。

⑭红尘：尘世。

⑮句意是：墙头的破缺处正可见到青山之景。

⑯蛩（qióng）：蟋蟀。宁贴：安适。

⑰彻：了结，尽头。

⑱密匝匝：密密麻麻。排兵：像士兵的排列成队。这以下三句用蚂蚁争食，蜜蜂采蜜，苍蝇逐血，比喻世俗之人的争名夺利。

⑲裴公：指裴度，唐朝宰相，为人廉正，有功朝廷，后因宦官专权，辞官，在洛阳筑绿野堂隐居。

⑳陶令：陶渊明，曾任彭泽县令，故称陶令。晋代名僧慧远在庐山建白莲社，研讨佛理，曾邀渊明参加。

㉑浑：犹还。意思是：还有几个重阳节。

㉒顽童：童仆。记者：记着。

㉓北海：指东汉孔融，曾为北海相，世称孔北海，"建安七子"之一，为人刚直豪爽，嗜酒好客，后为曹操所杀。连系下句，大意是：即使有孔融这样的名士来看我，你只说我马东篱已经喝醉了。

【品评】

马致远的散套是散曲史上的一座高峰，而这套曲又是他的很有影响的代表作。全套由七支曲组成。第一曲，主要是感叹人生如梦，该及时饮酒行乐，为全曲定下了基调。人生如梦的感慨并不新鲜，而能不流于空泛、熟套，是由于"重回首往事堪嗟"一语紧随其后，虚实结合，蕴意深长，令人味之不尽。

第二、三、四曲，分别写帝王、豪杰、富人。贵为天子，一世英豪，最终也难免与牛羊作伴，与狐兔同穴；死守万贯家财的人能把财产装进棺材吗！所以生前就不要"辜负锦堂风月"。

第五、六两曲，转写自己的志趣与人生态度。拙于生计，糊涂装呆，不逐名利，不评是非，这样就可以安于绿树青山，竹篱茅舍，自在逍遥。

第七曲，前半以嘲讽的笔调对名利之徒的钻营作漫画式的描绘，后半写秋景以点题，并借以抒发心中所效法的人物，所追求的生活境界。爱憎褒贬，不遮不掩，把全曲推向高潮，总结了全文。

马致远早年追求过功名，结果是"半世蹉跎"，遂决意退隐，但也正由于"世事饱谙多，二十年漂泊生涯"（《青杏子》）的经历，使他对时代的黑暗，社会的不公，官场的污浊，有了更深切的体验，郁积了强烈的爱憎。曲中对历史和人世的虚无，对生活态度的选择，实际上是意味着对现实的否定，对世俗的抨击；当然，也包涵了对自己曾经有过的追求的反思，悔恨和解脱，而这一切应该说都是基于无可奈何的悲哀。"知其心而听其言"，庶乎得其真情。

这首套曲早已被誉为"万中无一"的绝唱，在艺术表现方面也是相当出色的。作品视野开阔，诗思纵横驰骋，然而承转有序，结构严谨；笔墨爽劲，气势奔放，刻画具体，情理深含；正如梁乙真所说："此词的好处能于豪放、清逸、萧爽之中，寓一种渊深朴茂之风"（《元明散曲小史》）。语言工致自然，雅俗互济，各异其趣。"密匝匝蚁排兵"，"红尘不向门前惹"，"和露摘黄花"，几组鼎足对，或颂或刺，形象生动，充分地展现了曲的泼辣透辟的风格。诚所谓"放逸宏丽，而不离本色"（王世贞《艺苑卮言》）。它的成就对于散曲文学中的抒情长套的创作，无疑起了积极的推波助澜的作用。

赵孟頫（1254—1322）

字子昂，号松雪道人，湖州（今浙江吴兴）人。宋代皇室后嗣，宋末为真州司户参军，入元之后历任兵部郎中、翰林学士承指等职。为人多才多艺，书画、篆刻、诗文、音律皆精，尤以书法著称，著有《松雪斋文集》。《全元散曲》存其小令二首。

仙吕·后庭花①

清溪一叶舟，芙蓉两岸秋②。采菱谁家女③，歌声起暮鸥。乱云愁，满头风雨，戴荷叶归去休④。

【注释】

①后庭花：亦可入［中吕］及［商调］。句式为五五五五、三四五，七句六韵。小令第一句必叶韵，入套数可不叶。

②芙蓉：荷花的别名。

③菱：即菱角。

④休：语助词，无义。

【品评】

清溪小舟，秋江芙蓉，全是景色的描绘，但如果熟悉水乡生活，或者读一读"荷叶罗裙一色裁，芙蓉向脸两边开"一类的诗词，就会透过景物的暗示，感觉到"人"已在其中了。所以读到"采菱谁家女"，便觉得十分自然。天有不测风云，顷刻间乱云翻涌，风雨大作，不免令人生愁。但是采菱女并不慌乱，就地取材，头顶荷叶，摇桨而归。那片片绿荷，掩着"朵朵芙蓉"，对于旁观者来讲，却别是一番动人景象，

108

先前的"愁"也该早无踪影了。这首小令亦可谓诗中有画，而且是人与景融为一体的画境，但又不仅如此，它还有惊起暮鸥的歌声，还有跌宕的情节和旁观者随之变化的神情，这些又都是画图难足的诗意。

王实甫

生卒年不详，一说名德信，大都（今北京）人，主要活动时期略同于关汉卿。所作杂剧十四种，现存三种。《西厢记》尤为出色，明人王世贞认为"北曲当以西厢压卷"（《艺苑卮言》）。散曲作品留存不多，《全元散曲》仅录小令一首，套数两套。

中吕·十二月过尧民歌①

别　情

[十二月] 自别后遥山隐隐，更那堪远水粼粼②。见杨柳飞绵滚滚③，对桃花醉脸醺醺④。透内阁香风阵阵⑤，掩重门暮雨纷纷。　　[尧民歌] 怕黄昏忽地又黄昏，不销魂怎地不销魂。新啼痕压旧啼痕，断肠人忆断肠人。今春，香肌瘦几分，搂带宽三寸⑥。

【注释】

①这是一首"带过曲"，用同属 [中吕] 宫的 [十二月] 和 [尧民歌] 两支曲组成。
②粼粼：形容水的清澈微波。
③飞绵：即杨花飞絮。
④这句是形容桃花像喝醉酒的面颊一样绯红。
⑤内阁：指闺阁。
⑥搂带：即缕带、衣带。

【品评】

题为《别情》，说得明确一点就是别后的相思之情。第一支曲开头

110

就点出"别后",接着写山长水远,路遥难见,牵挂、思念之情自在其中,如此心态,不论是杨柳飞絮,柳绿花红,香风阵阵,还是暮雨纷纷,都会触景生情,愈觉孤寂忧伤。笔墨由远而近,由外而内,句句写景,字字含情,耐人寻味。上曲结尾的"暮雨纷纷",已为下曲暗下伏脉。所谓"梧桐更兼细雨,到黄昏点点滴滴,这次第,怎一个愁字了得"(李清照《声声慢》)。下曲一连几个直抒情怀的排比句,可以说是生动而具体地展现了"怎一个愁字了得"。"今春"二字回应了上曲之景,"香肌"两句总写出"别情"之悲。上曲委婉,下曲直言,然而合起来却层次分明,一气贯注。上曲多叠字,下曲多重言,声情语势亦有助于唱出女主人公的缠绵不断的伤情。

滕斌

一作滕宾，字玉霄，生卒年不详，黄冈（今属湖北省）人，与卢挚等人有交往。元武宗至大年间（1308—1311）任翰林学士，出为江西儒学提举。后弃家入天台山为道士。著有《玉霄集》。《全元散曲》辑其小令十五首。

中吕·普天乐

柳丝柔，莎茵细①。数枝红杏②，闹出墙围。院宇深，秋千系，好雨初晴东郊媚。看儿孙月下扶犁。黄尘意外③，青山眼里，归去来兮。

【注释】

①莎（suō）茵细：莎草像细软的垫子铺在地上。

②"数枝"二句：融化前人名句而成，如宋祁的"绿杨烟外晓寒轻，红杏枝头春意闹"（《玉楼春》）；以及叶绍翁的"春色满园关不住，一枝红杏出墙来"（《游园不值》）。

③黄尘：指世俗与官场的污秽之气。这以下三句大意是：尘世的功名已置之度外，青山时在眼中，还是归隐吧。陶渊明弃彭泽令回乡，曾作《归去来兮辞》。

【品评】

作品的结尾借陶渊明的话直白地道出了曲的主旨，即对归隐的向往。其实在这种向往的形成中，也可以看到陶渊明的影子。"久在樊笼里，复得返自然。"开头一连四句通过春色的描绘，正是尽情地抒写了

"自然"之美，就在这令人神往的美景之中，有一座宁静的深深的庭院，"吾亦爱吾庐"的情意，已从笔端悄悄流出。"人生归有道，衣食固其端。"所以，好雨初晴，东郊虽美，却也不可误了农时，自己虽无力耕作，"看儿孙月下扶犁"，亦无限欣慰。这里的自然、人事、居处、劳作，无不显示出一种美的理想的境界，而把这一切汇集到一起，便自然地产生出一个强烈的心愿——"静念园林好，人间良可辞"——"归去来兮"（以上所引皆陶诗）！

邓玉宾

生平事迹不详。《录鬼簿》将其列入"前辈已死名公"，可知其为元前期散曲作家，曾任过"同知"（州的副长官），《全元散曲》录其小令四首，套数四篇。

正宫·叨叨令①
道　情②

一个空皮囊包裹着千重气③，一个干骷髅顶戴着十分罪④。为儿女使尽些拖刀计⑤，为家私费尽担山力⑥。你省的也么哥⑦，你省的也么哥，这一个长生道理何人会⑧？

【注释】

①叨叨令：正宫曲调，句式为七七七七、五五七，七句五韵。五字句中的"也么哥"为此曲定格，可不叶韵。此外韵脚皆去声，韵上二字，又须用平平，亦不可移易。

②道情：其他散曲作家也有以此二字为题，作品大多抒写超凡脱俗、修心学道的情志，然其内容往往包含了对现实的体认和批判。

③空皮囊：指人的肉体、躯壳。

④顶着十分罪：指人生的各种苦难和折磨。

⑤拖刀计：古代交战中的一种计谋，拖刀而走，诱敌追来，乘其不备，回身击杀。

⑥家私：家财。

⑦省（xǐng）：醒悟。也么哥：语尾助词，增强感叹色彩。

⑧长生道理：指无贪无欲，超然恬淡的修身养性，才是求得长生的道理。

【品评】

　　"天生万物，唯人为贵。"（《列子·天瑞》）可有的人并不知道如何善待尊重这"可贵"的人生，比如他们为儿女、为家财绞尽脑汁费尽力，贪赃枉法，不择手段。殊不知"利旁有倚刀，贪人还自贼"（汉·无名氏《甘瓜抱苦蒂》）。他们自以为聪明得计，实则只不过是"一个空皮囊""一个干骷髅"在自戕自害、自作自践。可是你想想，又有多少人能明白真正的修身养生的道理呢？这"道理"虽未明言，但反其事殆可得之，那就是清心寡欲、安时顺处一类的道家养生之术吧。这一点当然只能放到具体时代而论，但仅就其对贪婪者的描绘，还是很能揭露世态人情之一端的，且具有一定的普遍性。

王伯成

涿州（州治今河北涿县）人。与马致远为忘年交，以《天宝遗事诸宫调》享名，现存残曲。《录鬼簿》载其杂剧三种，现存《贬夜郎》一种。《全元散曲》存其小令二首，套数三套。

中吕·阳春曲
别　情

多情去后香留枕[①]，好梦回时冷透衾[②]。闷愁山重海来深。独自寝，夜雨百年心。

【注释】

①多情：恋人。从"去后香留枕"来看，该是指女子。
- ②衾（qīn）：被子。

【品评】

第一、二句是写温馨犹在人已远，欢情只在梦里寻，而短暂的"好梦"只能带来更多的凄凉。第三句承上启下，既形象地点明了前两句要表现的感情——如山重、似海深的悲愁。也为下文蓄势。"独自寝"与"多情去后"相呼应。已是悲愁深重，自然孤枕难眠，又逢夜雨绵绵，滴破忧心。更令人思前想后，万千心事和雨到心头。这首小令写得情景交融，委婉蕴藉，散曲艺术的雅化趋势在这里表现得颇为明显。

冯子振 （1257—1337?）

字海粟，自号怪怪道人，又号瀛州客。攸州（今湖南攸县）人。曾官承事郎、集贤待制。他才华横溢，性格豪俊，当其为文，酒酣耳热，据案疾书，随纸数多寡，顷刻辄尽。"时谓天下有名冯海粟"（蒋一葵《尧山堂外纪》）。贯云石称誉他的散曲"豪辣灏烂，不断古今"（《阳春白雪序》）。《全元散曲》录存其小令四十四首。

正宫·鹦鹉曲①
农夫渴雨

年年牛背扶犁住②，近日最懊恼杀农夫③。稻苗肥恰待抽花，渴煞青天雷雨④。　　　[幺] 恨残霞不近人情⑤，截断玉虹南去⑥。望人间三尺甘霖⑦，看一片闲云起处⑧。

【注释】

①鹦鹉曲：见前王恽［正宫·黑漆弩］注。

②扶犁住：以扶犁耕种为生。

③懊恼杀：极其苦恼、烦闷。杀，亦作"煞"，程度副词。

④渴煞：渴望之极。

⑤幺（yāo）：即幺篇。有的曲调照例要用双叠，由于后篇与前篇用同一曲牌，所以不再标出，只写"幺篇"或"幺"。残霞：晚霞。晚霞满天是天晴的预兆。

⑥玉虹：彩虹，常出现在雨后初晴之时。明日无雨，也就"截断"了有虹的可能。

⑦三尺甘霖：即充足的好雨。

⑧闲云：不能成雨的云。化用唐人来鹄诗句："无限旱苗枯欲尽，悠悠闲处作奇峰。"（《云》）

【品评】

此曲之前，作者有序，意思是说大德六年（1302）冬在上京，朋友相聚，歌女御园秀说：白贲的［鹦鹉曲］问世之后，由于音律要求甚严，续作者少。于是"诸公举酒，索余和之"。遂应邀写了三十八首。这是其中的一首。小令的第一句是对"农夫"形象的典型概括。农夫辛勤耕作长出了茁壮的禾苗，眼下正待扬花吐穗，却久旱不雨，要知道"风雨不节则饥"。所以"懊恼杀"，所以渴望煞"青天雷雨"。前一曲已经写出了"农夫渴雨"的原因、心情。后一曲再就"青天"一面来写，天不从人愿，依旧残霞截断玉虹，这实在不近人情，"恨"字下得合情合理，十分真切。不过，人们总还是希望老天爷"为云为雨，使枯槁以还滋"。哪怕只是一片闲云，也是久久地望着，焦急地期盼。可是那"大地生灵干欲死，不成霖雨漫遮天"的"闲云"，又能给农夫带来什么呢？更大的失望、悲痛，还在言外。元曲中不少"渔樵"一类形象，不过那大多是虚拟的人物，隐逸思想的化身，而这里的"农夫"则是现实生活中真实的典型。因此，这首小令不仅艺术上有强烈的感染力，在题材选择上也是极其可贵的。

正宫·鹦鹉曲
赤壁怀古①

茅庐诸葛亲曾住②，早赚出抱膝梁父③。笑谈间汉鼎三分④，不记得南阳耕雨⑤。　　［幺］叹西风捲尽豪华，往事大江东去。彻如今话说渔樵⑥，算也是英雄了处。

【注释】

①赤壁：即赤壁山，位于今湖北蒲圻县西北。东汉建安十三年

（208）孙权与刘备联军大破曹操水军之处。

②诸葛：即诸葛亮。

③赚：这里是诱骗的意思。梁父：指《梁甫吟》，乐府《楚调曲》名。今所传古辞，写齐相晏婴以二桃杀三士，传为诸葛亮所作。

④鼎：古代传国重器，政权的象征。汉鼎，即汉朝天下。

⑤南阳：诸葛亮《出师表》："臣本布衣，躬耕于南阳。"《三国志·蜀志》引《汉晋春秋》说："亮家于南阳之邓县，在襄阳城（今湖北襄阳）西二十里，号曰隆中。"

⑥彻：贯通，自始至终。

【品评】

东汉末年，诸葛亮隐居隆中，刘备三顾茅庐，诸葛亮"由是感激，遂许先帝以驱驰"（以下引文见《出师表》）。这种君臣遇合早为一些封建文人颂扬、羡慕，诸葛亮自己也是"不胜受恩感激"的。可是冯子振却自有说法：身居茅庐，抱膝吟诗的诸葛亮，是被刘备诳骗出来的，而被骗的诸葛亮也确实把"臣本布衣，躬耕于南阳，苟全性命于乱世同，不求闻达于诸侯"那一套全忘了（这为过渡到后一曲暗下伏线）。之所以如此，那是因为夙兴夜寐，效命人主。而诸葛亮作为一个政治家、军事家的豪气才华，也确实得到充分施展。但在冯子振眼中怎样呢？一切像被西风捲尽，随波流去，而今安在！从"隆中对"开始，到赤壁大捷，蜀汉建立，六次北伐，病死五丈原终结，这二十余年的辛劳、业绩，如今无非成了渔樵闲暇无事的谈料而已。这，就是"英雄"的结局，人世的回报！后篇以"叹"字领起，感情深沉而复杂，有对"英雄"悲剧的同情，人世不公的悲叹，也有对历史兴亡终虚无的感慨，而把这一切凝聚起来就孕育了一个引而不发的思想，也就是作品的主旨，那就是有为不如闲适，"闲袖手，贫煞也风流"（白朴《阳春曲·知几》）。可见，冯子振的这首小令对历史人物的审视，对主题思想的表现都有其独到之处，但终究难掩那个时代的思潮的烙印。

119

正宫·鹦鹉曲

别　意

花骢嘶断留侬住①，满酌酒劝据鞍父②。柳青青万里初程，点染阳关朝雨。　　［幺］怨春风雁不回头，一个个背人飞去。望河桥敛衽频啼③，早蓦到长亭短处。

【注释】

①花骢：指青白毛色相间的马。

②据鞍父：坐在马鞍上的夫君。父，同"夫"。

③河桥：即河梁。李陵《与苏武诗》："携手上河梁，游子暮何之。"后世借为送别之地的代称。敛衽：敛衽而拜，即整袖提襟，表示敬意。元以后专指妇女的礼拜。

【品评】

为了留住你，花骢也悲鸣得气衰力尽。马犹如此，人何以堪？就在这离情浓郁的气氛中，女主人公又酌上满满一杯酒，送给已经上了马的夫君。下二句化用唐王维《送元二使安西》诗意，同时点明分别的时间（春天）。酒饮过了，人还是要出发的，这就像春风一到，大雁头也不回地向北飞去一样不可改变。理虽如此，还是忧怨满怀，还是依依相送。当她一眼望到"河桥"，想到敛衽拜别，泪水也就夺眶而出了。这就像莺莺"遥望见十里长亭，减了玉肌"（王实甫《西厢记》）。长亭十里，此刻却显得如此之短近，转眼之间就到了。戛然而止，那最后的一幕：断肠分手。究竟是如何令人心碎的，作者似乎也不忍心写下去了。不落窠臼，余味无穷。这首曲在景、事、情的相生相发，笔墨的收纵自如，构思的新颖巧妙等方面，都表现了作者不凡的功力和才情。

珠帘秀

　　珠帘秀，即朱帘秀，杂剧著名女演员，艺名"珠帘秀"。元代夏庭芝《青楼集》称其"杂剧为当今独步"。与关汉卿、卢挚、王恽、冯子振、胡祗遹等人都有交往。《全元散曲》录其小令一首，套数一套。

双调·寿阳曲
答卢疏斋

　　山无数，烟万缕，憔悴煞玉堂人物①。倚篷窗一身儿活受苦②，恨不得随大江东去③。

【注释】

　　①玉堂人物：这里指卢挚。宋以后称翰林院为玉堂，卢挚曾为翰林学士。

　　②篷窗：船窗。

　　③大江东去：苏轼《念奴娇》："大江东去，浪淘尽，千古风流人物。"这里借以表达了却此生的意思。

【品评】

　　卢挚（疏斋）有一首同调《别珠帘秀》（见本书），这首小令当是赠答卢作而写的。唐宋以来，才艺出众的歌女艺人，与文人名士之间，由相互倾慕而生情爱时有其事，但这种感情在等级、门第森严的封建社会又是容不得的。因此，其结果往往是才子佳人空自悲。从卢、朱赠答之作中似乎也隐含这种悲痛。曲的一、二句，亦景亦情，眼前的青山无数、云烟万缕，就将成为"相见时难"的障碍。"憔悴煞"一语，肯定了卢挚所言的"痛煞煞"。既然对对方如此理解、同情、体贴，但自己又不得不独自远去，与其这样"活受苦"，倒不如随大江东去，了此一生。听至此，怎忍见孤篷远去？无怪卢挚说："痛煞煞好难割舍！"写己写人，语涉双方，在两心相映之中，将两情难分之苦，写得分外婉转悲切。这是它在艺术表现上的妙处。

贯云石 （1286—1324）

维吾尔族人，名小云石海涯，号酸斋。元功臣阿里海涯之孙，父名贯只哥，遂以贯为姓。年少时膂力过人，善骑射，曾袭父职任两淮万户府达鲁花赤，后让爵于弟。贯云石初习武，后习文，就学于姚燧，深得姚燧器重。仁宗时，拜翰林学士，时年二十八岁。后称疾辞，隐居杭州，改名易服，卖药钱塘市中，死时年仅三十九岁。贯云石富于才情，诗文、书法皆佳，散曲内容主要是写隐逸与恋情，风格豪宕疏放，飘逸清俊，他也是最早的颇有影响的散曲评论家。现存小令八十首左右，套数八套。

正宫·塞鸿秋①
代人作

战西风几点宾鸿至②，感起我南朝千古伤心事③。展花笺欲写几句知心事④，空教我停霜毫半晌无才思⑤。往常得兴时，一扫无瑕疵⑥。今日个病厌厌刚写下两个相思字⑦。

【注释】

①塞鸿秋：此调亦入〔仙吕〕、〔中吕〕。句式为七七七七、五五七，七句六韵，第五句可不叶。叶韵处皆作平平去。

②宾鸿：指鸿雁，候鸟。秋天南飞，春天北去，来往如宾。所以《礼记·月令》有"鸿雁来宾"的说法。

③南朝：指建都建康（今江苏南京）的宋、齐、梁、陈。

④花笺：精美的信纸。

⑤霜毫：洁白的兔毛笔。

⑥瑕疵：玉石上的斑点。这里指诗文中的缺点、毛病。

⑦病厌厌：萎靡不振的病态。一作"恹恹"。

【品评】

这首曲语言浅明如话，但也有迷离之处。题为《代人作》，代谁而作呢？不清楚，也无从考查。从"感起我南朝千古伤心事"来看，伤古之情是明确的，但"欲写几句知心事"，又没有写出来。这种背景与内容的朦胧，自然影响对主题的把握。就伤古之情而言，可能引发的便是慨今。这种有涉于现实之事，如何写？写到何等程度？恐怕才是作者的为难之处，只好托言"半晌无才思"。往常那种文思泉涌，一挥而就的才情哪里去了呢？最后只能写出极熟套的"相思"二字匆匆了结。这两个字既无新颖之感，而且前言伤古慨今，后道儿女相思，似也不伦不类。然其妙处却正在此，它不仅生动地表现了文思之艰和由艰而"乱"，而且还巧妙地模糊了、避开了作者不愿直接涉及的难处。同时，换一个思路来看，又是"乱而不乱"，因为"以儿女喻君臣"，不也是诗词中常有的手法吗？综上所述，这首小令的精彩之处，就在于它曲折地真实地刻画出一个特殊的创作心理，以及与之相适应的艰难痛苦的过程和似拙还巧的结尾。

中吕·红绣鞋①

挨着靠着云窗同坐，偎着抱着月枕双歌。听着数着愁着怕着四更过。四更过情未足，情未足夜如梭②。天哪，更闰一更儿妨甚么③！

【注释】

①红绣鞋：又名［朱履曲］，句式为六六七、三三五，六句五韵。
②夜如梭：比喻夜间过得飞快。

③更闰一更：前一"更"字读去声，再的意思；后一"更"字读平声，古代夜间计时单位，一更约两小时，一夜分五更。更闰一更，即再延长一更。

【品评】

曲的一、二句用一联串的动作写出两人亲昵、欢爱。第三句转折，其原因是更鼓声。开始是听着、数着，哪知四更已过，夜将尽，天欲曙，不由得愁着、怕着，怕的是欢情未足夜如梭。怎么办？无可奈何向天呼："更闰一更儿妨甚么！"何其天真！这首曲若一味写"欢"，也许没有如此效果。现在将"欢"与"愁"结合起来，愈欢愈愁；愈愁，愈感欢情未足；在相反相成之中突出了"欢"字，表现了"欢"时易过的矛盾和遗憾，以及由此而产生的似通非通的奇想和期望。比较起来就更丰富、更有情趣了。这是就选材、构思而言。此外，其语言特色也是十分明显的。大量的动词和衬字的运用，把人物的动态、心态描绘得鲜明佻达；顶真连环句式的巧用，也活画出那急切不安的神情。从内容到形式都展现了散曲的泼辣、直率和俚俗的风味。

双调·清江引①

咏 梅

芳心对人娇欲说，不忍轻轻折。溪桥淡淡烟，茅舍澄澄月。包藏几多春意也。

【注释】

①清江引：一名［江儿水］，句式为七五、五五、七，五句四韵。

【品评】

云石的《咏梅》小令共四首，这是第三首。在一、二首中，诗人已经表现出对天赋奇姿、暗香萦梦的早梅的爱悦和赞美。这一首写的是一个郊野的月夜，他真的有幸看到"南枝夜来先破蕊"的梅，便激动得想伸手折下一枝。可是再一看，那清新玉洁的梅，简直就像娇小羞怯的少女，芳心有言，欲说还休，煞是楚楚动人。他不仅很快地打消了原来的想法，似乎已经悔愧交加，再也不敢面对了。于是将目光转移，周围是小桥流水，薄雾轻笼，竹篱茅舍，月色空明。要知道这景与境，不单使暗香浮动、疏影横斜的梅更增一番风姿神韵，而且也表现了梅的"偏宜雪月交，不惹蜂蝶戏"的孤高芳洁的品性。同时她也给这一片静寂的天地带来了春的希望。所以说"万紫千红，终让梅花为魁"（《红楼梦》第一百十二回）。曲中"咏梅"，有用拟人咏物的浪漫手法，也有通过侧面的烘托，其间还巧妙地揉进了作者复杂的心态，笔墨虽简，却是形神兼备、物我交融。

双调·清江引

惜　别

　　若还与他相见时，道个真传示：不是不修书，不是无才思，绕清江买不到天样纸①！

【注释】

　　①清江：赣江流经新干、清江两县的一段称"清江"，古代两岸居民多以造纸为业。

【品评】

　　一位朋友要去自己往日女友生活的地方，但是分别已久，音信不通，她有无变化，现在境况如何，都不明白。因此他不能肯定这位朋友一定能见到她，也不便请朋友贸然去找她，不过这难得的机会又怎能放过呢？所以只得说：如果你能与她相见，请转告我的真实情况。这种捎信看来并不挚意，却是经过思考的选择，不单表现了没有忘却她，更隐含了对她的境遇的关切。捎信的内容之所以强调"真"，说到底还是希望她化误解（如果有的话）为谅解，珍惜往日彼此的情意。总之，这一、二两句看似浅，妙在深。下面三句，就是要转告的真情——不是不想写信，也不是没有写信的才情和文思，而是跑遍了清江买不到像天一样大的纸——如何能写尽我心中的思念呢？是所谓"决不能有其事，实为情至之语"（叶燮《原诗》）。这种奇特夸张的"情至之语"在这里之所以自然有趣而不觉突兀荒诞，还在于言浅意深的一、二两句，早已为之做好了铺垫。别后之思，是人之常情，也是诗词中常见的题材。这首小令通过以反示正，奇特的想象、巧妙的构思和意余言外等等手法，使之能于常中见新，乃是其艺术上的可贵之处。

双调·寿阳曲

新秋至，人乍别，顺长江水流残月。悠悠画船东去也，这思量起头儿一夜。

【品评】

"觉人间，万事到秋来，都摇落。"（辛弃疾《满江红·游南岩和范廓之韵》）可是恰恰就在秋天刚到，"人"又要分别。这一、二句，看似平平，实是沉沉，这就需要结合传统诗文中所蕴含的特定的文化心态和审美习惯来体会了。如果说开头点明了分别的季节，那么在第三句的景语中就暗示了分别的时间——一个月夜，地点——长江边，以及行人的去向——顺流而下。而"水流残月"较之"别时茫茫江浸月"，也更具感伤色彩。这种景、事、情妙合无垠的手法，应该说十分高明。兰舟催发，画船扬帆，终于分手了，可送行的人却不忍离去，这才看到那远远的向东而去的画船，是所谓"解缆君已遥，望君犹伫立"（王维《齐州送祖三》）。要知道，这种怅然若失的痛苦才仅仅是第一夜啊！往后呢？作者不言，读者自可意会。以不尽尽之，余味之穷。

双调·殿前欢

　　畅幽哉，春风无处不楼台。一时怀抱俱无奈，总对天开。就渊明归去来。怕鹤怨山禽怪，问甚功名在。酸斋是我，我是酸斋。

【品评】

　　曲的一、二句虽无"小楼新湿春红"的细腻的描绘，却更显得情激感人，境界阔大。下面突转，面对这春风浩荡、万物生辉的景象，一时间无可奈何的幽怨却涌上心头，而且只有向老天去倾诉。孤独、压抑、苦闷，溢于言表。这就引出了要随渊明归隐。可是白鹤山禽恐怕又要怨怪、责问，管什么功名不功名，早该归隐！结尾两句便是他的回答、他的态度，反复相对，以示其坚定、明确，意在强调："我就是我！"至于什么功名利禄、人世荣华皆"一笑白云外"，与我无关。如果说这里还只是表现了贯云石对弃世、无累，自己主宰自己的人生理想的追求，那么后来诡姓名，易冠服，卖药市肆，"道味日浓，世味日淡"（《贯公神道碑》）的生活，便是那理想的体现。不过，曲中的那种类似"无人会，登临意"（辛弃疾《水龙吟·登建康赏心亭》）；"登楼意，恨无上天梯"（马致远《金字经》）的苦闷，似乎又透露了贯云石的归隐和现实终不无关系。

双调·殿前欢

　　楚怀王[①]，忠臣跳入汨罗江[②]。《离骚》读罢空惆怅，日月同光③。伤心来笑一场，笑你个三闾强④，为甚不身心放？沧浪污你，你污沧浪⑤？

【注释】

①楚怀王：战国时楚国国君。昏庸无能，横征暴敛，打击主张改革的官吏。楚怀王三十年（前299）入秦被扣留，死于秦。

②汨罗江：湖南省境内。楚怀王听信谗言，放逐屈原。屈原后投汨罗江而死。

③日月同光：司马迁《史记·屈原贾生列传》称赞屈原的《离骚》可"与日月争光"。

④三闾：屈原辅佐怀王时做过三闾大夫。强：倔强。

⑤沧浪：江名，在汉水下游。这里泛指江水。

【品评】

屈原自沉汨罗是在顷襄王执政之时，但是，楚之衰败，以及屈原的彰明法度、举贤授能、联齐抗秦等主张不被采纳，反听信谗言，将其逐出朝廷，均在怀王之时。曲的一、二句紧紧相连，就明示了悲剧的根源，控诉了楚怀王的昏聩。《离骚》熔铸了屈原理想、热情、忠贞和遭遇，是其伟大人格的化身，可与日月争光。然而，正是"黑暗"吞噬了屈原，历史竟是这样不公！死者已矣，读者又能怎样呢？说不尽的悲愤、同情，尽在"空惆怅"三字之中。"伤心来笑一场"，似不可解，但只要再看下去，便知道那只不过是悲极无奈，换一种思路与表现而已。"笑"什么呢？笑你这个三闾大夫太倔强、太迂执。你难道不明白"自古圣贤多薄命，奸雄恶少皆封侯"（杜甫《锦树行》）。而且你也明明知道"世混浊而不分兮，好蔽美而嫉妒"（《离骚》）。那为什么还要"死心眼"呢？你说："宁赴湘流，葬于江鱼之腹中"，以死来明其忠贞爱国之怀，可"渔父"听了则不以为然，"莞尔而笑，鼓枻而去"（《渔父》）。足见世人对你的死并不都是赞同的，作者将此巧妙地放在结尾两句中。死都不被理解，人世间还有比这更大的悲哀吗？曲的后半通过抑圣为狂、正言反说的手法，在同情与悲伤的基础上，更表现了对黑暗的现实与污浊的世俗的蔑视和否定。这样就进一步开拓了主题，增强了批判性。也体现了他的"吐辞为文，不蹈袭故常"（《全元散曲》贯云石小传）的创造性。

双调·殿前欢

隔帘听，几番风送卖花声①。夜来微雨天阶净②。小院闲庭，轻寒翠袖生。穿芳径，十二阑干凭③。杏花疏影，杨柳新晴。

【注释】

①卖花声：宋元时女子卖花声亦似歌，后来有人谱成曲，就叫《卖花声》。

②天阶：本指宫殿的台阶，这里是泛指楼前台阶。

③十二阑干凭：即依遍阑干的意思。

【品评】

按照一般的现实生活，该是先有"声"，后有"听"。可是这首小令则不然，我们首先看到的是深闺帘垂，女主人公凝神伫立，侧耳而听的场面。她听什么？读者似乎也随之探索、等待，有了——"几番风送卖花声"。这样写不仅显得活泼，而且那带有悬念意味的动作、神态，一下子就将人物写活了。下面是卷帘而望，望到微雨过后的台阶清净光亮。这是以一当十的手法，事实上当是万物一新、长空如洗。正是如此晨光春色，才使得她下翠楼入庭院的吧。"轻寒"一句，笔墨细腻，写出了夜来微雨，凉气未消之感。穿过芳径，依遍阑干，几多景色，匆匆闪过，似乎都未激起她心中的浪花。可是，那杏花与杨柳却深深地吸引了她。雨后的杏花疏落了，杨柳却分外青翠妩媚。作者巧以对句加以映衬，简洁而强烈地渲染出一个典型的暮春景象。这是景亦是情。景在眼前，情却朦胧，是惜花，还是怨春去匆匆，青春易逝，还是恨"春归佳期误"，别梦难圆？还是兼而有之，不管怎样，总是欲待看花，反被花落春残恼。惟其如此，这个尾声，才能激起感情的高潮，而又能留下不尽的余味，才能成为全曲的点睛之笔。曲中对于人物一不写其言，二不绘其貌，只围绕人物的活动写景叙事，然其情可感，其神可见。

鲜于必仁

必仁，字去矜，号苦斋，渔阳郡（今属河北）人。太常典簿鲜于枢之子，枢吟诗作字，奇态横生，必仁能世其家学，而以乐府擅场。《全元散曲》录其小令二十九首。

中吕·普天乐

平沙落雁

稻粱收，菰蒲秀①。山光凝暮，江影涵秋。潮平远水宽，天阔孤帆瘦。雁阵惊寒埋云岫②，下长空飞满沧洲。西风渡头，斜阳岸口，不尽诗愁。

【注释】

①菰：即茭白。蒲：香蒲，其茎叶可供编织。秀：指吐穗。
②云岫：峰峦似的云层。

【品评】

这是鲜于必仁写的"潇湘八景"之一。开头两句的景中即含有一个"秋"字，三、四句描绘山光暮色，波上寒烟，明写出"秋"和"暮"，这就进一步为画面明确了具体的季节与时间。如果说三、四句是山、水并写，那么下面便撇开"山"，而专写"水"。远水、孤帆、渡头、岸口，一一写来，渲染出一个苍茫辽阔的暮江秋景，最后一句略示其审美感受，繁简有别，而画意诗情全出。除此之外，在描写上由近而远，再由远而近，视野开阔，层次有序，画面丰富，却又能紧紧围绕暮江秋色这一中心；其次，曲中的景物，不论是山，是水，是帆，是雁，还是渡头、岸口，都不是孤立地描摹刻画，全都在相互联系、映

132

衬、对比中，表现出特定时空中的特有的意象，从而使整个画面在和谐中展示出鲜明的个性和神韵。

越调·寨儿令①

汉子陵②，晋渊明③，二人至今香汗青④。钓叟谁称？农父谁名？去就一般轻。五柳庄月朗风清⑤，七里滩浪稳潮平⑥。折腰时心已愧⑦，伸脚处梦先惊⑧。听，千万古圣贤评。

【注释】

①寨儿令：一名〔柳营曲〕。句式为三三七、四四五、六六五五、一五，共十二句十一韵（第九句不叶韵）。字数相同的邻句宜对。六字句也有作上三下四的七字句，如本曲中的"五柳庄""七里滩"两句。

②汉子陵：东汉严光，字子陵，余姚（今浙江绍兴）人，少时曾与刘秀同游学，刘秀即位，子陵改名隐居，后被召到京师洛阳，任为谏议大夫，不受，归隐于富春山，后人名其钓鱼处曰"子陵滩"。

③晋渊明：东晋陶潜，字渊明。

④汗青：史书。香汗青，即留香名于史册。

⑤五柳庄：陶渊明归隐的居处。自称五柳先生，作《五柳先生传》。

⑥七里滩：地名，在今浙江省桐庐县严陵山之西，相传是严子陵的垂钓处。

⑦"折腰"句：陶潜为彭泽令，有郡遣督邮至彭泽，县吏曰"应束带见之"。陶潜曰："我岂能为五斗米折腰向乡里小儿"，遂弃官而归。

⑧"伸脚"句：严子陵隐居富春山，汉光武帝刘秀思其贤，将他请入宫中，并与他同榻而眠，子陵不意将脚伸到光武帝肚皮上。"明日，太史奏客星犯御坐甚急，帝笑曰：'朕故人严子陵共卧耳。'"这意味着在帝王身边处处都得小心谨慎，提心吊胆。

【品评】

史册上记着许多帝王将相、英雄豪杰、达官贵人，谁去称说"钓叟""农父"？可是，严子陵、陶渊明，一个垂钓，一个躬耕，却也能流芳青史。可见去与就、隐与仕在这一点上也没有什么两样。之所以能如此，那是因为他们能安于五柳庄、七里滩，全身心地融入"朗月清风""浪稳潮平"的自然之中，陶然忘机，是这种超凡脱俗的高尚品德赢得了史家的崇敬。不过，他们进入这种境界，也决不是偶然的。陶渊明由仕而隐，乃是不甘于"折腰事权贵"，严子陵应召而后归，乃是有感于君侧难安。请听，千百年来对圣贤们有过多少评说，这一曲也算是其中之一吧。但是这一曲"尤妙"（《顾曲麈谈》语）。妙在它不是一般地抒发敬仰向往之情，而是借用了人们熟知的题材表现了丰富的思想内涵。首先，作者认为人的精神、品格，可以决定人们的历史影响，而不在于社会地位的高低；其次，"前事不忘，后事之师"，严、陶二人出而复归的经历，后之欲隐者，大可不必重复了，这是以事为例，更深一层地表现了为什么要彻底地打消、泯灭任何"仕"的念头；最后，人们的生活道路、思想情趣，不是孤立的。隐居不仕，也不是一些人与生俱来的癖好，更多的则是"人生在世不称意"的带有悲剧性的选择与结局，严、陶二人也不例外。这就在称赞他们的同时，也就巧妙地批判了历史，抨击了现实。总之，一句话，此曲之妙，在一个"深"字。

邓玉宾子

邓玉宾之子，生平事迹不详。与其父邓玉宾皆擅长散曲。《全元散曲》录其小令三首。

双调·雁儿落带得胜令①

闲　适

[雁儿落] 乾坤一转丸②，日月双飞箭。浮生梦一场③，世事云千变。　　[得胜令] 万里玉门关④，七里钓鱼滩⑤。晓日长安近⑥，秋风蜀道难⑦。休干⑧，误煞英雄汉，看看，星星两鬓斑⑨。

【注释】

①雁儿落带得胜令：带过曲。雁儿落：又名 [平沙落雁]，常与 [得胜令] 或 [清江引]、[碧玉箫] 合为带过曲，而不单独作小令用。句式为五五、五五，四句宜作两对。得胜令：又名 [阵阵赢]、[凯歌回]，既可独用，又可与 [雁儿落] 合为带过曲。句式为五五、五五、二五二五。

②乾坤：指天地。

③浮生：虚浮无定的人生。语出《庄子·刻意》："其生若浮，其死若休。"李白《春夜宴从弟桃李园序》中也有"浮生若梦，为欢几何"的话。

④"万里"句：用东汉名将班超事。班超抗击匈奴，安定西域，封定远侯，年老思乡，曾上疏曰："臣不敢望到酒泉郡，但愿生入玉门关。"

⑤"七里"句：用严光故事，见鲜于必仁 [越调·寨儿令] 注。

135

⑥"晓日"句：长安是汉、唐的京城，帝王所居。后世因以"长安日"比喻君王，以"长安近"比喻仕途得意，官运亨通。

⑦蜀道难：李白诗有："蜀道之难难于上青天"（《蜀道难》）。这里比喻仕途艰险。

⑧干：干禄，求取功名利禄。

⑨星星：鬓发花白的样子。

【品评】

上曲所言，并非前无古人，然而将空间、时间、人生、世事之感，写得如此干净利落，紧凑集中，却也显得极不寻常。人们从那冲口而出、一气道来的语势和节奏中，是不难感受到在那一系列的哲悟之中，孕蓄着、激荡着一种难以平静的心绪。如果说这种"哲悟"是宏观的、概括的，"心绪"是潜涵的，那么下一曲将摆出具体的人和事。就仕与隐而言，仕进有功者如班超，到头来落得个难入"玉门"之叹；而隐居垂钓的严光，却自由自在，心无所忧。就仕进而言，得意时，如日东升，官运亨通；失意时，秋风苦雨，凄凉落魄，险途不测。人与事已经道出，然其底蕴不明，或者说意在言外。"休干"二字，承上启下，既明示了底蕴，也引出了下文。为什么要"休干"呢？因为"老天只恁忒心偏，贤和愚无分辨。折挫英雄，消磨良善，越聪明越运蹇"（无名氏［中吕·朝天子·志感］）。就是捞到高官厚禄，也可能"昨日玉堂臣，今日遭残祸"（贯云石［清江引］）。即或不是如此，岁月匆匆，人生如寄。"功名纵是皆虚幻"。那么，怎么办呢？答案就是曲题："闲适"，也就是退隐。可见，这个层层深入、步步逼近的"闲适"，乃是对历史与现实中无数痛苦的哲悟，也是痛苦的解脱。它不免带有一些消极的色彩，然其中潜藏的不满与愤懑，才是它的文学精神与审美意蕴之所在。

张养浩（1270—1329）

字希孟，别号云庄。济南（今属山东）人。武宗时任监察御史，以批评时政为权贵所忌，免官。他怕再遭不测，即变姓名逃去。仁宗时，官复礼部尚书。英宗时，亦因直言敢谏，而"帝大怒"。后以父老，辞官归养，屡召不赴。文宗天历二年（1329），关中大旱，特拜陕西行台中丞，前往赈灾，"登官四月……终日无少息，遂得疾不起"（《元史》本传）。

张养浩有散曲集《云庄休居自适小乐府》，存小令一百六十一首，套数二，是元散曲家中作品较多的一位。其内容多写弃官归隐后的生活，因其经历所致，他对宦海风波、世态炎凉，自有其深切的体认与揭露。

双调·雁儿落带得胜令

［雁儿落］也不学严子陵七里滩①，也不学姜太公磻溪岸②，也不学贺知章乞鉴湖③，也不学柳子厚游南涧④。
［得胜令］俺住云水屋三间⑤，风月竹千竿。一任傀儡棚中闹⑥，且向昆仑顶上看。身安，倒大来无忧患。游观，壶中天地宽⑦。

【注释】

①严子陵：严光，字子陵，东汉余姚（今属浙江）人。早年与刘秀一同游学，刘秀即位为光武帝，严光易名远隐，刘秀遣人寻访，得之，授谏议大夫，不就，依旧耕钓于桐庐七里滩。

②姜太公：姓姜，名尚，字子牙，西周初人。磻（pán）溪：在今

陕西宝鸡市东南，相传姜太公未遇文王时垂钓于此。

③贺知章：字季真，山阴（今浙江绍兴）人。历任礼部侍郎、集贤学士、太子宾客等职，天宝三年（744），上表请返乡为道士，并乞周宫湖为放生池。玄宗诏赐镜湖（即鉴湖）一角。陆游曾对此不以为然："鉴湖原自属闲人，又何必官家赐与？"（《鹊桥仙》）

④柳子厚：柳宗元，字子厚。因参加王叔文革新集团而贬为永州司马、柳州刺史，优游山水，南涧，即在永州（今湖南零陵），曾作《南涧中题》诗，苏轼评曰："南涧诗忧中有乐，乐中有忧，盖妙绝古今。"

⑤云水：张养浩别墅云庄，周围有沵湖、华山湖、大明湖，以及大、小清河，一派水雾云腾之景。

⑥傀儡：即木偶。棚：指勾栏大棚。宋元时瓦舍勾栏常演出木偶戏，亦称傀儡戏。

⑦壶中：相传晋时有卖药壶公，悬空壶于屋上，有人随其进入壶中，则见另有仙宫，事见晋葛洪《神仙传》。

【品评】

以笔者的愚见，郑振铎先生在《插图本中国文学史》《中国俗文学史》中，对张养浩的评论并不公允，为此还写了一篇《进退出处谁识其心——试谈张养浩其人、其曲》（见拙著《透视元代文人精神文化》）。下面仅就这首曲子来谈谈。

郑先生在《中国俗文学史》中说：张养浩［普天乐］《辞参议还家》"昨日尚书……"，这是云庄辞了参议的时候所写的；还觉得有些道理——虽然已近于做作。但我们如果读着他的……［雁儿落带得胜令］"也不学严子陵七里滩……"，便觉得有些过度的夸张了。暂不说此言是否公允，还是先看看作品。曲子开门见山，一气说了四个"也不学"，是做作，是"过度的夸张"，还是原于本心？回答这个问题，不是靠主观臆度，起码要把张养浩和四个"也不学"的对象作一点具体的比较、分析。严光是个生性散荡，绝意仕途的人，戴复古说他"万事无心一钓竿，三公不换此江山"（《钓台》），既准确，也形象，姜子牙虽已垂垂老矣，还是随文王而去，后又辅佐武王灭商，建立周朝，看来垂钓磻溪，似是隐，实是等待时机，"八十翁翁心尚孩，渭滨痴坐弄徘徊。当初若是逃名者，谁要文王上钩来"（郑思肖《吕望垂钓》）。而张养浩则是年青入仕，为吏为官，致君泽民，心存济世，既不是绝意仕途，也没有以退为进，沽名钓誉的作派。张养浩五十二岁辞官，说是以父老归养，实因上《谏灯山疏》恐后有不测，当然也看透了元代官场的腐恶与凶险。所以他的还乡，既不是贺知章的帝赐荣归，也不像柳宗元贬谪之后的身不自由，心也郁郁。就这么简单地比较一下，也不难发现，张养浩与他们的思想、经历、境遇、追求皆不同。"道不同，不相为谋"（《论语·卫灵公》）；"道不同，何以相有（同友，交往）也"（《荀子·劝学》）。那么，"道不同"，"也不学"，不也是合乎情理的吗？又有什么"过度的夸张"呢？

至于张养浩心中有没有他自己的"偶像"，或者说他要"学"的对象。答案还是肯定的，为了节省篇幅，且举两例："折腰惭，迎尘拜。……万古东篱天留在，做高人轮到吾侪"（［中吕·普天乐］《隐居漫兴》）。"会寻思，过中年便赋去来词"（［双调·殿前欢］《村居》）。很显然他景仰的、效仿的就是陶渊明，明确了这一点那"俺住云水屋三间"云云，也就不难理解了，那折射的就是"陶氏"的归隐，无"心为形役"之苦，有东篱风月之美，远离了"平地风波"之险，陶醉于山野田园之中，但也不忘站在高处静观人世间"乱烘烘你方唱罢我登场"的闹剧，可以说张养浩的许多洞察时弊、批判现实的散曲，正是从"静观"而来。这种虽乐隐却不忘世的心态，亦与陶渊明一脉相承。鲁迅先生就曾说过："《陶集》里有《述酒》一篇，是说当时政治的。这样看来，可见他于世事也并没有遗忘和冷淡。"（《魏晋风度及文章与药及酒之关系》）总之，要更全面地了解时代、作者及其作品，方可得出"较为确凿"的评论，还是鲁迅先生说得对："批评一个人的言行实在难。"

双调·雁儿落带得胜令

　　［雁儿落］云来山更佳，云去山如画。山因云晦明，云共山高下。　　［得胜令］倚仗立云沙^①，回首见山家^②。野鹿眠山草，山猿戏野花。云霞，我爱山无价，看时行踏^③，云山也爱咱。

【注释】

　　①云沙：云海。
　　②山家：山那边的景象。家，同"价"，估量某种光景的词，犹言这般、那般，这个样儿、那个样儿。
　　③行踏：慢走。

【品评】

　　陶弘景曾写过一首传之人口的小诗："山中何所有？岭上多白云。只可自怡悦，不堪持寄君。"（《诏问山中何所有赋诗》）岭上白云如何美妙作者不言，读者只可从"怡悦"之情去感悟、去想象。所谓诗贵含蓄，然而曲则不同。你看，上曲开头就直白地说：云来、云去山都是美的。为什么呢，因为云的来去、厚薄，使得山变得隐显万化；而云呢，则傍山绕岭，或高或低；两者相依相伴，相映相衬。从直观之美到美之所成，一一道出，是所谓曲要透辟。下一曲写登山之后，回首望去，鹿眠山草，猿戏野花，一动一静，各适其性，笔墨不多，然而一派生的自由、生的悠闲却写得情趣盎然。如果说上曲表现了对云山自然之美的欣赏，那么，至此更流露了对这个超然世外之境的陶醉。此美此境，世间无价，是我所爱，边行边看，相看两不厌，原来"云山也爱咱"。物我交融，铸成一个共同的"爱"字。"只可自怡悦，不堪持寄君",是陶弘景就"白云"以寄意,委婉地谢绝了梁武帝的征诏。"我爱山无价","云山也爱咱",同样表现了张养浩寄情云山,七下诏书而不出的决心,不过语意明朗透辟,也就更具曲味。

双调·水仙子①
咏江南

一江烟水照晴岚②,两岸人家接画檐,芰荷丛一段秋光淡③。看沙鸥舞再三,卷香风十里珠帘。画船儿天边至,酒旗儿风外飐④。爱杀江南。

【注释】

①水仙子:又名 [凌波仙]、[凌波曲]、[湘妃怨]、[冯夷曲],亦入 [中吕]、[南吕]。句式一般为七七七、五六、三三四,共八句七韵,第六句可不用韵。

②这句意思是说,在阳光照射下,江上烟波与山中雾气同生互映。

③芰(jì)荷:菱角与荷花。

④飐(zhǎn):因风吹而动。

【品评】

南国之春在已往的文学艺术中有过较多的描绘、讴歌,白居易就激动地说过:"春来江水绿如蓝,能不忆江南!"韦庄也深情地唱过:"人人尽说江南好,游人只合江南老。春水碧于天,画船听雨眠。"(《菩萨蛮》)秋天的江南呢?应该说也是美的,不过,对这种"美"的发现和表现,在古代的诗词中比起前者无疑是少得多。因而,这首小令就显得难能可贵了。其次,"悲哉秋之为气也!"(宋玉《九辩》)萧瑟、凄凉,几乎成了"秋"的传统基调。当然也有反其道而行之的高亢之音,如刘禹锡的"晴空一鹤排云上,便引诗情到碧霄。"(《秋词》二首)这首小令则不然。它是在一派秋光淡色之中，将山水、人家、芰荷、沙鸥、珠帘、画船、酒旗，远近高下，随意写来，使自然与社会浑然相融。这里既无一丝萧瑟的情调，也无惊人之壮语，却表现出一种和谐、安详，而又充满生机的美。正是这种更本色、更贴近生活的秋日江南之美，使得诗人终于说出了无法抑制的情。这，当然也就表现了作者独特的审美情趣。

双调·得胜令

四月一日喜雨

万象欲焦枯，一雨足沾濡①。天地回生意，风云起壮图。农夫，舞破蓑衣绿；和余②，欢喜的无是处③。

【注释】

①沾濡（zhānrú）：滋润。

②和余：连我。

③无是处：意犹"不知如何是好"。

【品评】

这是天历二年（1329），张养浩为陕西行台中丞，受命赈灾时的作品。曲题简明朴素，却给人一种时难忘、事难忘、情难忘的感觉。全曲紧紧围绕"喜雨"二字。第一句是"旱"，第二句写"雨"，对比中自然突出了"喜"字。喜风云送雨，生的希望从人们心中升起。最喜是农夫，披着蓑衣在雨中欢歌狂舞，连自己也乐得不知如何是好。喜情、喜态，如在眼前，写足了题意。为了更深地感受这个"喜"，不妨再说一点情况。据《元史》所载，那是关中连年大旱，饥民相食，那是"数年空盼望，一旦遂沾濡"。雨，解民于倒悬，给人以生机，"舞破蓑衣"何足惜！张养浩隐居八年，七诏不赴，然而赈灾令下，不顾老迈即登车上道，终日无怠，以至病死于任所。作者是这样一位"救人危患"的官员，所以才能与百姓同乐，才能由衷地一喜再喜，一唱再唱（作者还有［南吕·一枝花·咏喜雨］等曲）。这样的封建官吏诚然难得，这样的作品在散曲中同样是不可多见的。

中吕·喜春来（二首）

路逢饿殍须亲问①，道遇流民必细询，满城都道好官人。还自哂②，只落得白发满头新。

乡村良善全生命，廛市凶顽破胆心③，满城都道好官人。还自哂，未戮乱朝臣④。

【注释】

①饿殍（piǎo）：饿死的人。

②哂（shěn）：微笑。还自哂，有自我解嘲的意思。

③廛（chán）：古称城市平民的居所。这句是说街市上地痞、恶人吓破了胆。

④戮（lù）：杀。

【品评】

第一曲的开头两句自述出赈灾民，体恤民生疾苦，"须亲问""必细询"，一个不辞辛劳、爱民如身的形象宛然可见。但是，面对旱情之久，灾民之众，还有那朝廷上下的腐败，个人的能力实在有限，尽管"用尽我为民为国心"，依然是路有饿殍，道有流民，"眼觑着灾伤教我没是处，只落得雪满头颅"（［南吕·一枝花·咏喜雨］）。这就是百姓称道的"好官人"，可笑！

第二曲自述为官清正，让善良百姓得以安生，而使凶顽之徒望之心惊，如此惩恶扬善，爱憎分明，确是百姓难得见到的"好官人"。然而，自己心中的惭愧自己清楚，那就是自己还无力杀尽那些祸国殃民的奸佞赃官，这对于"好官人"来讲，也只能遗憾地一笑而已！曲中显然有着难掩的自慰自得之情，但就张养浩死后，"关中之人，哀之如失父母"（《元史》本传）来看，所言还是比较可信的。而且更可贵的是，他并没有陶醉在颂扬声中，心愿难成、壮志未酬的歉疚与悲哀，也是显而易见的。那么，自慰自得与自谦自惭巧妙地交织，便构成了这两首小令情感的真实和艺术表现上的成功。

中吕·朱履曲

那的是为官荣贵①，止不过多吃些筵席②，更不呵安插些旧相知③，家庭中添些盖作④，囊箧里儹些东西⑤，教好人每看做甚的。

【注释】

①那的是：哪里是。

②止：只。

③更不呵：更不过。

④盖作：古人称建屋为盖屋，南宋以来多称盖造，或曰盖作、搭造。

⑤囊箧（qiè）：箱柜。儹（zǎn）：攒，积聚。

【品评】

"事有古而可以质于今"。这首曲写于六百多年以前，可那官场上的吃吃喝喝、任人唯亲、以权谋私、中饱私囊等等，在今天的某些为官者的身上，不也表现得毫不逊色吗？历史往往有着惊人的相似之处！这，就无须多说了。我们要指出的是作者的表现技巧。曲中主要的篇幅似是一位官儿的辩护辞，你听："为官"哪有什么"荣贵"可言？只不过"多吃些""安插些""添些""儹些"，一句一个"些"字，"些"者，含糊不定之量也，然与"只不过"相配合，与上下文相联系，自是些须、少许之意也。轻描淡写之口吻可谓毕肖。够了！好一副贪得无厌、厚颜无耻的嘴脸，你知道别人把你看作什么东西吗？前面喋喋不休地辩解，实是让其自暴自露、自画嘴脸，其法甚妙！结句忽转，干净利落，爱憎豁然，是亦可谓"卒章显其志"。张养浩之所以能作此曲，概因他为官几十年，深知官场，熟悉贪官；更因为他"于人诚信，于官清正"（［中宫·山坡羊］），才能拿起嬉笑怒骂之笔以鞭挞其丑恶。可见"官"也还是一分为二的，"后之视今，犹今之视昔"。今之为官者，不可不思！

中吕·朱履曲

才上马齐声儿喝道①，只这的便是送了人的根苗②。直引到深坑里恰心焦③，祸来也何处躲，天怒也怎生饶，把旧时来威风不见了④。

【注释】

①喝道：古代官员出行，衙役侍从走在前面吆喝，令行人回避，谓之喝道。

②这的：这个。

③恰：才。

④旧时来：昔日的。

【品评】

张养浩仕宦生涯二三十年，官场上的种种人物当是所见甚多，这首曲让我们见到了那种得志便猖狂的角色。作者只用开头一句，便画出了那纱帽一戴，便摆出一副"鼻息干虹霓，行人皆怵惕"的威风。孰不知这恰恰是祸患之根、身危之始，直到这种猖狂自彰把自己引入灭顶之"深坑"才情急心焦，"心焦"何用！"船到江心补漏迟"。天怒人怨，岂能逃脱。更妙在结尾冷冷地补一句，与开头遥相映衬，一个可恶、可笑的形象，跃然纸上。作者除了嘲讽之外，恐怕也不无告诫之意。然而，戒心易忘，骄心易生何况一旦得志呢？所以，生活的舞台上总不时会看到类似的表演。那么，是不是可以说，时间与生活，更充实了这首小令的审美内涵与艺术生命呢！

中吕·山坡羊（三首）

无官何患，无钱何惮，休教无德人轻慢。你便列朝班①，铸铜山②，不过只为衣和饭。腹内不饥身上暖。官，君莫想；钱，君莫想。

休学谄佞③，休学奔竞④，休学说谎言无信。貌相迎⑤，不实诚，纵然富贵皆侥幸，神恶鬼嫌人又憎。官，待怎生；钱，待怎生⑥！

与人方便，救人危患，休趋富汉欺穷汉。恶非难，善为难⑦，细推物理皆虚幻⑧。但得个美名儿留在世间，心，也得安；身，也得安。

【注释】

①朝班：朝官排列的位次。列朝班：意即为官。

②铸铜山：用邓通事。邓通曾为汉文帝吮痈，深得宠幸，官至上大夫，并赐蜀郡严道铜山，许其铸钱，邓氏钱遍于天下，后人常用其名比喻富有。景帝即位后，免官，并收其家财，邓通寄食人家，贫困而死。事见《汉书·佞幸传》。

③谄佞：谄媚、巴结。

④奔竞：钻营。

⑤貌相迎：表面上迎合。

⑥怎生：怎样。

⑦善为难：做好事难。

⑧"细推"句：意思是说：仔细想想世间一切对于人来讲终是虚幻无常的。与下句"名"相对而言，这里指的该是物质财富、荣华富贵等等。

【品评】

原题十首，对于伦理道德、人情世态，为人处世的种种表现与结局，或正、或反、或正反结合地加以描绘叙述。就作品的旨意而言，有点像唐初王梵志写的诗体道德箴言，不过它又不只是一般的劝世、讽世之作，应该说它还融入了张养浩自己的处世哲学和人生经历。这里选了三首。先讲一、二两首。对于官和钱，历来总有一些人"虎视眈眈，其欲逐逐"（《周易·颐》）。作品中则毫不含糊地提出相反的观点：无官、无钱并不可怕，重要的是不要"无德"让人瞧不起。即或你巴结钻营、虚伪迎合，无耻到如邓通那样，得了官、有了钱，又能怎样呢？最后还不是一无所有，穷困而死，报应迟早总要临头的。所以人生在世，不要一门心思地去求官、贪财。第三首说要与人为善，这是我们传统道德中一个最基本的为人之道。但是，在一个是非颠倒、道德式微的社会中，倒是"恶非难，善为难"。因为为善，除了要有一颗仁爱之心，还要有"见势不趋，见威不惕"的精神。这就不易了。话说回来，那些趋炎附势者，也无非为了一己之私利。他们何曾想过富贵终是身外物，虚幻莫测，而自己成了无耻小人倒是实实在在的。因此，做人不要见富贵而生谄容，遇贫穷而作骄态，而要与人为善、乐于助人，"美名儿留在世间"，这样也就心安，身安了。

张养浩以直言敢谏而弃官归隐、累诏不赴。至于财富，他以为"金银盈溢，于身无益"，而且"他时终作儿孙累"（［中吕·山坡羊］）他晚年受命赈灾，"即散其家之所有与乡里贫乏者，登车就道"（《元史》本传），而不复后顾。可以说张养浩以自己的所作所为批判了谄佞奔竞之徒，实践了他的"于人诚信，于官清正"的人生哲学。那么，他对世人的告诫，就不仅在言，更见之于行，难能可贵。这些小令能以如此浅俗之语，生动地描述形形色色的人情世态和深刻的处世之道、人生哲理，是与他的种种经历和体验分不开的，此亦可谓有其人，方有其文。

中吕·山坡羊

潼关怀古①

峰峦如聚，波涛如怒，山河表里潼关路②。望西都③，意踌躇④。伤心秦汉经行处⑤，宫阙万间都做了土。兴，百姓苦；亡，百姓苦。

【注释】

①潼关：故址在陕西潼关县东南。北带渭、洛会黄河抱关而下，东有崤山，南接商岭，西依华岳，雄踞秦、晋、豫三省要冲，为长安的门户，历来兵家必争之地。

②表里：即内外。

③西都：指长安（今西安市），与东都洛阳相对而言。

④踟蹰：一作踟躇，原指犹豫不定，徘徊不前，这里有思绪萦绕、惆怅难平的意思。

⑤经行：佛家因养身散闷、旋回往返于一定之地叫经行。这里借指封建帝王起居活动的处所，亦即京都。

【品评】

天历二年（1329），作者受命往关中赈灾，他一路上"遇饥者赈之，死者则葬之"，其心情之沉痛可想而知。这可以说是这首小令抒情的背景、主题的基点。开头三句由山河环抱之势写出潼关的险要，虽有气势飞动的壮美，但是涛声如怒的悲愤，实为下文伏笔。过了潼关，向西望去便是关中、古都长安，更叫诗人思绪万千，那里从秦汉开始，千古兴亡多少事，万间宫阙建了毁，毁了建，终成废墟。这中间四句写题中的"怀古"二字，结尾两句是由此而生发的感慨，感慨的不是王朝更替、世事沧桑，也不是望统治者励精图治、帝业千秋，而是从"百姓"的角度写兴亡的感受。兴也罢，亡也罢，百姓总是被奴役、被欺压、被掠夺的对象，他们能得到的只是一个用血泪铸成的"苦"字。这就跳出了无数"怀古"诗的思想范畴，而提示了封建社会的本质，彻底轰毁了对封建统治者的一切幻想。从封建社会初期，就喊出了民惟邦本、民贵君轻等等正确且漂亮的口号，可是百姓究竟怎样呢？对于这个问题，又有几个人能回答得如张养浩这样的干净利落、深刻透辟呢！

郑光祖

生卒年不详，字德辉，平阳襄陵（今山西临汾附近）人，做过杭州路吏。《录鬼簿》成书（1330）之前已经去世，火葬于西湖灵芝寺。为人方直，感情淳厚，不妄交友。是当时著名杂剧作家，有杂剧十八种，今存七种。《录鬼簿》称其"名香天下，声振闺阁"，艺人们尊为"郑老先生"。与关汉卿、马致远、白朴并称"元曲四大家"。散曲作品所存极少，《全元散曲》辑其小令六首，套数两篇。

双调·蟾宫曲
梦中作

半窗幽梦微茫，歌罢钱塘①，赋罢高唐②。风动罗帏，爽入疏棂③，月照纱窗。缥渺见梨花淡妆，依稀闻兰麝余香。唤起思量，待不思量，怎不思量。

【注释】

①歌罢钱塘：宋·何蘧《春渚记闻》载：宋代司马才仲昼寝，梦一美人牵帷而歌《蝶恋花》词，"妾本钱塘江上住，花落花开，不管流年度"。不久美人又来入梦，并在梦中结为夫妇。

②高唐：指宋玉《高唐赋》。

③疏棂（líng）：稀疏的窗格。

【品评】

这是一首记梦的小令。风儿透过窗户，吹动罗帏，人从梦中醒来，只见月光照进半开的纱窗。好在已是"歌罢""赋罢"，欢会尽兴了。

清风未破好梦，似也是天助。不过，也正因为梦境的美满，才使得思绪萦绕，好梦难消。她那如梨花一般淡雅的妆束，还有那幽兰一样的清香，犹是依稀可见、可闻。梦后之思如此，梦中之境自可想见，虚虚实实，幻幻真真，总见出情深难忘，所以"唤起思量"，然也不断地提醒自己，幽梦无寻处，何必苦相思？但是，人美、情美，又怎能不相思呢？春梦无踪，一往情深，真情痴情，写得何等曲折动人！梦之境、梦之情、梦之醒、醒之"梦"，曲曲道来，意象感人，而"梦"之所由、人之所指，皆惝恍迷离，一派朦胧，怅然感人。这种萦回迂婉、隐含不露、文采焕然的作风，显然推动了元散曲后期"类词化"的倾向。

范康

生卒年不详，杭州人。能词章，通音律，多才多艺，据说因王伯成有《李太白贬夜郎》杂剧，遂作《杜子美游曲江》杂剧，《录鬼簿》评此剧曰："一下笔即新奇，盖天资卓异，人不可及也"，惜已不传。今存《竹叶舟》一种。散曲流传亦不多，《全元散曲》录其小令四首，套数一篇。

仙吕·寄生草①
酒

常醉后方何碍，不醒时有甚思？糟腌两个功名字②，醅淹千古兴亡事③，曲埋万丈虹蜺志④。不达时皆笑屈原非⑤，但知音尽说陶潜是⑥。

【注释】

①寄生草：句式为三三、七七七、七七，七句五韵，第一、六两句不用韵。首二句多变为五字句或六字折腰句。首末二句对，中间三句须作鼎足对。

②糟腌：用酒渣浸渍。

③醅（pēi）：未过滤的酒。

④曲：酿酒的酒母。虹蜺志：远大的志向。

⑤句意是：屈原说过："众人皆浊我独清，众人皆醉我独醒，是以见放。"那么，屈原错就错在不识时务，不能与世人同醉。

⑥句意是：只要理解陶渊明的都会说他隐居田园、浊酒自娱是对的。

【品评】

范康用同一曲调写了四首小令，总题为《酒色财气》，这里选一首。刘勰说："嵇康师心以遣论，阮籍使气以命诗。"（《文心雕龙·才略》）这首小令也可以说是"使气"之作。为什么要常醉不醒呢？因为一可以"少讲话，而且即使讲话讲错了，也可以借醉得到人的原谅"（鲁迅《魏晋风度及文章与药及酒之关系》）。这就不会有什么妨碍了。二可以昏昏默默，万物皆不萦心，特别是什么功名事业，千古兴亡，宏图大志，统统让酒淹没掉，一身轻快，一无所思。就如刘伶所讲的："枕曲藉糟，无思无虑，其乐陶陶"（《酒德颂》）。为什么要这样呢？孔老夫子早就说过："天下有道则现，无道则隐"（《论语·泰伯》）。面对一个黑暗的朝廷、昏聩的君王，屈原还要大谈什么"美政"，"来吾导夫先路"，这就是他的"不达时"了。陶渊明虽然也有"大济苍生"之志，但是当他看透了现实的腐败、战乱、篡夺、阴谋之后，便飞出"樊笼"，退隐田园。请注意，这里虽有"笑非""说是"之别，那只是言辞的表达技巧而已，实质上都是把批判的矛头指向了时代——屈原的时代、陶潜的时代、范康的时代。那么，这首小令也可以说是一曲异代同心的悲歌。

曾瑞（约 1260—1330 前）

字瑞卿，号褐夫，大兴（今北京市大兴县）人。《录鬼簿》说他"喜江浙人才之多，羡钱塘景物之盛"，而移居杭州。"志不屈物，故不愿仕"，优游于市井，靠朋友接济维持生活。作有杂剧《才子佳人误元宵》，亦善画山水，其散曲集《诗酒余音》，今已不存。《全元散曲》存其小令九十五首，套数十七篇。

南吕·四块玉①

酷　吏

官况甜，公途险。虎豹重关整威严①，仇多恩少人皆厌。业贯盈②，横祸添，无处闪。

【注释】

①虎豹重关：指酷吏的衙门重重关口都有如虎似豹的衙役守卫，森严恐怖。

②业贯盈：罪恶深重、恶贯满盈。业：通"孽"。

【品评】

曲的一、二两句，说得形象，也颇具哲理。"甜"为什么就"险"呢？因为"酷吏"的"甜"，当然不是"乐民之乐"，而是滥用手中权势，作威作福，欺压百姓。曲中只以"虎豹"一句略加点破。那么，酷吏们活得春风得意、甜美有味之时，也就是百姓水深火热、痛苦不堪之日。甜以恶得，祸因恶积，到头来天怒人怨，何处藏身？这是对酷吏的总结概括，叫作"恶积者丧"。这也是对为官者的警告，叫作"恶不可积，过不可长"。

南吕·骂玉郎过感皇恩采茶歌①

闺 情

[骂玉郎] 才郎远送秋江岸，斟别酒唱阳关②，临岐无语空长叹③。酒已阑④，曲未残，人初散。　　[感皇恩] 月缺花残，枕剩衾寒⑤。脸消香，眉蹙黛，髻松鬟。心长怀去后，信不报平安。拆鸾凤，分莺燕⑥，杳鱼雁⑦。　　[采茶歌] 对遥山，倚阑干，当时无计锁雕鞍。去后思量悔应晚，别时容易见时难。

【注释】

①这是属南吕宫的三曲组成的带过曲。[骂玉郎] 句式为七五七、三三三，六句六韵；[感皇恩] 句式为四四、三三三、四四、三三三，十句五韵；[采茶歌] 句式为三三七、七七，五句五韵。三曲均不单独作小令用。

②阳关：王维《送元二使安西》入乐歌唱，称《阳关曲》或《阳关三叠》。这里的"阳关"就是指送别的歌。

③临岐：临分别的时候。岐：同"歧"，岔道口。

④阑：尽。

⑤枕剩衾寒：即人已去。

⑥拆鸾凤、分莺燕：指男女分别。

⑦鱼雁：指书信。

【品评】

第一曲写江边送别。秋风萧瑟，烟波浩渺，斟上送别的酒，唱一曲送别的歌，"阳关一曲肠千断"，待到分手，已是无语凝咽，长叹一声，黯然泣别。字字含情，声声感人。第二曲，写别后之思。人去衾寒，只有空床敌素秋，香消瘦损，愁眉松鬟，已画出了心中之苦，再加之音信杳无，万千心事向谁诉，有谁知！第三曲，写思极而悔。"对遥山，倚阑干"，烟水茫茫人何在？别君容易见君难，"早知怎么，悔当初，不把雕鞍锁"（柳永《定风波》）。反水不收，后悔何及，终留下不尽的相思、悔恨在言外。全曲通过人物的行动、外貌和心理的铺写，以及环境的暗示，表现了伤别、相思和自怨自悔，看上去倒也没有什么特别新颖奇俊之处。然而，正是它真实和委婉地再现了这种与生活相通的"寻常"，给了人似曾相识的亲切、情同此心的感受。这，大概也就是曾瑞的散曲之所以为人喜读的一个重要的原因吧。

南吕·骂玉郎过感皇恩采茶歌
闺中闻杜鹃

[骂玉郎] 无情杜宇闲淘气①，头直上耳根底②，声声聒得人心碎③。你怎知，我就里④，愁无际。　　[感皇恩] 帘幕低垂，重门深闭。曲栏边，雕檐外，画楼西。把春酲唤起⑤，将晓梦惊回。无明夜，闲聒噪，厮禁持⑥。　　[采茶歌] 我几曾离、这绣罗帏？没来由劝我道"不如归"！狂客江南正着迷⑦，这声儿好去对俺那人啼！

【注释】

①杜宇：即杜鹃，叫声像"不如归去"。

②头直上：头顶上。

③聒（guō）：吵闹。

④就里：内情。

⑤酲（chéng）：醉酒后神情恍惚的样子。春酲：指春困天气令人打不起精神。

⑥厮：互相。禁持：纠缠、折磨。

⑦狂客：指远游的丈夫。

【品评】

第一曲出语迁怒，既有突兀惊人，引人必读、必听的效果，也活现了主人公情急心烦之态。烦的外因是杜宇声声，再用"你怎知"一语，自然地引出内因：本来就是"愁无际"。内外结合，心情可知，拙中见巧，自有驾驭之力。第二曲，进一步写"烦"，"帘幕低垂，重门深闭"，也挡不住聒噪之声，而且从早到晚，时时啼、处处叫。原本是"春眠不觉晓"的困人天气，现在倒弄得心神不宁，好梦难成。从时间、空间、主观、客观各个角度，渲染出"烦"不可躲，"烦"不可已，可谓淋漓尽致。物极必反，第三曲思路突转，由烦而责，我身不离罗帏，为什么整天对我叫："不如归去"。"你"应该向他，我那个迷不知返的人儿去叫！你，真是无知无情闲淘气。不怨人不归，却怨杜鹃不向他耳边啼，有理无理，总见出一派天真，一片痴情。三曲围绕"闻杜鹃"相承相转，写得活泼风趣，情真意挚。

中吕·山坡羊

叹 世

鸡鸣为利，鸦栖收计。几曾得觉囫囵睡①！使心机，昧神祇②，区区造下弥天罪③。富贵一场春梦里④。财，沤泛水⑤；人，泉下鬼⑥。

【注释】

①囫囵：完整。

②昧神祇（qí）：古人称天神为"神"，地神为"祇"。《论语·述而》："谏曰：'祷尔于上下神祇。'"

③区区：愚执。

④一场春梦：喻世事无常，转眼即空。宋·赵令畤《侯鲭录》卷七："东坡老人在昌化，尝负大瓢，行歌于田间。有老妇年七十，谓坡云：'内翰昔日富贵，一场春梦！'坡然之。"

⑤沤（ōu）：水面上的气泡。

⑥泉下：九泉之下。

【品评】

为一家老小生计而起早贪黑的操劳，值得同情；披星戴月，勤劳致富，也值得称赞。世上许多事物是貌相似而实不同，"闪闪发亮的不都是黄金"。曾瑞的这首小令也写了那些从早忙到晚，睡不好一个安稳觉的人。不过，他们为的是"利"，且不是以正当的方式、手段去谋取合理合法的"利"，而是蒙昧天地神明，丧失天良，不择手段，夜以继日，攫利不休。如此疯狂，似乎少见，其实不然，陈草庵的笔下也有："红尘千丈，风波一样，利名人一似风魔障……"（［中吕·山坡羊］）不仅古有，今也有。挖空心思，使"地沟油"流上餐桌，让"毒奶粉"喂养婴儿等等制假售假者，不同样是"使心机、昧神祇"，为逐利而走火入魔的一群吗！"历史上常常有惊人的相似之处"（马克思），诚不虚语。

小令的下半写犯下弥天大罪的人，自有应得的下场。这叫作："阴随阴报，阳随阳报。不以其道成家道，枉劬劳，不坚牢，钱财人口皆凶兆。一旦祸生福怎消？人，也散了；财，也散了。"（陈草庵［中吕·山坡羊］）这样的"连续剧"，今天也是常常可以看到的。

睢景臣

一作睢舜臣，字景贤，扬州人，生卒年不详。大德七年（1303），自扬州赴杭州居留，与钟嗣成相识。钟嗣成在《录鬼簿》中说他"心性聪明，酷嗜音律"。曾作杂剧《屈原投江》《千里投人》《牡丹记》三种，惜皆不传。散曲现存三套。

般涉调·哨遍①
高祖还乡

［哨遍］社长排门告示②，但有的差使无推故③。这差使不寻俗④，一壁厢纳草除根⑤，一边又要差夫⑥。索应付⑦。又言是车驾，都说是銮舆⑧，今日还乡故⑨。王乡老执定瓦台盘⑩，赵忙郎抱着酒葫芦⑪，新刷来的头巾⑫，恰糨来的绸衫⑬，畅好是妆幺大户⑭。

［耍孩儿］瞎王留引定火乔男女⑮，胡踢蹬吹笛擂鼓⑯。见一彪人马到庄门⑰，匹头里几面旗舒⑱：一面旗白胡阑套住个迎霜兔⑲，一面旗红曲连打着个毕月乌⑳，一面旗鸡学舞㉑，一面旗狗生双翅㉒，一面旗蛇缠葫芦㉓。

［五煞］红漆了叉㉔，银铮了斧㉕。甜瓜苦瓜黄金镀㉖。明晃晃马镫枪尖上挑㉗，白雪雪鹅毛扇上铺㉘。这几个乔人物㉙，拿着些不曾见的器仗，穿着些大作怪衣服。

［四煞］辕条上都是马㉚，套顶上不见驴㉛。黄罗伞柄天生曲㉜。车前八个天曹判㉝，车后若干递送夫㉞。更几个多娇女㉟，一般穿着，一样妆梳。

［三煞］那大汉下的车，众人施礼数。那大汉觑得人如无

159

物㊱。众乡老展脚舒腰拜，那大汉那身着手扶㊲。猛可里抬头觑㊳，觑多时认得，险气破我胸脯㊴。

［二煞］你须身姓刘，你妻须姓吕㊵。把你两家儿根脚从头数㊶：你本身做亭长耽几盏酒㊷，你丈人教村学读几卷书，曾在俺庄东住，也曾与我喂牛切草，拽坝扶锄㊸。

［一煞］春采了桑，冬借了俺粟，零支了米麦无重数。换田契强秤了麻三秤㊹，还酒债偷量了豆几斛㊺。有甚胡突处㊻，明标着册历㊼，见放着文书㊽。

［尾］少我的钱，差发内旋拨还㊾；欠我的粟，税粮中私准除㊿。只道刘三谁肯把你揪捽住(51)？白甚么改了姓(52)，更了名，唤做汉高祖(53)！

【注释】

①哨遍：一作［稍遍］，［般涉调］的一个曲牌。

②社：元代以五十家为一社，设社长。排门告示：挨户通知。

③但有的：所有的。无推故：不得借故推托。

④不寻俗：不寻常。

⑤一壁厢：一边、一面。纳草除根：交纳去根的草饲料。或疑“除根”为“输粮”二字之误。

⑥差夫：派劳役。

⑦索：须。

⑧车驾、銮舆：皇帝的乘车，亦代指皇帝。

⑨乡故：即故乡。

⑩乡老：村中长者。执定：端着。瓦台盘：陶制的托盘。

⑪忙郎：对农民的称谓。

⑫新刷来的：才洗过的。

⑬恰：刚才。糨(jiàng)：在洗净的衣服上打一层米浆，叫作“糨”。

⑭畅好是：真正是。妆幺大户：摆出一副富家大户的样子。

⑮瞎王留：乡民的浑名。火：同"伙"。乔男女：不三不四的一伙怪人。

⑯胡踢蹬：胡乱瞎闹地。

⑰一飚（diū）：一队。

⑱匹头里：当头。舒：飘扬。

⑲胡阑："环"的合音，指圆圈。白圆圈中有个白兔，即月亮，也就是月旗。

⑳曲连："圈"的合音。毕月乌：即乌鸦。传说日中有三足金乌，红圈中画着金乌，即太阳，也就是太阳旗。

㉑鸡学舞：指凤凰旗。

㉒狗生双翅：指飞虎旗。

㉓蛇缠葫芦：指蟠龙戏珠旗。

㉔红漆了叉：红色的画戟。

㉕银铮了斧：镀了银白色的斧。

㉖甜瓜苦瓜：指金瓜锤。

㉗马镫枪尖上挑：指朝天镫。

㉘这句指鹅毛宫扇。

㉙乔人物：装模作样的怪人。

㉚辕条：即车辕。

㉛套顶：套车的绳。

㉜黄罗伞：即"曲盖"，宫廷器物，用黄丝绸制作，状如弯柄的伞。

㉝天曹判：天上的判官，指皇帝左右的仪卫人员。

㉞递送夫：指奔走侍候的宦官。

㉟多娇女：指宫女。

㊱大汉：指刘邦。

㊲那：同"挪"，移动。

㊳猛可里：突然间。

㊴意思是：差一点肺都气炸了。

㊵你妻须姓吕：刘邦妻子吕雉，即吕后。

㊶根脚：根底、出身。

㊷亭长：秦代十里一亭，设亭长，为管地方治安的小吏。刘邦曾做过沛县泗水亭长。耽：嗜好。

㊸拽坝：即拽耙。

㊹这句说刘邦借别人换田契的机会从中敲诈勒索。

㊺斛（hú）：十斗为一斛。

㊻胡突：糊涂。

㊼册历：账册。

㊽见放着：眼前还保存着。文书：借据一类的文字。

㊾差发：当官差，当时派到官差也可以出钱雇人代替。

㊿私准除：暗中扣除。

(51)刘三：刘邦排行第三。揪捽：揪住。

(52)白：无端，平白无故。

(53)汉高祖：这是刘邦死后的谥号，但是《史记》中已有“高祖还归”，所以“高祖还乡”已成为后人习惯的说法。而且这里称“汉高祖”，更主要的是可以增强讽刺效果。

【品评】

这套散曲的审美效果，应该说有赖于作品中的一个人物——“我”。“我”字虽然出现在第五曲，实是贯串始终的。请看：

首曲写驾到之前，“我”之所见。社长不寻常地奔走告示；村民穷于应付，但也忍不住地“又言”“都说”私下议论；另一些惯于见风使舵的人，已经乔装打扮执盘抱酒，路旁迎候；形形色色反映得可谓客观、真实，但也流露出几分厌烦与讥讽。

二至四曲，写车驾已到，“我”以“不曾见”的眼光一一观察，以自己的理解与语言一一描述。庄严肃穆的仪仗、侍卫，变成了离奇滑稽、莫名其妙的大杂烩，怪人怪物“大作怪”的丑剧。而皇帝呢？虽未出场，却已经无可辩驳地沦为这丑剧中的一脚，可见作者用心之巧。

"我"说得滔滔不绝，"一本正经"，实是"老母鸡变鸭"面目全非；却又是歪打正着，因为堂皇与丑恶、羊头与狗肉，本来就是封建统治者的两面。"无知与智慧"，"正经与诙谐"，如此奇妙地统一，实在出人意料，令人忍俊不禁。什么衣锦还乡、君临天下的威风，统统在笑声中化为乌有。

第五曲，"我"看到"大汉"下车，先是目空一切，转眼又挪身相扶，狂傲与作态熟练地集于一身，这瞬间的虚伪与奸滑也逃不过他的目光（这又是一处伏笔）。冤家路窄，抬头一看，原来弄得全村不宁迎来的却是早已领教过的家伙，可气可恶！"险气破我胸脯"，一面结束了迎驾、接驾，一面开启了下文。

六、七两曲，"我"在怒气难平之下，直数其人的根底、劣迹，嗜酒贪杯、强索暗偷、欠债不还，实是一个地道的痞子、无赖！如果说这是以往的刘三，那么眼前呢？且听下曲。

结尾一曲，"我"的话进退跌宕，犹为奇妙。（你既是这么有权有势）欠我的钱粮就从公差赋税中扣除掉，不是易如反掌吗？再说，（赖了多年，人家也没把你咋的）今天就说是刘三回乡，又有谁会揪住你不放？凭什么要搞改名换姓的鬼把戏？叫什么汉高祖，莫非想压根儿不认账了——变来变去还是个无赖！一派"糊涂"言，皇帝不成形。听者捧腹大笑，刘三无言以对（"无声胜有声"，妙不可言）。综上所述，不难看出一场轰轰烈烈的"高祖还乡"只不过为"我"提供了一个笑骂的舞台，戏的灵魂与效果全出于"我"，奇思妙想，令人惊叹！

"我"，当然只能说是一个乡民的艺术形象。同样，作品中的"刘邦"也有虚构的成分。据《史记·高祖本纪》所言，早年的刘邦是做过亭长，有过"好酒及色"、撒泼扯谎的行径，但此一时彼一时。司马迁写西汉十二年（前195）高祖还乡，那真是盛大的、欢乐的聚会，临别时尤"复留止，张饮三日"。可见睢景臣采用了有舍有取和取其事而又反其事的手法，从而使"刘邦"的无赖一以贯之，其大胆的创意是显而易见的。而这一创意更新奇可贵的价值，还在于把嘲弄的锋芒直指君王，这在身处皇权至尊的社会中，其敢于"犯上"的勇气可谓空前。

杜仁杰曾写过《庄家不识构阑》，从头到尾都在"不识而识"中创造了喜剧性的效果。睢景臣也可能受到他的启发，但是《高祖还乡》的情节就绝不是那么单纯的了。曲的开头"我"的眼中所见形形色色、清清楚楚，喜剧性并不在"我"，而在周围的人和事。二至四曲，才转向"不曾见"，情节也就在"不识而识"中展开。第五曲，又由"不识"而变为"认得"，情节急转。第六、七两曲，是急转之后的直下，将"认得"二字，在明确无误的数落中得以充实。最后又以"认得"刘三，而转到"不识"汉高祖为何意，妙笔点题，收束全篇。这种"识与不识""清醒与糊涂"的反复交替，既写活了人物，丰富了形象，也使得故事情节生活化、真实化、戏剧化，因而嬉笑怒骂也就自成妙文了。所以钟嗣成早就称赞它"制作新奇，诸公皆出其下"（《录鬼簿》）。是的，从人物到情节、从题材到主题，无不表现出它的"新奇"之处。当然，这一奇作的出现自有其现实生活的土壤和时代精神的需求。但是，不可否认，在它不朽的艺术光芒中，是深深地凝聚了不凡的胆识、智慧与创造的才华。

周文质 （约 1280—1334）

字仲彬，祖籍建德（今属浙江），后居杭州。与钟嗣成为同辈挚友，故《录鬼簿》所记甚详，说他"体貌清癯，学问该博，资性工巧，文笔新奇。家世儒业，俯就路吏。善丹青，能歌舞，明曲调，详音律。性尚豪侠，好事敬客。余与之交二十年，未尝跬步离也"。可见周文质的多才多艺。曾作杂剧《苏武还朝》等四种，除此剧尚存残曲，余皆不存。散曲存小令四十三首，套数五篇。

正宫·叨叨令
自 叹

筑墙的曾入高宗梦①，钓鱼的也应飞熊梦②，受贫的是个凄凉梦，做官的是个荣华梦。笑煞人也么哥，笑煞人也么哥，梦中又说人间梦③。

【注释】

①筑墙的：指傅说。他本是用框架筑土墙的奴隶。高宗：指商代国王武丁，死后尊为高宗。相传武丁早年生活在民间，知稼穑之艰，即位之后，招贤纳谏，开创了"武丁中兴"的局面。《史记·殷本记》说武丁夜梦得圣人，名曰说。便派四处寻找，找到了这个筑墙的奴隶傅说，"得而与之语，果圣人，举以为相，殷国大治"。

②钓鱼的：指姜太公吕尚。传说周文王姬昌出猎，卜得一卦曰："所获非龙非螭，非虎非熊，所获霸王之辅。"果然遇钓于渭水的吕尚，"载与俱归，立为太师"，开创了周朝基业，详见《史记·齐太公世家》。故事在流传中将"卜"衍变为"梦"，"非熊"衍变为"飞熊"。

③梦中又说人间梦：意即虚无。白居易《读禅经诗》："言下忘言

165

一时了，梦中说梦两重虚"。

【品评】

帝王欲图强称霸，需要文韬武略之人才，而人才就在"梦"中；筑墙的奴隶，钓鱼的老翁，也可因帝王之"梦"一步登天，跃上宰辅高位，大显身手，这华丽的转身，也像是一个不可思议的"梦"，诚可谓"浮生若梦"。这，就是小令一、二两句要说的。故事虽渺不可及，人们也不想深究，但因其"美妙"，因其合乎"愿望满足"的心理需求，"梦"的影响绝不可低估。这，就是小令三、四两句要表现的。"受贫的""做官的"，举此二者以概上上下下人皆有"梦"，又笔之精巧亦于此可见。

"夫人之情，莫不乐富贵荣华，……昼则思之，夜则梦焉"（崔寔《政论》）。所以那"受贫的"在梦中大概也是锦衣玉食，享尽荣华，然一觉醒来还是饥肠辘辘，衣衫褴褛，所谓"梦里几回富贵，觉来依旧恓惶"。就是"荣华梦"又能怎样呢？"百代功名，千年志节，半霎南柯，一梦蝴蝶"。总之，不论"凄凉梦"，还是荣华梦，都是一"梦"中，同是一样"空"——"百岁光阴如梦蝶"。可叹的是人人既要做梦，又要因不同的梦，或戚戚忧伤，或洋洋得意，真是可笑，可笑！"予谓汝梦"，"人生如梦"，大家都在做梦。曲中的巧体之一，句曰"独木桥体"，即通篇韵脚押同一个字，这首小令中"梦"字反复出现，使形式与内容巧妙地融合，无疑增强了它的表现力。

如何解读这小令，亦关系到对元曲与元代文人的认知，借此谈一点笔者的浅见。鲁迅先生说："我以为要论作家的作品，必须兼想到周围的情形。"（《且介亭杂文二集·后记》）那么，我们也不妨看看"周围"文人的创作"情形"，比如：

南高峰，北高峰，惨淡烟霞洞，宋高宗，一场空。吴山依旧酒旗风，两度江南梦。

刘秉忠 ［南吕·干荷叶］

……恰成功，早无踪，似昨宵一枕南柯梦。人世枉将花月宠，春，也是空；秋，也是空。

陈草庵 [中吕·山坡羊]《叹世》

……看这名标青史人千古，只是睡足黄粱梦一场，兀的回首斜阳。

邓玉宾 [正宫·端正好] 套

类似的作品很多，恕不再举。这在当时既不偶然，也非个例，而是一种思潮，一种文化现象。它源于那个"贼做官，官做贼，混贤愚"的黑暗腐朽、价值颠倒的现实。因此那参破古今，看空一切的虚无，既透露出无可奈何的悲凉，也含有愤世嫉俗、蔑视权贵的激愤。所以那"梦"与"空"的虚无，实质是一种否定与批判，其矛头所指便是"三国鼎分牛继马"，你方唱罢我登台的"闹剧"，以及"急攘攘蝇争血"的"蜗角名，蝇头利"，而绝不意味着元代文人真的生活在虚无与无为之中。请看：

辞是非，绝名利，笔砚诗书为活计。

滕　斌 [中吕·普天乐]

五斗米懒折腰肢。乐以琴诗，畅会寻思。万古流传，赋归去来辞。

盍志学 [双调·蟾宫曲]

无官何患，无钱何惮，休教无德人轻慢。

张养浩 [中吕·山坡羊]

类似的作品，同样很多，从中不难看出元代文人的思想中、生活中，自有一份对道义的执著，人格的持守，价值的追求。但是同时也

"得随时适应周围的环境"。"适应"的结果，元代文人在民族压迫，文化歧视，地位失落的困境中，没有放下笔，闭上口，而是高唱隐逸与直面现实，佯狂散诞与嬉笑怒骂，"梦中又说人间梦"，与"笔端写出惊人句"，相辅相成，相得益彰，创造出一代诗歌与戏剧的辉煌，也铸造出一代文人独特而复杂的人生与艺术，切不可作简单、片面的解读。

越调·寨儿令

挑短檠①，倚云屏②，伤心伴人清瘦影。薄酒初醒，好梦难成，斜月为谁明？闷恹恹听彻残更③，意迟迟盼杀多情④。西风穿户冷，檐马隔帘鸣⑤。叮，疑是珮环声⑥。

【注释】

①短檠（qíng）：矮的灯台，代指灯。

②云屏：画有云彩的屏，或指云母屏风。

③闷恹恹（yān）：因相思烦闷而神情疲乏的样子。

④多情：这里代指对方。

⑤檐马：悬于屋檐的铁片，风动相击便有响声。

⑥珮环：挂在身上的玉环，每套珮环有几片，行走时铿锵有声。后代多指妇女所佩的饰物。杜甫《咏怀古迹》："画图省识春风面，环珮空归月夜魂。"

【品评】

如果用一个字来概括曲的内容，那就是——盼。"盼"的主语大概是一位男子，也可能就是作者自己。时间是夜晚。挑灯、倚屏，见出盼之已久，坐立不安，而挑亮了的灯光，又正好把人影映到云屏上。孤身只影，更何况又见"清瘦"，实是令人伤心。只得借酒消愁，然而薄酒难醉、好梦难成。"斜月为谁明"，曲折地表达了心中的孤寂和思怨。美景空负情难已，依旧是愁听残更，盼杀多情，可谓执着而痴迷。"西风穿户冷，檐马隔帘鸣"，更见孤凄、冷寂。至此，可以说情、境已足。要说不足，那就是诗情稍嫌率直。且莫遗憾，妙处还在"豹尾"。"叮，疑是珮环声"。出人意料，戛然而止，不仅使诗情顿增起伏，也留下了余味。曲虽不长情意长。作者采取视、听并用，室内室外，自然转换，使人与境、情与景，相融相生。句式整齐而又富于长短变化，这种内容上的浑成与自然流畅的语言的结合，就将心中的"盼"字写得声情并茂，跌宕有致。此亦可见周文质的"资性工巧，文笔新奇"。

双调·落梅风

鸾凤配，莺燕约①，感萧娘肯怜才貌②。除琴剑又别无珍共宝③，则一片至诚心要也不要？

【注释】

①鸾凤配、莺燕约：比喻男女匹配。约：结盟，这里指婚配。

②萧娘：古代对女子的泛称。杨巨源《崔娘诗》："风流才子多春思，肠断萧娘一纸书。"怜：爱。

③琴剑：古代文士随身之物。薛能《送冯温往河外》："琴剑事行装，河关出北方。"

【品评】

同类相从，同气相求。曲中的男主人公显然已经觉得那位"萧娘"与自己很般配，而且自己的"才貌"也深得那位"萧娘"的倾慕。不过，"诗人少达而多穷"，这位文士也不例外。"夫妇和而后家道成"，因此，要结为终身伴侣，建立家庭，这个穷底不能不交。于是他对"萧娘"说：我是除了琴剑，身无长物，只有一片至诚之心，但不知你要是不要？"萧娘"若是懂得"易求无价宝，难得有心郎"（鱼玄机《赠邻女》），那么"一片至诚"也就足够了。反之，其交情可见，结局自不待言，这当然都是曲外之话了。但不管怎样，这种既尊重对方，又可了解对方；既表明自己，亦无损于己；既热情相求，又是可进可退之举，终不失这位文士应有的风度与明智。全曲还在轻松明快、不无幽默的笑谈中，表现了一种慎重、坦诚、平等的婚恋观。这就不仅仅是文字上的奇巧，更是思想意识上的一大进步。

赵禹圭

字天锡，生卒年不详。汴梁（今河南开封）人。元代至顺年间（1330—1333）曾官镇江府判。著有杂剧两种，今已不存。《全元散曲》录其小令七首。

双调·蟾宫曲
过金山寺①

长江浩浩西来，水面云山，山上楼台。山水相辉，楼台相映，天与安排②。诗句就云山动色，酒杯倾天地忘怀。醉眼睁开，遥望蓬莱③，一半烟遮，一半云埋。

【注释】

①金山寺：始建于东晋，位于江苏镇江市区西北的金山上。

②与：给予。

③蓬莱：传说中的海上仙岛。《史记·秦始皇本传》："海中有三神山。名曰蓬莱、方丈、瀛洲。"

【品评】

金山，本来是屹立江中，直到清代道光年间始与南岸相连。作者所见当是"万川东注，一岛中立"之金山，这也就是曲的一、二句描绘的景象，由山而引出"山上楼台"（金山寺自在其中）。金山上的建筑依山而造，殿宇厅堂，亭台楼阁，层层相接，幢幢相衔，所以说"山水相辉，楼台相映"。"天与安排"，抒发了作者对这一奇观无限的赞叹！如果说前三句写出了长江、金山、楼台的空间位置、关系，那么，四至六句，就表现了这种位置、关系，所形成的自然而独特的美。其笔墨之

171

简炼、清晰、准确可谓"以少总多，情貌无遗"。"情往似赠，兴来如答"。面对这天赐的奇观壮美，豪情顿起。诗句一挥而就，云山亦为之动容；开怀痛饮，陶然一醉，天地何在，宠辱皆忘。睁开醉眼，远处的金山烟遮云埋，煞是缥缈的蓬莱仙境。这里不用"金山"，而用"蓬莱"，值得细味。它是上承"水面云山"之景、"天地忘怀"之情的一种自然感发，同时，又为下文蓄势。前半写景，景中含情；后半写情，情中有景，虚实相生。一个更具魅力和神韵的金山已经浮现在读者的心中。这也就是它之所以一出现就广为流传，"称赏者众"（周德清《中原音韵》）的原因吧。

乔吉（约 1280—1345）

　　一作乔吉甫。字梦符，一作孟符，号笙鹤翁，又号惺惺道人。原籍山西太原，流寓杭州。漂泊江湖，一生未仕。他是元后期重要的戏剧家和散曲作家。著有杂剧十一种，今存《扬州梦》等三种。散曲今存小令二百零九首，套数十一篇，是仅次于张可久的散曲作家。刘熙载称"张小山、乔梦符，为曲家翘楚"（《艺概·词曲概》）。陶宗仪在《辍耕录》中说："乔孟符吉博学多能，以乐府（指散曲）称。尝云：作乐府有法，曰'凤头''猪肚''豹尾'六字是也。大概起要美丽，中要浩荡，结要响亮；尤贵在首尾贯串，意思清新。"这一论述对戏曲理论和创作也都有一定的影响。他的散曲以清丽见长，但亦不避俚俗，具有雅俗兼至的特色。

正宫·绿幺遍①
自　述

　　不占龙头选②，不入名贤传③。时时酒圣④，处处诗禅⑤。烟霞状元⑥，江湖醉仙，笑谈便是编修院⑦。留连，批风抹月四十年⑧。

【注释】

　　①绿幺遍：一名［柳梢青］，用此调作曲者极少。句式为三三、四四、四四七、二七，共九句八韵，平仄通叶，第三句可不叶韵。

　　②龙头选：指中状元。

　　③名贤传：为名士贤人立传的方志、名人录等一类的书。

　　④酒圣：善于饮酒的人。

　　⑤诗禅：以诗论禅，以禅悟诗。

⑥"烟霞"二句：类似他在［双调·折桂令］中说的"不应举江湖状元，不思凡风月神仙"。总之是要放浪江湖，醉在酒中。

⑦编修院：即翰林院，朝廷掌管编修国史的机构。

⑧批风抹月：意指吟风弄月的生活。

【品评】

"龙头选""名贤传"，乃是封建社会读书人的传统的人生追求。"不占""不入"，反复表白，可谓坚定。那么，他要"占"什么、"入"什么呢？那就是沉醉诗酒，浪迹山水，笑谈古今。一反一正，言辞中不无自得之情，这也就为下文暗下伏笔。结尾再以"四十年"的人生经历与体验，对这种"占"与"入"所结下的"留连"不舍之情，加以肯定。这首小令可以说极明白地"自述"了作者的生活、情志，但这毕竟是诗歌，是艺术。"君子疾没世而名不称焉"（《论语·卫灵公》）。失落的悲凉，愤世的情怀，作者未言，读者不能不知。"烟霞状元，江湖醉仙"，也只不过是其生活的一面而已，另一面，恰如钟嗣成在吊词中说的："平生湖海少知音，几曲宫商大用心"。寂寞飘零的一生，并没有使乔吉沉默，也没有泯灭他的才华，这才留下了那么多奇俊风流的辞章，成为戏曲文学史上可贵的一页。"世间富贵应无分，身后文章合有名"。生活、历史终究还有它公正的一面！

中吕·满庭芳①
渔父词（二首）

秋江暮景，胭脂林障②，翡翠山屏。几年罢却青云兴③，直泛沧溟④。卧御榻弯的腿疼⑤，坐羊皮惯得身轻⑥。风初定，丝纶慢整⑦，牵动一潭星。

携鱼换酒，鱼鲜可口，酒热扶头⑧。盘中不是鲸鲵肉⑨，鲟鲊初熟⑩。太湖水光摇酒瓯⑪，洞庭山影落鱼舟。归来后，一竿钓钩，不挂古今愁。

【注释】

①满庭芳：又名［满庭霜］，亦入［正宫］、［仙吕］。句工为四四四、七四、七七、三四五，十句九韵；第二句可不叶韵。第六、七两对句多用上三下四句法。

②"胭脂"二句：意思是红色的枫叶和青翠的山林犹似重重屏障。

③青云兴：为官的兴致。

④沧溟：大海，亦可指水面宽阔的江湖。泛沧溟，意即归隐。

⑤御榻：皇帝的床。这里化用严子陵与汉光武帝同卧御榻故事，见鲜于必仁［越调·寨儿令］注⑧。

⑥坐羊皮：严子陵隐居时常身披羊皮垂钓江边。惯：放任、娇纵。

⑦丝纶：钓丝。这两句化用秦观《满庭芳》词中的："金钩细，丝纶慢卷，牵动一潭星。"

⑧扶头：即扶头酒的省略，一种易醉的酒。

⑨鲸鲵：即鲸鱼，雄曰鲸，雌曰鲵。

⑩鲟：鲟鱼。鲊（zhǎ）：经过加工制作的鱼类食品，如醃鱼、糟鱼之类。

⑪酒瓯：酒杯。

【品评】

乔吉［渔父词］二十首，各自成篇，恐非一时一地之作。内容虽都不离"渔父"，但其情境显然是理想化的、文人化的，种种意象都或隐或显地流露出对功名、对现实的淡漠与否定，对稳逸生活的向往与美化，它反映了元代文人在苦闷中寻求解脱的心迹。了解这种"闷极则达"的心理转向，对于理解元曲中渔、樵一类的作品是有益的。我们先看第一曲。开头三句写景，人在江畔，放眼四周山林，方有似屏似障之感，可见，这里的景物描写已将人物（渔父）含在其中，而且还是构图的中心。之所以生活在这样与世隔绝的天然画图之中，是由于"罢却青云兴，直泛沧溟"的结果。为什么从"有兴"而转为"罢兴"呢？那是由于为官担惊受怕，处处拘谨，"弯的腿痛"。这话本身就是一种避开"风波"的说法，如果朝廷政治清明，"从谏如顺流"，有何担心的呢？如若反之，倒不如"无道则隐"，身轻心安，而且最佳的选择还是江边垂钓，你看那"风初定，丝纶慢整，牵动一潭星"，是何等的美妙！结以景语，既与开头遥相呼应，又造成空灵蕴藉的审美效应。第二曲，写"渔父"的悠闲自得的生活和心境。钓鱼得鱼，拿鱼换酒，以鱼下酒，自食其力，自由自在。湖光山色，千姿百态，用一个"摇"字，一个"落"字，把它和渔人的生活、劳动融为一体，美在其中，乐在其中，"一竿钓丝，不挂古今愁"。请注意，"愁"还是存在的，只不过借此"不挂"而已，逍遥中又有一丝难掩的苦涩。两曲构思清晰，层层相因，浑然成篇，雅词与俗语相间，生动活泼，更增情趣，呈现出一派典雅而洒脱、清丽而豪放的风调。

中吕·山坡羊

寓 兴

鹏抟九万①，腰缠十万，扬州鹤背骑来惯②。事间关③，景阑珊④，黄金不富英雄汉。一片世情天地间。白，也是眼；青，也是眼⑤。

【注释】

①鹏抟九万：《庄子·逍遥游》："鹏之涉于南冥也，水击三千里，抟扶摇而上者九万里。"后人用以比喻壮志凌云、抱负远大。

②"腰缠"二句：元代陶宗仪所编《说郛》中引《商芸小说》："有客相从，各言所志，或愿为扬州刺史，或愿多资财，或愿为骑鹤上升，其一人曰：腰缠十万贯，骑鹤上扬州。"那意思就是权势、钱财、

成仙兼得。

③事间关：世事艰难。间关：路途险阻。

④阑珊：衰落。

⑤青、白眼：白眼对人，以示轻蔑、厌恶。青眼，用黑眼珠正视，则表示对人的尊重或喜爱。语出《晋书·阮籍传》："籍又能为青白眼。见礼俗之士，以白眼对之。……（嵇）喜弟康闻之，乃赍（带着）酒挟琴造焉，籍大悦，乃见青眼。"

【品评】

抟扶摇上九天，心高气壮，十分豪迈。然其内涵并非建大功于天下，济苍生于水火，而是集权势、钱财、享乐于一身的贪欲。正言反用，美丑相形，嘲弄之意自在言外。不过，这种势利之徒得志猖狂之态，确也并不少见。而另一些人呢？则是欲进无路，光景凄凉，功名富贵皆无缘，"老却英雄似等闲"。不仅如此，"世情看冷暖，人面逐高低"。见富者而生谄容的，见贫者反生骄态的，还大有人在。"一片世情天地间"，也就是对上面所述作一总结式的慨叹。同时，也引出下文。人世间的炎凉、是非，既是如此颠倒，什么青眼、白眼，也就根本无须计较。因为那无非是狗眼、势利眼的种种表演而已！乔吉博学多能，可是"江湖间四十年，欲刊所作，竟无成事者"（《录鬼簿》）。对人情冷暖所见之多、所感之深，可以想见。唯其如此，他才能将大千世界说不尽的悲欢炎凉，写得如此形象而概括；对世俗的好恶，抨击得如此犀利、深沉而又俏皮。

中吕·山坡羊
冬日写怀

朝三暮四①，昨非今是，痴儿不解荣枯事②。儹家私③，宠花枝④，黄金壮起荒淫志。千百锭买张招状纸⑤。身，已至此；

心，犹未死。

【注释】

①朝三暮四：形容反复无常，变化不定。

②痴儿：指醉心于名利富贵的贪官污吏。荣枯事：世事的盛衰、兴亡之理。

③儹：同"攒"，积聚、聚敛。

④宠花枝：贪恋女色。

⑤锭：古代用的金银币铸造成一定的形状，名曰锭。一锭或十两、或五两。招状纸：供认罪状的文书。

【品评】

"理无常是，事无常非"。盛必有衰，物极必反，这些深刻的哲理，作者只用八个字写得极其通俗而简炼。这道理古往今来人们不知道说过多少遍，可是又有哪一个势利之徒能懂得呢？他们是财迷心窍，色迷双眼，只是一门心思、不择手段地聚财敛物，沉湎女色。"黄金壮起荒淫志"一语，骂得何等深刻！"难将一人手，掩得天下目"。东窗事发之时，也就是身败名裂之日。那万贯家财换来的只不过是一纸供状而已！然而，更可恶的还在身至此，心不死，本性不改，这真是"豺狼死而犹饿兮，牛腹尸而不盈"（柳宗元《哀溺文》）。寥寥几笔便画出了"痴儿"的至死不悟、贪心不泯的愚顽和可笑！

越调·凭阑人

金陵道中①

瘦马驮诗天一涯②，倦鸟呼愁村数家。扑头飞柳花③，与人添鬓华④。

【注释】

①金陵：今江苏南京。

②瘦马驮诗：唐代诗人李贺常骑驴出游，驴背上有一锦囊，每得诗句，即投入囊中。

③柳花：柳絮。

④鬓华：华同"花"，指鬓发花白。

【品评】

李贺年少多才，郁郁不得志，只得将短暂的一生心血付予苦吟。"平生湖海少知音，几曲宫商大用心"的乔吉以李贺自况，不是偶然的。所以，只"瘦马驮诗"四字就足以想见其悲苦了，何况此刻又在远离故土的旅途之中呢？而且那"古道西风瘦马，夕阳西下，断肠人在天涯"的景象，早就深深地印在人们的心中可以说这开头的七个字，已将特定的身世、具体的处境，全都包容了。第二句与上句相对，作者通过"倦""愁"二字，移情入景，巧妙地抒发了人不如鸟的羁旅愁怀。归鸟还巢，夕阳西下，行色匆匆，扑头柳絮也顾不得一拂。这就使斑白的鬓发变成满头"白发"了。不说日暮途远，游子悲乡；柳絮飞花，匆匆春去；岁月蹉跎，身世飘零；种种愁情增白发，却只言柳絮添鬓华。即景抒情，就事生发，似直还曲，诗思之机巧可见。

双调·折桂令

寄 远①

云雨期一枕南柯②，破镜分钗③，对酒当歌。想驿路风烟，马头星月，雁底关河。往日个殷勤访我，近新来憔悴因他。淡却双蛾④，哭损秋波⑤。台候如何⑥，忘了人呵。

179

【注释】

①寄远：寄怀远行的人。

②云雨：喻指男女的幽会。典出宋玉《高唐赋序》。南柯：即梦幻。典出李公佐《南柯记》。

③破镜分钗：喻夫妇分离。

④双蛾：即双眉。

⑤秋波：美目。

⑥台候如何：表示尊敬的问语，即敬候起居的意思。

【品评】

曲从欢聚起笔，造成强烈的对比效应。佳期如梦渺无踪影，"破镜分钗"，度日如年。无计驱愁，只得"对酒当歌"。可是酒醒思犹在。接着便用"想"字领起三句鼎足对，一气呵成，工整流畅，写得是山长水远的奔波之劳，表的是愁水愁风的惦念之情。下面再折回"往日"，犹记"殷勤访我"，两情卿卿，更叫人相思憔悴。不仅无心梳妆，而且是"昔日横波目，今作流泪泉"（李白《长相思》）。这就把"憔悴"二字写得形象可见，伤情可感。虽然如此，心中牵挂的依然是"他"，是他的境遇可好？当然，也还有自己的一份心事，那就是别忘了故人呵！要知道"移旧爱，作新恩"，也是"她"那个时代的"常见病"，怎能不担心呢？全曲今昔回环，缠绵婉曲，愈转愈深，"寄"去了她的相思、等待和期望，也就是一颗真情执着的心！

双调·折桂令

丙子游越怀古①

蓬莱老树苍云，禾黍高低②，狐兔纷纭。半折残碑，空馀故址，总是黄尘。东晋亡也再难寻个右军③，西施去也绝不见甚佳人④。海气长昏，啼鴂声干⑤，天地无春。

【注释】

①丙子：指元朝（后）至元二年（1336）。越：春秋战国时的越国，都会稽（今浙江绍兴）。

②禾黍：化用《诗经·黍离》之意。《毛诗序》说："周大夫行役至于宗周，过故宗庙宫室，尽为禾黍，闵周室之颠复，彷徨不忍去，而作是诗也。"

③东晋：西晋灭亡后，司马睿于公元317年在建康重建政权，史称东晋，直至公元420年为刘裕所灭。右军：晋代书法家王羲之，会稽人，曾官右军将军，故称。

④西施：越国美女。越王勾践为吴所败，越国献西施给吴王，吴王夫差沉湎美色，荒于政事，又为越国所亡。

⑤鴂（jué）：杜鹃。

【品评】

曲的前三句写"游越"所见，湖山奇丽犹似蓬莱仙境的越地，如今却是满目荒凉，兴亡之感已隐在其中。刻石立碑意在留住先人的辉煌，可是风吹雨打、时变事异，也只见断石残碑，空留下胜迹的遗址而已。昔日的辉煌，恰如这残碑一样都没入了黄尘。它的意义、它的价值又在哪里呢？如果说这种感慨还比较笼统的话，那么，下面再看具体的：王羲之书法文采，名噪一时；西施倾国倾城，不负使命的绝代佳人，不都一样"总是黄尘"，终归于"空"吗？结尾三句，用同一个色调写景与开头相呼应，但在时空、氛围和内涵上又都有所拓展和深化。沧海长昏，已不是一日之阴霾；啼血"声干"，岂是一日之悲；天地之大，实已囊括四字。如果说历史上还曾见到过眼的辉煌，还有过才子佳人的一时风流，那么，眼前这个"无春"的世界，其昏暗与死寂，已足以使一切生灵窒息了！这就由历史的虚无走向对现实的悲恸，这种旷古之悲，也决非来自于一时之痛。它反映了作者，也是有元一代彻底失落的文人，历经无数的辛酸、挫折之后，对现实的彻底的绝望和否定！全曲景起、景结，中间由概括而具体，景、事、情、理相融，有虚有实，使明快与含蓄相生，历史与现实相映，悲痛与愤慨交织，是不愧为"一代巨手"。

双调·折桂令

秋　思

红梨叶染胭脂，吹起霞绡①，绊住霜枝。正万里西风，一天暮雨②，两地相思。恨薄命佳人在此。问雕鞍游子何之③？雁未来时，流水无情，莫写新诗。

【注释】

①霞绡（xiāo）：彩霞一样轻薄的丝绢。比喻红叶。

②一天：满天。

③雕鞍：饰有彩画的马鞍。

【品评】

这首小令写一位"佳人"对景怀人，悲思无穷。前三句写景，像胭脂染过的红叶，经风吹起，一片西飞一片东，也有的绊挂在霜枝上不忍飘去。笔墨工整而细腻。一叶落而知天下秋，况且"落叶西风时候，人共青山都瘦"（辛弃疾《昭君怨》）。句中虽无"秋思"二字，实已含在景中。接着三句写西风暮雨，此时风物正愁人，与上文相承，却进一步明示了"相思"。由思而恨，恨自己空闺独守，青春虚度，煞是薄命；恨游子不归，又不知何往。"木落雁南度"是自然规律，"雁未来时"，当然不是说秋天来了雁不来，而是说"雁书"（古有雁足传书之说）未至，这就与"游子何之"的问号一脉相承，也引出了下文，人不归，信不来，情何在！这真是落花有意，流水无情，一去不返。既已如此，"新诗"何处寄，"新诗"有何用？欲写不写——情未了，欲哭吞声——悲难已。言绝情伤，曲终意远，实是一个出人意料，而又感人至深的结尾。其语言的典雅，情感的幽深、缠绵，是向着"词化"演进的一种标志。

双调·折桂令

荆溪即事①

　　问荆溪溪上人家，为甚人家，不种梅花？老树支门，荒蒲绕岸，苦竹圈笆②。寺无僧狐狸弄瓦，官无事乌鼠当衙。白水黄沙。倚遍阑干，数尽啼鸦。

【注释】

　　①荆溪：溪名，在江苏宜兴，流入太湖，因靠近荆南山而得名。
　　②苦竹：竹的一种。杆矮节长，笋苦不中食。圈笆：围绕屋外的篱笆。

【品评】

　　诗人劈头一问，先道出不见之景，这倒也是"不羁之材"的奇笔。不见梅花，只见荒蒲野草，还有老树枯枝支撑的欲倒未倒的小门，细矮的苦竹圈着的篱笆，满目荒凉！下面将视点转向该是人来人往的寺和衙。可是"寺无僧"，"官无事"，寺庙和衙门成了狐鼠的乐园。是的，"贫到骨"的百姓早已无心、无力求神拜佛，衙门在他们的身上也榨不出什么油水了。僧也罢，官也罢，"好事"且不说，连歹事也无法做了。从生活到精神，从人到神，从民到官，一派死寂，走到了尽头。有谁还去种什么梅花！这中间五句是写景，是叙事，也是从更深的层面上作了回答。"倚遍阑干"的诗人似乎还要找一点什么安慰，"白水黄沙"，一片苍茫；夕阳西下，几点寒鸦哀鸣而过。境之冷寂，神之凄然，溢于言表。"向来冰雪凝严地,力斡春回竟是谁。"(陆游《落梅》)若是溪上有梅,总还能给人一丝"春"的信息,而今是"天地无春",连"春"的希望也无缘见到,可见劈头一问,非节外生枝,实出于心中的无限悲恨。突兀而起,语断脉连,潜气内转,令人寒骨。其风格之冷峭,实为乔吉作品,也是元散曲中值得注意的一格。

双调·清江引
有 感

相思瘦因人间阻①,只隔墙儿住。笔尘和露珠,花瓣题诗句,倩衔泥燕儿将过去②。

【注释】

①间阻:从中作梗。

②倩(qiàn):请,央求。将:送。

【品评】

张先有首《诉衷情》:"花前月下暂相逢,苦恨阻从容。何况酒醒梦断,花谢月朦胧。花不尽,月无穷。两心同。此时愿作,杨柳千丝,绊惹春风。"两情相爱,中有阻力,恰与这首小令相似。但是,人物的情态和表现各异。小令只以一个"瘦"字便让人一眼就看出相思之苦,却没有词中那些曲折的情绪描写和渲染。"因人间阻",也是直截道出,而不含糊。面对阻力,也不像词中的主人公那样徒有心愿,当然更不是"空有相怜意,未有相怜计"(柳永《婆罗门令》),而是有"愿"也有"计"。和露题诗,托燕传情,积极行动,在"行动"中表现其机智,体现其追求,塑造了一个敢于向封建礼教挑战的形象。词之委婉蕴藉,曲之尖新透辟,于此亦可略见一二。明末阮大铖的传奇戏曲《燕子笺》盛行一时,然其创作灵感的获得,与乔吉"倩燕传诗"的奇想,恐怕也不无关系。

双调·水仙子

吴江垂虹桥①

飞来千丈玉蜈蚣②，横驾三天白蝃蝀③，凿开万窍黄云洞④。看星低落镜中，月华明秋影玲珑。赑屃金环重⑤，狻猊石柱雄⑥，铁锁囚龙⑦。

【注释】

①垂虹桥：在江苏吴江县松陵镇。建于北宋庆历八年（1048），原为木桥。元泰定二年（1325）改建成石桥。因桥"环如半月，长若垂虹"而得名。

②千丈玉蜈蚣：垂虹桥全用白石建造，长五百余米，故有此形容。

③三天：泛指天空。蝃蝀（dìdōng）：即虹。

④万窍：万孔，形容桥洞之多。黄云洞：形容水从桥孔涌流，如云之出岫。

⑤赑屃（bìxì）：一种大力的龟。指桥柱底部的龟形石座。金环重：由于水光的反射，桥孔像一个个沉重的金环。

⑥狻猊（suānní）：狮子的别名。这里指石雕的狮子。

⑦铁锁囚龙：语意双关。就桥与江的形势而言多拱桥像铁链一样，锁住了吴江这条巨龙；就桥的自身而言，垂虹桥由七十二孔组成，三起三伏，蜿蜒如龙，桥栏杆间的铁链正牢牢锁住了这条如龙的大桥。

【品评】

垂虹桥是当时江南一带不可多见的长桥，如何艺术地再现它也不是一件容易的事。曲的一、二句写它的长与高。"飞来千丈""横驾三天"，表现了它的长空直落，而又临空飞越之势。李白的"双桥落彩虹"（《秋登宣城谢脁北楼》）虽美，却无此惊人之态。"王蜈蚣""白蝴蝶"，写得大胆、奇丽，而又抓住了白石桥形与色的特征。第三句写"万窍"之中水如云涌，生动地写出了桥之多拱。在一连串的腾飞、涌动的描述之后，诗人似乎要舒缓一下节奏。星空、秋月、垂虹，静静地映落在清澈的江水中，月夜下的垂虹桥更是一番诗情画意，令人赏玩不尽。最后再回到桥的构造：底座、拱洞、石柱、栏杆、铁链，但也决不是简单地依样画葫芦，而是就其工艺造型加以生发，在伟力和雄姿之中展现了它所蕴藏的稳和力的美。想象对于艺术家和诗人是不可缺少的。乔吉不仅写出了桥之形，更以他的奇思妙想，写出了桥之神，赋予一座冰冷的石桥以不凡的气势、幽美的神韵和勃勃的生气。如今的垂虹桥虽已不复当年的模样，而乔吉却为它留下了真实而永恒的风姿，这大概也是人类之所以需要艺术、文学的一个原因吧！

双调·水仙子

寻　梅

　　冬前冬后几村庄①，溪北溪南两履霜②，树头树低孤山上③。冷风来何处香。忽相逢缟袂绡裳④。酒醒寒惊梦⑤，笛凄声断肠⑥，淡月昏黄⑦。

【注释】

　　①冬前冬后：指立冬前后。

　　②两履霜：两只鞋沾满了霜。

　　③孤山：因孤峙于杭州西湖的里湖与外湖之间而得名。又因多梅花，一名梅屿。

　　④缟（gǎo）袂（mèi）：白绸衣袖。绡裳：白丝绸的下衣。

　　⑤酒醒寒惊梦：相传隋代赵师雄在一个冬天的夜晚，途经罗浮山，见一淡妆素衣的女子前来相迎，遂一同到酒店醉饮，醒来发现自己睡在

一棵白梅之下（见《龙城录》）。这里化用其事。

⑥笛凄声断肠：曲有《落梅花》。李白诗"黄鹤楼中吹玉笛，江城五月落梅花"（《与史郎中钦听黄鹤楼上吹笛》）。宋连静女词："笛里声声不忍听，浑是断肠声。"（《武陵春》）

⑦淡月昏黄：也是化用宋代林甫诗句："疏影横斜水清浅，暗香浮动月黄昏。"（《山园小梅》）

【品评】

曲的前三句从时间之久、范围之广、用心之细，表现了"寻"的殷切、执着、认真和艰难。四、五两句，以冷风暗香，逗出忽然相逢之惊喜。拟人手法也为下面用典伏笔。"酒醒寒惊梦"，实是一转。意外相逢如醉似梦，令人销魂。但那毕竟只是心灵上的短暂而虚幻的瞬间，酒醒梦断，更觉心寒意冷，笛声凄咽，梅花落尽，空留下"淡月昏黄"，一片凄清空寂的世界，已无"疏影横斜""暗香浮动"的踪影。这里化用了一连串的典故、诗句，贴切、灵活而又有新意，实在高明。"腊后花期知渐近，寒梅已作东风信"（晏殊《蝶恋花》）。梅花不仅高洁，且是春的信使，带来了万物复苏的希望。要理解乔吉在曲中所表现出来的种种复杂而终归感伤的心情，似乎还要说一点社会背景。元世祖忽必烈虽然"独喜儒术"，在位期间也曾数议科举，但皆不成。到元仁宗时，官场腐败不堪，朝廷特设"肃政廉访使"，却因赃官遍地，无济于事。在这种情况下再议科举，乃成，并于延祐二年（1315）冬开试，（时乔吉三十几岁，仍是有为之年）。此举确曾令人振奋，人们感到"治平可立致"。而一向单纯、天真又久无出路的诗人更是欣欣然："别殿下帘亲策试，唱名才了便除官。"（张昱《辇下曲》）其实则不然，因为每次中举人数极少，幸中者所得品位汉人、南人又特低，而且三年才举行一次，七次以后又予以废止。这一特定的历史，使元后期的文人在无望中见到"用世"的希望，可是希望中蕴藏的则是辛酸与渺茫，最后复归于彻底的绝望。这种特殊的心态，便形成了元后期散曲的复杂而深沉的感伤情绪。就这一点而言乔吉的《寻梅》确是颇有代表性。

再就其象征、寄寓的手法而言，它又反映了元后期散曲的"词化"，已不仅仅是语言的雅化，更趋向于内在的意蕴和审美情趣的追求了。

双调·水仙子

怨风情

眼中花怎得接连枝①？眉上锁新教配钥匙②。描笔儿勾销了伤春事③，闷葫芦刬断线儿④。锦鸳鸯别对了个雄雌⑤，野蜂儿难寻觅⑥，蝎虎儿干害死⑦，蚕蛹儿毕罢了相思⑧。

【注释】

①眼中花：意思是非实实在在的花，比喻意中人。接连枝：结成连理枝，比喻男女结合。白居易《长恨歌》："在天愿为比翼鸟，在地愿为连理枝。"

②这句大意是：双眉紧蹙如上了锁，没有钥匙是难打开。

③描笔儿：画笔，也可用来书写。

④闷葫芦：捂着葫芦叫人不知就里。刬断：剪断。

⑤这句字面上是说：一对好好的鸳鸯，却又各自去另选配偶，实际上是说对方另有新欢。

⑥野蜂儿：比喻对方如乱采花的野蜂，去无定处。

⑦蝎虎儿：即壁虎，又名守宫，古人认为用朱砂加以喂养，会变成赤色，捣碎后点在妇女身上，终身不灭，有房室事则灭，故名守宫。干害死：白白地被坑害死。全句意思是：白白为他专情守贞，害了自己。

⑧这句意思是：蚕变成蛹也就无丝可吐了，丝与思谐音、双关。意为不再为这个薄情郎相思了。

【品评】

全曲围绕"怨"字而作。对方不是一个实实在在的真心人，怎能永结良缘？这是"怨"之所生。因此，愁结难解。若把这"伤春事"一笔勾销了吧，又不知那"葫芦"里究竟装的是什么，而且又无法打听、了解。既是一去无音信，多半是另有新欢，就如那见花即采的野蜂一样。可害得我还在空相思、苦相守，算了吧，如此薄情，何必相思。怨极自解，苦极可见。诗人笔墨相当灵活，把女主人公的愁苦怨恨和她对对方的表现、猜测、分析结合起来，写得复杂曲折、真实感人。而更奇的是，这一切都是用一连串的比喻道出。这种以比为赋的手法，以及比喻的通俗、新奇，在诗、词中实在少见，可以看出比喻在曲中有了更广泛的运用和发展。这也可以说是曲特点之一吧。

双调·水仙子
重观瀑布

天机织罢月梭闲①，石壁高垂雪练寒②。冰丝带雨悬霄汉③，几千年晒未干。露华凉人怯衣单④。似白虹饮涧，玉龙下山，晴雪飞滩。

【注释】

①天机：指织女星的织机。月梭：新月如梭。

②雪练：白绢，比喻瀑布。

③冰丝：据载，梁朝沈约曾见一女子携织具进入书室，忽然风吹雨丝，那女子就雨线而织，并送给沈约说这叫冰丝，随即隐去。沈约把它制成纨扇，夏天，不摇自凉。霄汉：天空。

④露华：这里指瀑布飞溅的水珠。

【品评】

曲的一、二句也就是"遥看瀑布挂前川"的意思，不过乔吉创造性地融入了神话故事，就更具有浪漫色彩，更能给人许多美妙的想象。

三、四两句，由古老的神话，天宇的新月，联想到瀑布虚空高悬之久，唐代徐凝也说过"千古长如白练飞"，而乔吉则更在"几千年"晒而不干的矛盾中，展示出瀑布的神奇与不息的内蕴。清代袁枚曾这样描写过大龙湫瀑布："五丈以上尚是水，十丈以下全是烟。况复百丈至千丈，水云烟雾难分焉"。可谓形貌毕真。而乔吉则以"人怯衣单"，写出"水烟云雾"之寒威。如果说"垂"与"悬"，是化动为静的描写，那么，结尾则以"似"字领起三个奇喻，以不同的形象，集中地刻画出飞流直下、雷奔入江的态势。作者以其大胆的想象，独特的审美感受，在广阔的时空中，描绘出瀑布壮丽多姿的形貌与神韵，使人耳目一新。

双调·卖花声①

悟 世

肝肠百炼炉间铁②，富贵三更枕上蝶③，功名两字酒中蛇④。尖风薄雪⑤，残杯冷炙⑥，掩青灯竹篱茅舍。

【注释】

①卖花声：亦入〔中吕〕。句式为七七七、四四七，六句五韵，第四句可不叶韵。

②句意是："肝肠"犹如矿石在炉火中已经炼成"铁"，也就是历经磨难，心如铁石，既坚且冷。

③枕上蝶：用庄子梦中化蝶的典故。比喻富贵不过一梦而已。

④酒中蛇：化用"杯弓蛇影"的故事。汉代应劭《风俗通·怪神》记：杜宣饮酒，见杯中似有蛇，酒后胸腹作痛，医治不愈；后知原是墙上赤弩映于杯中，形似蛇，病即愈。比喻功名的虚幻。

⑤尖风：刺骨的寒风。薄雪：急雪。

⑥残杯冷炙（zhì）：剩下的酒菜。

【品评】

　　李贺的《开愁歌》中有这么几句："我当二十不得意，一心愁谢如枯兰。……主人劝我养心骨，莫受俗物相填豗（即隳，huī）"。从乔吉的"几年罢却青云兴"（《满庭芳·渔父词》）来看，和李贺一样也曾有过热情进取之意，是残酷的现实使他们成为"不得意"者，一个说心如枯兰，一个说心冷似铁，总之，心灰意冷了。闷极则达，痛苦之后便要寻求解脱。酒店主人开导李贺要保重身体，不要让人世间的俗物填塞在心中。比较起来，乔吉更为孤苦，只有自劝自慰了——富贵、功名，到头来无非"半霎南柯，一梦蝴蝶"，不必自苦自扰，还是"休被功名赚"的好。这，就是"悟"。大悟之后呢？那就是不作富贵梦，安贫茅舍中。短短几句，层层转折，几多辛酸！这里已无烟波垂钓的闲情，也无高卧松霞的雅兴，更无大笑了古今的狂放，只有一种热切而终归失落的悲凉与孤独，其浓重的感伤色彩反映了元后期散曲的一种精神风貌。

刘时中

　　号逋斋，古洪（今江西南昌）人，与钟嗣成同时，生平事迹不详。或以为即刘致，字时中，号逋斋，然刘致为石州宁乡（今山西中阳）人。

仙吕·醉中天

　　花木相思树①，禽鸟折枝图②。水底双双比目鱼③，岸上鸳鸯户。一步步金厢翠铺④，世间好处，休没寻思⑤，典卖了西湖⑥。

【注释】

　　①相思树：干宝《搜神记》载：宋康王夺其舍人韩凭妻何氏，夫妻皆自杀，两冢相望，宿夕之间，冢顶各生大梓木，旬日长大盈抱，两树屈体相就，根交于下，枝错于上。……宋人哀之，因号其木为相思树。

　　②折枝：古代绘画中表现花卉的一种技法，即画不带根的花卉。

　　③比目鱼：即鲽（dié）。《尔雅·释地》："东方有比目鱼焉，不比不行，其名谓之鲽。"说这种鱼只一目，须两两相比始能流动。以此比喻形影不离。

　　④金厢翠铺：厢，通"镶"。用黄金镶嵌、翠玉铺饰，形容杭州处处都显得富丽而雅致。

　　⑤休没寻思：不要不假思索。

　　⑥典卖了西湖：《乐府群玉》在这句下面有作者附记："宋谚有'典卖西湖'之语，台谏谓之'卖了西湖'，既卖则不可复；省院谓之

'典了西湖'，曲犹可赎也。无官守言责，则无往不可，此古人所以轻视轩冕者欤？"台谏，分掌弹劾和规谏，所谓有"言责"者；省院主司法和行政，所谓有"官守"者。均属"轩冕"（高官）一类人物。

【品评】

对西湖之美，关汉卿曾感慨地说："纵有丹青下不得笔。"但许多诗人面对西湖，还是难以抑制心中的诗情，而要一展自己的才华。这首小令在诸多吟咏西湖的诗、词、曲中，倒也有它自己的特色。诗人对景物的描写有以意写形的，如：花木簇拥，以"相思"称之；阵阵游鱼，以"比目"名之；岸上人家，说作"鸳鸯户"，更是新颖。当然，也有以形示意的，比如第二句只是直朴地写出构"图"之物，而事实上该是一个花开满枝，好鸟如鸣，声色极美的景象。总之，它不是单纯地刻镂景物的形貌，而更重在以景造境，意在表现西湖不单有水秀山奇之美，还是一个充满和谐、欢乐、温馨的所在，而且，还处处"厢金铺翠"，一派繁华富丽的"世间好处"。这既是对上文的总括，也引出下文——"典卖"句，妙语双关，一面劝人细细寻思，不要沉迷官场，纠缠于"官守言责"，而失去任情山水的自由，另一面则用这句"宋谚"巧加生发，昏聩糊涂的"亡宋家"果真"典卖"（丧失）了西湖，而今，腐败的"大元朝"就能千年万载地拥有这"世间好处"了吗？语婉意深，耐人寻味。

中吕·朝天子

有钱，有权，把断风流选①。朝来街子几人传②，书记还平善。兔走如飞③，乌飞如箭，早秋霜两鬓边。暮年，可怜，乞食在歌姬院。

【注释】

①句意是：尽占青楼名妓。

②"朝来"二句：化用杜牧为扬州幕僚时的放浪故事。杜牧《遣怀》诗云："十年一觉扬州梦，赢得青楼薄倖名"。胡仔在《苕溪渔隐丛话》中说："余尝疑此诗必有谓焉。因阅《芝田录》云：牛奇章（僧孺）帅维扬，牧之在幕中，多微服逸游，公闻之，以街子数辈潜随牧之，以防不虞。后牧之以拾遗召，临别，公以纵逸为戒。牧之始犹讳之，公命取一篋，皆是街子辈报贴，云'杜书记平善'。乃大感服。"街子：巡街士卒。书记：杜牧当时为淮南节度使牛僧孺幕府掌书记，这里借指纨绔子弟。平善：安好无事。

③"兔走"二句：传说月中有玉兔，日中有金乌，故以兔走、乌飞喻日月运行，时光流逝。

【品评】

"俭节则昌，淫佚则亡"（《墨子·辞过》）、"贪色为淫，淫为大罚"（《左传》成二年），这认识不能说不早，也不能说不深刻。但是一旦"有钱有权"，便迷于声色的人从古到今并不少见。这首小令写的是那些纨绔子弟，依仗其家势钱权厮混青楼，霸占名妓，而且还有人明里暗里加以护卫，荒淫得也实在够风光的了。不过，世无常贵，何况"船载的金银，填不满烟花债"，而且"立身一败，万事瓦裂"，虚度了岁月，空白了两鬓，到了暮年，只好乞食为生。"可怜"者，亦可怪也！恰恰又"乞食在歌姬院"。前后相映，自作自受，嘲弄得倒也颇有一点戏剧性。"戏剧"来自生活，"戏剧"也是人世间的一面镜子。

中吕·山坡羊

燕城述怀①

云山有意，轩裳无计②，被西风吹断功名泪。去来兮③，休再提。青山尽解招人醉，得失到头皆物理④。得，他命里，失，咱命里。

【注释】

①燕城：故址在今河北省易县东南，战国时燕国故都之一，即燕下都。

②轩裳：指卿大夫的轩车、冕服，亦是官位爵禄的标志。

③去来兮：化用陶渊明"归去来兮，田园将芜胡不归"（《归去来兮辞》）。

④物理：事物之常理。

【品评】

战国时燕昭王即位于国势衰乱之际，他改革政治，卑身厚币，广招人才，在燕城筑招贤台，置千金于台上，延请天下士。乐毅自魏往，邹衍自齐往，剧辛自赵往，一时才士争相赴燕，君臣遇合，国势日强。此等情景，特为后世不遇之士所钦羡和感叹！题中的"燕城"二字暗含了上述内容。李白说过："白云见我去，亦为我飞翻"；"相看两不厌，只有敬亭山"。白云、青山在古人的眼中早已异化成多情有意的形象。不过，这里的"有意"还在于反衬出"无计"之悲。仕途无计，功名泪断，绝望之后，只有归去一途，何况"青山爱我，我爱青山"。得与失乃事物之常理，这是承上启下的泛论。下面可结合题意来理解，"他"（乐毅等人）得是"命"（恰逢其时，得遇明君）；"咱"失也是"命"（生不逢时）。是所谓"时运不齐（济），命途多舛"（王勃《秋日登洪府滕王阁饯别序》）。虽是从"理"悟中自解自慰，不无消极之态，然其深层的指向终究还是悲剧的现实。虽是言"理"，却满涵着"无计"的悲恨，可以说"理过其辞"，味却不寡。此亦是散曲中常见的一格。

双调·殿前欢①

　　醉颜酡①，太翁庄上走如梭②。门前几个官人坐，有虎皮驮驮③。呼王留唤伴哥④，无一个，空叫得喉咙破。人踏了瓜果，马践了田禾。

【注释】

　　①醉颜酡（tuó）：酒后脸红。

　　②太翁：这里是对年长者的尊称。

　　③虎皮：指游牧民族用的虎皮包。驮驮：沉甸甸的样子。

　　④王留、伴哥：元曲中泛用的农民名字，如睢景臣《高祖还乡》中亦有"王留"，卢挚的《田家》也有"伴哥"。

【品评】

　　元之"天下"亦可谓"官虎而吏狼者，比比也"。除了苛捐杂税之外，任意掠夺也是官吏们常干的勾当，这首小令所写便是其中的一幕。首先看到的是一群身着吏服，一张张通红的醉脸，在村子里钻来串去，从那一双双贪婪的眼中不难看出他们在干什么。随后镜头移向几个坐着的"官人"和那身边鼓鼓囊囊的虎皮包，显然这是无须亲自动手的头目。老太翁急得无奈，只好大呼王留、伴哥来应付一下这可怕的场面，可怎么喊也不见人影——早已退避三舍，藏的藏，逃的逃，那是因为他们太了解这伙人了。爪牙们搜足了，官儿们歇够了，打道回府，人去马走，最后一个镜头久久地、无声地定格在被践踏的瓜果田禾上。这不仅展示了豺狼虐人害物的又一罪证，也意味着给农民留下了更大的灾难，因为"桑柘废来犹纳税，田园荒后尚征苗"（杜荀鹤《山中寡妇》）。百姓如何活得下去呢！全篇不着议论，如实写来，却形神俱现，气氛感

刘时中

人。没有深刻的了解，没有强烈的爱憎，岂能写出如此篇章！

双调·雁儿落过得胜令

和风闹燕莺，丽日明桃杏，长江一线平，暮雨千山静。
载酒送君行，折柳系离情①，梦里思梁苑②，花时别渭城③。
长亭④，咫尺人孤另；愁听，阳关第四声⑤。

【注释】

①折柳：折柳赠别是汉唐以来的习俗。柳与"留"谐音，留客之意，惜别之情尽寓其中。

②梁苑：又称梁园、兔园。在今河南商丘县东，为汉梁孝王所营造的游赏、宴宾的宫室园林。

③渭城：即陕西咸阳。因王维《送元二使安西》有"渭城朝雨浥清尘"句，后人诗词中便常以"渭城"泛指送别之地，此处也是。

④长亭：古代大路边的亭子，所谓"十里一长亭，五里一短亭"，供人休息、送别的处所。

⑤阳关第四声：王维《送元二使安西》亦称《渭城曲》《阳关三叠》《阳关曲》。全诗四句，据说歌唱时只第一句不重复，所以"第四声"，也就是诗中的第三句："劝君更尽一杯酒"。

【品评】

这是一只送别曲。前曲写景。开头两句中的一个"闹"字，一个"明"字，写活了风和日丽之下的莺歌燕舞、桃杏争艳的景象和气氛。江水悠悠，暮雨过后，群山更觉幽静，一"平"一"静"，写出了遥望中的山水神韵。有动有静，有远有近，总写出春色多姿，这是送别的季节和背景。后曲写别情。崔道融《杨柳枝词》说："应须唤作风流线，

197

系得东南西北人"，那青青的杨柳便是两情相系之物。身在送君，情实难分，一"送"一"系"，无可奈何之苦溢于言表，这也就为日后的思情伏笔。梁苑、渭城代指昔日欢聚之处，今日惜别之地，而这一切都只能出现在我们今后思念的梦中了。"载酒"两句实写，"梦里"两句则是虚笔。实为虚的基础，虚是实的深化。最后四句写分别的场面，长亭一别，人各东西，顷刻孤零。《阳关曲》，那里最能表达友情、也是最能感发别情的一曲，不能不唱，然而"阳关一曲肠千断"，直教人愁情难抑。语短节促，声情俱现，把难舍难分之情推到了高潮。全曲由景而情，由缓而急，手法细腻，用字精巧，虽不失曲味，却亦有诗词的风调。

阿鲁威

又译作阿鲁犟、阿鲁灰，字叔重，号东泉，人或以"鲁东泉"称之。蒙古族人，生卒年不详。至治（1321—1323）间，官泉州路（今福建泉州市）总管，泰定（1324—1328）间，为经筵官、翰林学士、参知政事。后退隐杭州，与虞集、张雨等人有唱和。《全元散曲》录其小令十九首。

双调·蟾宫曲

问人间谁是英雄？有酾酒临江，横槊曹公[①]。紫盖黄旗[②]，多应借得，赤壁东风[③]。更惊起南阳卧龙[④]，便成名八阵图中[⑤]。鼎足三分[⑥]，一分西蜀[⑦]，一分江东[⑧]。

【注释】

①曹公：指曹操。槊：长矛。酾（sī）酒：斟酒。斟酒于江，以示凭吊。这两句原于苏轼《前赤壁赋》："方其破荆州，下江陵，顺流而东也，舳舻千里，旌旗蔽空，酾酒临江，横槊赋诗，固一世之雄也。"

②紫盖黄旗：指天上的一种云气，旧以为此是王者出现的征兆。《三国志·吴志·孙皓传》记载："黄旗紫盖，见于东南，终有天下者，荆、扬之君乎"？

③赤壁东风：赤壁之战，周瑜派船诈降，乘东风之便，火烧曹操战船，一举获胜。

④南阳卧龙：诸葛亮隐居时，徐庶曾说："诸葛孔明者，卧龙也。"（《三国志·蜀志·诸葛亮传》）后辅佐刘备建立蜀汉。

⑤八阵图：《三国志·诸葛亮传》："推演兵法，作八阵图。"代表

了诸葛亮的军事才能。

⑥鼎足三分：即魏、蜀、吴鼎立之势。

⑦西蜀：即蜀汉。

⑧江东：即东吴。

【品评】

落笔一问，突兀而起，接着便一气写出三位"英雄"，其深思与激情可见。这与"三国鼎分牛继马，兴，也任他；亡，也任他"（陈草庵《山坡羊·叹世》）之类元曲中常见的历史虚无主义的腔调，相去何其之远！至于人物的表现也是相当精彩的。"酾酒"两句正抓住了颇有诗人气质的曹操，常于悲歌慷慨之中，一吐其文经武略之胸怀的特点。东吴立国之基，三国鼎立之势，在赤壁一战，诗人特着"多应"二字，既充分地肯定了周瑜才气、功绩，也暗示了"紫盖黄旗"不过一说而已。诸葛亮之所以被称为"卧龙"，正在于他早已留心世事，自比管仲、乐毅。刘备三顾茅庐，"谘臣以当世之事"，其诚，足以感激；其问，足以一展才智，乃深感时机已到，"惊起"于南阳，而且也名实相副。最后是总写，以"鼎足三分"的事实与历史，肯定了"英雄"们的才干与作用，首尾相应，开合有致。我们虽然难以考定此曲具体的写作背景，但就其赋予历史、英雄的辉煌的色调来看，这位蒙古族诗人显然不像元代一般曲家那样，对历史和现实怀有深刻的悲剧意识。不过，就其"依旧向邯郸道中，问华胥今有谁封"（［双调·蟾宫曲］）来看，频于奔波，壮志难酬的不平又隐然可见，那么，这首曲子也许就是明颂"英雄"，暗"叹今吾"了！

双调·蟾宫曲

烂羊头谁羡封侯①！斗酒篇诗②，也自风流。过隙光阴，尘埃野马③，不障闲鸥④。离汗漫飘蓬九有⑤，向壶山小隐三秋⑥，归赋《登楼》⑦。白发萧萧⑧，老我南州⑨。

【注释】

①烂羊头：公元 23 年刘玄称帝，年号更始。《后汉书·刘玄传》载："其所授官爵者，皆群小贾竖，或有膳夫庖人。……长安为之语曰：灶下养，中郎将；烂羊胃，骑都尉；烂羊头，关内侯。"这里用以指斥元代官场。

②斗酒篇诗：杜甫《饮中八仙歌》："李白斗酒诗百篇"。诗人意思是即使才气不及李白，"斗酒篇诗"，也是风流自得的。

③过隙光阴，尘埃野马：《庄子·知北游》："人生天地之间，若白驹之过隙，忽然而已"。野马：浮游的水气。《庄子·逍遥游》："野马也，尘埃也，生物之以息相吹也。"

④不障闲鸥：辛弃疾曾说："富贵非吾事，归与白鸥盟。"（《水调歌头》）诗人化用此意。不障：无隔阂，无机心地相处。

⑤汗漫：虚无缥缈，无边无际，从上下文看这里似指宦海、红尘。九有：九州。

⑥壶山：在今河南省鲁山县南。东汉樊英隐居之地。

⑦《登楼》：即王粲《登楼赋》。

⑧萧萧：形容头发稀落。

⑨南州：泛指南方。诗人挂冠之后，即寓居杭州。

【品评】

如果说诗人的宏图不展之痛，在上首曲中是隐在一派辉煌色调的背面，那么这一首已经转到正面了。奸佞之徒，无才无德之辈，也都封官授爵，官场之黑暗可见。"邦无道，富且贵焉，耻也"（《论语·泰伯》）。避之犹恐不及，谁还去羡慕！倒不如像李白那样饮酒赋诗，也自风流。或者"明朝拂衣去，永与海鸥群"（李白《赠王判官时予归隐居庐山屏风叠》）。离开这"鞍马匆匆，又在关山"，四处飘流的宦海生涯，去归隐山中。然而"归赋《登楼》"虽有怀乡之情，亦有施展才智之望，可惜生不成名身已老，奈何！直斥官场，不与同流，是其正直；怀才不遇，隐而不甘，是其痛苦。可以想见，青云未达，"老我南州"，何其悲恨！是的，诗人在另一首曲中写的："云树蒙蒙，春水东流，有似愁浓"，恰是一个形象的补充和注脚。

王元鼎

籍贯、生平不详，与阿鲁威为同时代人。《录鬼簿》（天一阁本）称："王元鼎学士"。与剧作家杨显之交往，并敬为师叔。《青楼集》载有他和名妓顺时秀交往的事迹。《全元散曲》存其小令七首，套数两篇。

正宫·醉太平①
寒　食

声声啼乳鸦②，生叫破韶华③。夜深微雨润堤沙，香风万家。画楼洗净鸳鸯瓦④，彩绳半湿秋千架。觉来红日上窗纱，听街头卖杏花⑤。

【注释】

①醉太平：又名［凌波曲］。句式为四四七四、七七七四，八句八韵，七言三句可作鼎足对。
②乳鸦：幼鸦，鸦常鸣叫于黄昏。
③生：硬是，偏偏。韶华：美好时光，这里指晴天。
④鸳鸯瓦：即屋上俯仰相合的瓦。
⑤南宋陆游有"小楼一夜听春雨，深巷明朝卖杏花"诗句，此化用其意。

【品评】

这是一首咏春雨的曲子。寒食，在清明前一、二日，此时天气多雨。"生叫破韶华"，意思是叫跑了晴朗的天气，引来了一夜的春雨，似不无惋惜之意。但春雨之后，展现在诗人眼前的又是另一番清丽的景色。你看：微雨无声，新花竞放，香飘万家；画楼一洗，流光溢彩；庭院里的秋千架上"彩绳半湿"，那荡秋千的姑娘还在梦中，正是"困人天气近清明"。醒来一看，已是红日上窗纱，再一听，几番风送卖花声。咏春雨的歌难以记数，这一首倒也有其清新可爱之处。它写得声甜色美，清香四溢，有景有人，春之气息，生活的情味，融成一体，创造出一派生趣盎然的情境。词语典雅，句句用韵，音调流畅，唱出了春的欢快，人的喜悦。

薛昂夫

生卒年不详。回鹘（今维吾尔族）人，原名薛超吾，以第一字为姓。汉姓为马，又字九皋，故亦称马昂夫、马九皋。贵胄之后，先世内迁，居怀孟路（治所在今河南沁阳），祖、父皆封覃国公。曾执弟子礼于刘辰翁（1232—1297），可推知其生年约在至元十年（1273）前后，历官江南省令史、金典瑞院事、衢州路总管等职。至正十年（1350）犹在世。晚年退出官场，隐居于杭县皋亭山一带。善篆书，有诗名。散曲今存小令六十五首，套数三篇。多写其傲物叹世之志、超旷清逸之怀，境界开阔，风格豪放。

正宫·塞鸿秋①

功名万里忙如燕②，斯文一脉微如线③，光阴寸隙流如电，风雪两鬓白如练。尽道便休官，林下何曾见④？至今寂寞彭泽县⑤。

【注释】

①塞鸿秋：句式为七七七七、五五七，七句六韵，第五句可不叶韵。

②功名万里：汉代班超曾说：大丈夫应"立功异域，以取封侯，安能久事笔砚间乎"（《后汉书·班超传》）。这里借指世人求取功名爵禄。忙如燕：张耒《暮春三首》中有："语莺知果熟，忙燕聚新泥"。喻指世人如燕子衔泥筑巢一样为功名而忙碌。

③斯文：原指礼乐制度、文化道统。《论语·子罕》："天之将丧斯文也，后死者不得与于斯文也。"后世亦用以指礼让儒雅之风。

④林下：山林隐居之处。这里用灵彻语："相逢尽道休官好，林下何曾见一人。"（《东林寺酬韦丹刺史》）

⑤彭泽县：陶渊明归隐前曾为彭泽县令。

【品评】

"不读书有权，不识字有钱。"在元代这样一个现实环境中，山林茅舍、烟波江上，避世隐逸，成为许多文人给自己失落的心灵所能寻得的栖息之所。这是自解、自慰，也含有"折挫英雄"的不平与悲愤。然而，另一些人则不同，他们日夜钻营，争名于朝，窃禄于世，斯文殆尽，却也大唱休官乐隐的高调。这种既要高官厚禄之利，又要高雅脱俗之名的人，当然不始于元代，所以作者说像"甘以辞华轩"的陶渊明，"至今"犹是"寂寞"无伴。以其行，验其言，不见着力，而一切心存高官、口谈隐逸、爱名尚利之徒的真相却毕露无遗。

正宫·塞鸿秋

凌歊台怀古

凌歊台畔黄山铺①，是三千歌舞亡家处②。望夫山下乌江渡③，是八千子弟思乡去。江东日暮云④，渭北春天树，青山太白坟如故⑤。

【注释】

①凌歊（xiāo）台：在安徽当涂县的黄山上。南朝宋刘裕曾于此构筑离宫。

②亡家：宫女入宫，也就离失了自己的家。唐代许浑《凌歊台》诗："宋祖凌歊乐未回，三千歌舞宿层台。"自注云："当涂县西，宋高祖筑。"

③望夫山：此处所言望夫山，在当涂县西北。乌江渡：在安徽和县

东北。项羽兵败退至乌江，乌江亭长谓项王曰："江东虽小，地方千里……愿大王急渡"。项王笑曰："籍与江东子弟八千人渡江而西，今无一人还，纵江东父兄怜而王我，我何面目见之!"最后自刎而死。

④"江东"二句：用杜甫诗句："渭北春天树，江东日暮云。"（《春日忆李白》）渭北：指杜甫当时所在的长安一带；江东，指李白正在漫游的江浙一带。清代黄生评曰：前句"寓言己忆彼"，后句"悬度彼忆己"（《杜诗说》）。

⑤青山太白坟：李白墓在当涂青山（又名谢公山）西麓。

【品评】

这首曲可能是作者任太平路总管（治所在当涂）时所作。曲中就当涂境内及其附近的史事、遗迹而兴怀寄慨。刘裕登凌歊台，筑离宫，美女如云，吴歌楚舞，丝管纷纷。然而，兴废如棋局，离宫没古丘。秦末，豪杰纷起，不可胜数。而项羽"三年，遂将五诸侯灭秦，……政由羽出，号为霸王"。岂料一败势难回，自刎乌江。帝王、霸业，富贵荣华，赫赫威名，都只是过眼烟云，了无踪迹。下面意有转折，"江山不管兴亡事"，暮云春树，千古依旧。借用成句而巧赋新意，是为了兴起"青山太白坟如故"。但又不排斥原意。杜甫写这两句是抒发彼此的友谊和对李白的思念，而友谊与思念都深涵敬仰之情。"高吟大醉三千首，留著人间伴月明"（郑谷《读李白集》）。"坟如故"，"神"依旧，诗魂与日月同在。前后相较，其意自明，那便是"莫向斜阳嗟往事，人生不朽是文章"（许梦熊《过南陵太白酒坊》）。这就不仅抒发了诗人对李白无限的追慕之情，也透露了这位贵胄之后，之所以能有"励志为诗"、不同流俗的人生取向和价值观念的一个原因。

中吕·朝天子

沛公，大风，也得文章用①。却教猛士叹良弓，多了云梦②。驾驭英雄，能擒能纵，无人出彀中③。后宫，外宗④，险把炎刘并⑤。

【注释】

①"沛公"三句：刘邦，沛县（今属江苏省）人，秦末起事时被推为沛公。西汉十二年（前195）十月曾回故乡，在与父老欢宴时作《大风歌》："大风起兮云飞扬，威加海内兮归故乡，安得猛士兮守四方。"

②"却教猛士"二句：汉六年（前201），有人告韩信谋反，刘邦用陈平计，伪称去游云梦（在今湖北东南），乘机袭击韩信。信自度无罪，主动请见，被缚。韩信说："果若人言：'狡兔死，良狗烹；高鸟尽，良弓藏；敌国破，谋臣亡'。天下已定，我固当烹"。

③彀中：本指弓箭射程所及的范围。后来用以喻掌握之中。

④"后宫"二句：后宫：指吕后。外宗：外戚，指吕后的亲属吕产、吕禄等人。

⑤险把炎刘并：炎刘：刘氏自称以火德兴起，故称炎刘。刘邦死后，吕后擅权十六年，杀刘氏诸王，大封诸吕为王侯。她死后，诸吕拟发动叛乱，夺取政权，因陈平、周勃定计，杀吕产、吕禄，迎立文帝，保住了刘氏天下。"并"字失韵，有人以为应作"送"字。

【品评】

作者咏史〔朝天子〕二十首，颇有自己见解，本书选有四首。从睢景臣《高祖还乡》套曲中，已经看到元人对刘邦早有嘲讽，这首小令也有着相同的倾向，不过由于选择的角度不同，便带有着更多的、更深的"理性"色彩。刘邦，这个本来就不重《诗》《书》，"好酒及色"的无赖之徒，竟然唱起《大风歌》，也知道文章的作用。前三句似扬实抑、锋芒内藏。"安得猛士兮守四方"，那真的是在言志吗？"却教猛士叹良弓"，一语揭穿。"多了云梦"，承上启下。游云梦，是擒韩信的阴谋。而韩信不请自到，阴谋实是不必要的苦心，足见其对"英雄"的擒纵自如，尽在掌中。那么，威加海内，永保天下是毫无问题了。结尾突转，三句话、九个字，便将它轻轻扫却。恰恰就是助他诛杀功臣的吕后，在他身后大封外戚，险些变了天下。这岂不是对刘邦用虚伪和权术所构造的神威和妄想，以极大的嘲弄吗？当然，作品所能引发的思想又不仅仅于此，因为这些历史客观上又一次证实了、深化了历代人们对封建社会，封建统治者的某些认识，那就是"敌国灭则谋臣亡"（《韩非子·内储说下》）；那就是"所备甚远，贼在所爱"（《鹖冠子·道瑞》）。所以我们说它的嘲讽是更具有"理性"的色彩和深度的。

中吕·朝天子

卞和①，抱璞，只合荆山坐。三朝不遇待如何，两足先祸。传国争符②，伤身行货③，谁教献与他！切磋，琢磨，何似偷敲破。

【注释】

①卞和：春秋时楚国著名的玉工。据说他在楚山（即荆山，位于湖北省）发现一块内藏宝玉的"璞"，拿去献给楚厉王，厉王以为是欺诈，断其左足。武王即位，他又去进献，也以同样的理由，裁其右足。等到楚文王即位，他抱着玉石在荆山下痛哭三天三夜。文王使人剖璞加工琢磨，果得宝玉，命名为和氏璧（见《韩非子·和氏篇》）。

②符：指符玺，帝王的印信。自秦以后，以玉为玺，为皇帝所专用。争夺传国玉玺，也就是争夺皇位。

③行货：贿赂。这里是讨好的意思。

【品评】

帝王不辨璞与石，也还是情有可原的。然而，"事莫贵乎有验"的道理是应该懂得的。不加验证便视璞为石，以诚为诈，并一再断其足，其昏聩残暴，实在令人发指。好在最后经过"切磋、琢磨"，真相大白于天下。是非曲直，清清楚楚。但是，薛昂夫既不去指斥厉王、武王的野蛮专制，也不肯定卞和不甘心"宝玉而题之以石，贞士而名之以诳"，执着于自己的信念的精神。却认为卞和得璞，只该呆在荆山，不必献来献去，如果第三次也像前两次，你已无足可断了，那该"断"你什么呢！如此献玉讨好，结果呢？一是"伤身"，二是宝玉成了玉玺，争来夺去，国无宁日。与其这样，倒不如悄悄地把玉敲碎了事。作者一反传统，其意何在呢？"凿石索玉，剖蚌求珠"，早已喻作对人才的探求。否定卞和献璞，也就是劝人不要去献才，不要搞什么"学成文武艺，货与帝王家"。因为那样做无非是招祸，无非是助长"传国争符"，天下不宁，君若有"璞"，"只合荆山坐"——隐逸山林，隔断红尘。兜了一个大圈子，唱的还是元曲中常见的调子。但是，其嘲弄传统，指桑骂槐，真真假假，迂回曲折的手法，不仅表现出其构思之新异，更可以看出其愤世之激情。

中吕·朝天子

丙吉^①，宰执，燮理阴阳气^②。有司不问尔相推^③，人命关天地。牛喘非时，何须留意？原来养得肥。早知，好吃，杀了供堂食^④。

【注释】

①丙吉：汉宣帝时丞相（即下文所言"宰执"）。

②燮理：协调治理。《尚书·周官》："立太师太傅太保，兹惟三公，论道经邦，燮理阴阳。"

③有司：指分管某一事务的官吏。

④堂食：指丞相政事堂的公膳，或称堂馔、堂飧。

【品评】

在史书中丙吉有一则传为美谈的故事——一次他在路上遇到一群人斗殴，有死有伤，他过而不问。接着又见到一头牛边走边喘，便派人查问：牛走了多少路？事后，有人觉得如此欠妥，便问他。丙吉说：众人斗殴，地方官员应该禁止、处理，宰相不必去管这种小事。可是，时当春天，如果牛走的路并不多而又喘，那就可能是季节与气候反常了，调和阴阳才是宰辅的职责，所以要问。此番高论，便赢得了"时人以为知大体"的美名。这首曲却一反成见，怎么"反"的呢？欲抑先扬，层层剥开。丙吉作为宰相，燮理阴阳，那是恪守古训，名正言顺。可是在人命关天的当口，在"有司不问"的情况下，怎么还能拿那一套高论推而不管，熟视无睹呢！如果说仅此一事，人们看到的还只是一位不能因时而变、随事而制、食古不化、麻木不仁的"蠢相""昏相"。可是，又不尽然，请再看下去。牛也未必中暑才喘气，这道理并不深奥，又何须问呢？"原来养得肥"，不动声色，十分俏皮！醉翁之意早在"好吃"，早在"杀了供堂食"。心存邪念，满嘴高论，"燮理阴阳"者，欺世盗名也，骗术终于亮底了。可见，这位宰相身上更可恶之处，还在奸与诈。当然，这里不排除有作者的创作，那创作之意恐怕也不一定要和早已"灰飞烟灭"的丙吉过不去，而更在于为活着的"丙吉"们画像吧！

中吕·朝天子

董卓，巨饕①，为恶天须报。一脐燃出万民膏②，谁把逃亡照？谋位藏金，贪心无道，谁知没下梢③。好教，火烧，难买棺材料。

【注释】

①董卓：东汉陇西临洮（今甘肃岷县）人。灵帝时任并州牧，灵帝死，何进召董卓入京，谋诛宦官，他趁机扩张势力，控制朝廷，杀少帝及何太后，立献帝，自为相国，专断朝政，残忍暴戾。献帝初平元年（190），关东起兵讨卓，他挟献帝迁都长安，火烧洛阳，大掠珍宝，筑郿坞（今陕西眉县北），号曰"万岁坞"，积谷为三十年储，金银纨素积如丘山，自云："事成，雄据天下；不成，守此足以毕老（见《后汉书》本传）。饕（tāo）：贪残、贪婪，《淮南子·兵略》："贪昧饕餮（tiè）之人，残贼天下，万人搔动。"

②"一脐"二句：献帝三年（公元192年），司徒王允使中郎将吕布诛杀董卓，吏士欢呼，百姓歌舞于道，暴尸于市。由于董卓体肥，看守尸体的人晚上就在他肚脐中点起灯，光明达旦，以至数日。逃亡照：化用聂夷中《咏田家》诗句："我愿君王心，化作光明烛。不照绮罗筵，只照逃亡屋。"

③没下梢：没有好结果。

【品评】

苏轼有一首《郿坞》诗："衣中甲厚行何惧，坞里金多退足凭。毕竟英雄谁得似，脐脂自照不须灯。"冷嘲热讽，也够辛辣！但是，曲有曲味，所以这首小令仍有其可读之处。对于暴虐贪婪，"自有书契以来，殆未之有也"的董卓，作者以"巨饕"称之，可谓简明扼要而形象突出。"为恶天须报"，直是口语，却蕴涵了贪夫殉财、夸者死权，积恶灭身种种深刻的哲理。面对一切贪夫、夸者，聂夷中的想法又未免太天真了。董卓肚皮里燃出来的就是民脂民膏，可他活着的时候何曾想到要"照"什么"逃亡屋"，考虑百姓的死活！他想到的只是"雄据天下"，或"足以毕老"。不过话说回来，如此下场——养得肥胖，为了火烧，大概是做梦也不曾想到吧！火烧之后是"灰"，"灰"当然也可以葬，但毕竟不是"尸"，这倒使买棺材料的人遇到了一个新的难题。曲以尖新、透辟、通俗的手法，挖苦得更为淋漓尽致，更能令人泄其愤、快其意！"骨朽人间骂未消"，诚不虚语。苏轼早已"骂"过了，一百多年之后的薛昂夫依然在"骂"，而且"骂"得更激烈、更痛快！一切贪残者能引以为鉴乎？

中吕·山坡羊

西湖杂咏

春

山光如淀①，湖光如练②，一步一个生绡面③。扣逋仙④，访坡仙⑤，拣西施好处都游遍⑥。管甚月明归路远。船，休放转；杯，休放浅⑦。

夏

晴云轻漾，薰风无浪⑧，开樽避暑争相向⑨。映湖光，逞新妆⑩，笙歌鼎沸南湖荡。今夜且休回画舫⑪。风，满座凉；莲，入梦香。

秋

疏林红叶，芙蓉将谢。天然妆点秋屏列。断霞遮⑫，夕阳斜，山腰闪出闲亭榭⑬。分付画船且慢者。歌，休唱彻；诗，乘兴写。

冬

　　同云叆叇⑭，随车缟带⑮，湖山化作瑶光界⑯。且传杯，莫惊猜，是西施傅粉呈新态。千载一时真快哉！梅，也绽开；鹤，也到来。

【注释】

　　①淀：亦作"靛"，青黑色染料。

　　②练：白色的丝绸。

　　③生绡：未漂煮的丝织品，古以生绡、生绢作画。生绡面，即画面的意思。

　　④扣：同"叩"，询问、拜访。逋仙：北宋诗人林逋，隐居西湖孤山，赏梅养鹤，生活闲适，诗风淡远。

　　⑤坡仙：苏轼，号东坡居士，曾出知杭州。

　　⑥西施：指西湖。苏轼诗："欲把西湖比西子，淡妆浓抹总相宜。"（《饮湖上初晴后雨》）

　　⑦放：发放。休放浅：不要少斟，而要满斟尽兴。

　　⑧薰风：南风、暖风。

　　⑨句意是：饮酒、避暑都争相而至。

　　⑩逞新妆：指游湖的仕女们妆扮一新，争奇斗艳。

　　⑪画舫：雕饰华丽的船。

　　⑫断霞：残霞。

　　⑬亭榭：亭榭楼台。榭（xiè）：筑在高土台上的敞屋。

　　⑭同云：雪前的阴云。《诗经·信南山》："上天同云，雨雪雰雰。"叆叇（àidài）：阴云浓郁的样子。

　　⑮缟带：形容车过之后在雪地上留下的轮迹。

　　⑯句意是：雪后湖山原野银装素裹，一片晶莹洁白。

【品评】

这四首小令用同一曲牌，围绕一个中心构成组曲，是散曲中常见的联章体。且不说历代诗、词，就是元曲中咏西湖的也不少，不过这组小令仍然可以算作其中的佳作。它不是单纯地泛咏西湖的水秀山奇，也不是着意刻画某一个景点。诗人独特的审美视角是以季节为背景，摄取典型景物，同时相应地将各种人物的丰富多彩的活动、情绪引入其中，使西湖不同季节的山水之美与人文的美、精神的美相辅相成，构成秋无萧瑟，冬无落寞，四季常新的西湖山水，与社会生活相融和的景观，其特点既是自然的，又是社会化的、都市化的，这就充分地表现出西湖所特有的个性和审美效应。

双调·庆东原

西皋亭适兴①

兴为催租败②，欢因送酒来③。酒酣时诗兴依然在，黄花又开④，朱颜未衰，正好忘怀。管甚有监州⑤，不可无螃蟹。

【注释】

①西皋亭：杭县东北有皋亭山，西皋亭疑在其地，大约是作者晚年的居处。适兴：即兴而作的意思。

②兴为催租败：宋僧惠洪《冷斋夜话》载：谢无逸问潘大临有新诗否？潘回答说：昨日得"满城风雨近重阳"一句，忽催租人至，遂败意。

③欢因送酒来：《宋书·陶潜传》说：尝于九月九日无酒，出宅边菊丛中，坐久，值江州刺史王宏送酒，即便就酌，醉而后归。

④黄花：菊花。

⑤监州：官名，宋代州置通判，称为监州，每与知州争权。苏轼有

诗曰:"欲向君王乞符竹,但忧无蟹有监州。"(《金门寺中见李西台与二钱唱和四绝句,戏用其韵跋之》)

【品评】

　　这首曲是诗人抒写退居之后的生活、心境。首句虽有所本,然内涵相反,不是别人来"催租",而是回忆自己往年为官之时,公事缠身,案牍劳形,败了多少诗兴,不无惋惜、追悔之意!如今好了,能像陶渊明一样"复得返自然",可以自由自在地饮酒、看花,而且更难得的是依然能够酒酣诗兴在,得句若飞来,令人欣慰,实足以忘怀一切,还要去管什么有没有监州,有没有螃蟹!这才是真正的淡然忘怀,苏轼的"但忧无蟹有监州",虽有洒脱,毕竟还有所"忧"。曲中既无傲世之态,也无抱酒销愁的悲情,它所要展示的只是怡然清逸的情境。如果说还有一种欢欣的色调,那也正反映了"自此光阴为己有,从前日月属官家"(白居易《喜罢郡》)的一身轻快、满心惬意。作者用典,或正或反,都为己用,其生动灵活亦足见其驾驭之功力。

双调·楚天遥过清江引①

　　花开人正欢,花落春如醉。春醉有时醒,人老欢难会②。一江春水流③,万点杨花坠。谁道是杨花④,点点离人泪。回首有情风万里⑤,渺渺天无际。愁共海潮来,潮退愁难退。更那堪晚来风又急⑥。

【注释】

　　①楚天遥过清江引:双调带过曲。楚天遥句式为五言八句,隔句一韵。清江引已见前贯云石曲注。
　　②难会:难以遇到。

③一江春水流：化用李煜《虞美人》："问君能有几多愁，恰似一江春水向东流。"

④"谁道"二句：化用苏轼："细看来不是杨花，点点是离人泪。"（《水龙吟·次韵章质夫杨花词》）

⑤"回首"句：苏轼《八声甘州·寄参寥子》："有情万里送潮来，无情送潮归。"

⑥"更那堪"句：化用李清照《声声慢》："三杯两盏酒，怎敌他晚来风急。"

【品评】

薛昂夫［楚天遥过清江引］一组三首，抒发"暗里韶光度"的伤春情怀，该是晚年的作品。这是第一首。前曲咏杨花，由花开花落，引发到春去春归和离合聚散，其深层的心理基点不是诗词中常见的恋情、闺怨，而是一个"老"字，它所隐含的是"年在桑榆间，影响不能追"的叹息，是"少日犹堪话离别，老来怕作送行诗"的伤情。下叠［清江引］咏海潮，由潮来潮退，兴起愁来却难退，更何况晚来风急浪高，思如潮涌愁难禁。这与上曲"人老欢难会"，愁如一江春水流不尽相呼应，使上下暗合成篇。不难看出种种物色、时空的描写，总在抒发"春尽有归日，老来无去时"的难以排遣的惆怅。内容上似无太多的新意，却也令人喜爱，这得归功于它的表现手法，比如句式整齐、联绵相对，许多字词反复出现，而韵脚却多仄声，读来既回环复沓，一唱三叹，而又是韵短节促，这就使缠绵不尽与急迫无奈的复杂声情得以奇妙地交织融合，颇能扣人心弦。加之它大量化用前人诗词，另具一种似熟还新，文采流丽的审美情韵。

吴弘道

字仁卿，一说名仁卿，字弘道，号克斋，金台蒲阴（今河北省安国市）人。生卒年不详，大体上活动于元成宗大德（1297—1307）和元武宗至大（1308—1311）年间。官江西检校掾史，以判府致仕，后曾寓居杭州。著有《子房货剑》《火烧正阳门》《楚大夫屈原投江》《醉游阿房宫》《手卷记》杂剧五种，还编有《金缕新声》《曲海丛珠》等散曲集，以上著作惜皆散佚。《全元散曲》收其小令三十四首，套曲四篇。

南吕·金字经
伤　春

落花风飞去，故枝依旧鲜，月缺终须有再圆①。圆，月圆人未圆。朱颜变②，几时得重少年③？

【注释】

①"月缺"句：化用苏东坡［水调歌头］"人有悲欢离合，月有阴晴圆缺，此事古难全"句意。

②朱颜变：红润的容貌失去了光泽，变得容颜苍老。

③重：再。关汉卿杂剧《窦娥冤·楔子》："花有重开日，人无再少年。"

【品评】

劈面而来的是："落花风飞去"——风无情，谢落红，春太匆匆。赏心悦目，转眼即逝，不免令人伤怀。但是，四时运行，自然之道，这是人们早已认知的常识，所以那"故枝依旧鲜"，就意味着"花有重开日"。因此"花落未须悲，红蕊明年又满枝"（晏几道《南乡子》）。下面沿着这一思路写"月"——"月缺终须有再圆"。不过，"圆"的只是"月"，至于"人"却未必能"圆"。而恰恰又是那些心怀离情别恨的人，对"月圆"还特别的敏感。所以苏轼说："不应有恨，何事长向别时圆"（《水调歌头》）。再退一步说，即或有幸再相逢，那也是"朱颜变"，不复少年时。曲的开篇明说花谢，暗写花开，不见"人"字，其实读者也应该想到有"人"在其中，那就是"年年岁岁花相似，岁岁年年人不同"（刘希夷《代悲白头翁》）。"今年花似去年好，去年人到今年老"（岑参《韦员外家花树歌》）。小令虽然明白如话，却也曲折灵变，跌宕起伏，短短几句，读之回味无穷。

英国诗人华兹华斯（1770—1850）说过："大自然通过我的感受，使人的精神与美景交融"（《早春遣怀》）。"感受"，因人、因时而异，"精神"（比如对人生、世事的体验、态度和思考）的差异，"与美景交融"所获得的感悟也会千差万别。花开花谢，月圆月缺，美景匆匆，可以给人聚少离多，人生短暂的感伤，但也可以使人惊醒，催人奋进——要抓紧一切时机，珍惜美好时光，"百年容易过，青春不再来"。人同此心，心同此理。所以犹太人的格言中也有："如果你只是等待，发生的事情只会使你变老"。

南吕·金字经

咏渊明

晋时陶元亮①，自负经济才②，耻为彭泽一县宰③。栽，绕篱黄菊开④。传千载，赋一篇《归去来》。

【注释】

①陶元亮：即陶渊明，名潜，字元亮，别号五柳先生，也称靖节先生，浔阳柴桑（今江西九江市）人。

②经济才：经时济世、治国安邦之才。

③彭泽：县名，在今江西省九江市东北，长江南岸。县宰：即县令。

④绕篱黄菊开：陶渊明爱菊。其《饮酒二十首》中有："采菊东篱下，悠然见南山。山气日夕佳，飞鸟相与还。""秋菊有佳色，裛露掇其英。泛此忘忧物，远我遗世情。"

【品评】

对于吴弘道散曲，明代朱权在其曲学专著《太和正音谱》中评曰："如山间明月"。这种评语也是古代诗论的一个特色，它看似具体，却也颇费咀嚼。笔者拟以这首小令试作一点阐述。我们先不妨重温一下有关"月"的诗句：

滟滟随波千万里，何处春江无月明。

张若虚《春江花月夜》

明月出天山，苍茫云海间。

李白《关山月》

今人不见古时月，今月曾照古时人。

李白《把酒问月》

山虚风落石，楼静月侵门。

杜甫《西阁夜》

读过上述诗句，不难感受到一种单纯而充溢，明丽而幽深，静谧而永恒的美。把它转化到诗歌创作与鉴赏中那大概就是干净明快，而又内涵丰富，蕴意深邃，味之不尽的艺术境界。比如这小令只用了三十二个字，便含概了时代、人物（陶渊明），及其经历、思想、才能、品性、爱好、情感、理想、创作、成就、影响等等，实可谓简明而丰富，短小而又极具张力，易读而又耐读，可言而不可尽言。这种审美体验不就如你面对那单纯而充溢，明丽而幽深的"山间明月"吗？这种艺术效果的创造，不仅在于选词用语的精准，也在于删黄枝蔓，巧于选材、构思的功力。当然，这一切又基于作者对人物（陶渊明）的了解、理解与景仰。隔百代而心相知、情相随，也再一次证明了"传千载"，不虚语。

赵善庆

一作赵孟庆，字文质（一作文宝），饶州乐平（今属江西）人，生卒年不详。《录鬼簿》把他列为"方今才人相知音"，可知与钟嗣成同时。善卜术，做过地方小吏。所作杂剧《村学堂》《教女兵》等八种，现均不存。《全元散曲》存其小令二十九首。

中吕·普天乐
江头秋行

稻粱肥，蒹葭秀。黄添篱落，绿淡汀洲。木叶空，山容瘦。沙鸟翻飞知潮候，望烟江万顷沉秋。半竿落日，一声过雁，几处危楼。

【品评】

中国古代的画家多将观察所得记忆于心，所谓"积好在心，久则化之"。待到作画时已是"物在灵府，不在耳目"。而山水诗的创作则常常是诗人登山临水，即目吟成，比如这首小令便是诗人"江头秋行"所得。由于景随"行"移，镜头不断地转换，笔墨自然不能落在一景一物，这道理是很明显的，问题是众多的景物如何形成一个完整的诗篇，而不给人零乱杂置的感觉，这就仍须精当的构思。请看曲中由田野、村落、山林，而烟波万顷、天边落日，作者显然是采取了与"行"相吻合的由近而远、逐渐推开的方式来组合景物的。再就各种景物的色、容、声、态来看，诸如肥、秀、黄添、绿淡、空、瘦、沉秋、一声等等，无不从季节的变化中，突出了"秋"的神韵。当然，这里用词的形象和富于表现力是无须赘言的了。如果说前者已经做到散而有致，那么，后者更收到形散而神凝的效果，两者的结合，便创造出艺术上的有序、和谐与统一。可见这种看似即景写生，信手拈来的作品，其炼字炼意之功，虽不显眼，细加体味，仍是可见的。

中吕·山坡羊

燕　子

来时春社①，去时秋社②，年年来去搬寒热。语喃喃，忙劫劫③，春风堂上寻王谢④，巷陌乌衣夕阳斜。兴，多见些，亡，都说尽。

【注释】

①春社：古代祭祀土神祈祷丰年的节日，在立春后第五个戊日。

②秋社：立秋后第五个戊日，祭祀土神。前曰春祈，后曰秋报。

③劫劫：犹"汲汲"，急切忙碌的样子。

④"春风"二句：六朝时王、谢世为望族，后人常以王、谢代指豪门权贵。乌衣巷故址在金陵秦淮河之南、朱雀桥附近，孙吴时戍守这里的士兵皆着乌衣，因以名之。东晋王导、谢安皆住于此巷。

【品评】

"朱雀桥边野草花，乌衣巷口夕阳斜。旧时王谢堂前燕，飞入寻常百姓家。"这是早已广为传诵的刘禹锡的七绝《乌衣巷》。其内容是在透过眼前之景，写"乌衣巷"的今昔之变（如景象的冷落萧条，燕子巢居的处所），暗寓盛衰之慨，所以题曰《乌衣巷》，总题则为《金陵五题》，皆以所游之地而兴怀感叹。这首小令以"燕子"为题，从春来秋去，到"语喃喃，忙劫劫"，用了一半的篇幅刻画燕子，这是因题意所需。但其深层意思还在借此生发，喃喃细语，说些什么呢？匆匆竞飞，忙些什么呢？一个"寻"字泄露了底蕴，已是"寻常百姓家"，何处"寻王谢"！再看整个的乌衣巷也非昔日风光，此情此景燕子也不无感伤，这意境就很像"燕语如伤旧国春，……几度飞来不见人"（李益《隋宫燕》）。结尾利用曲式的句法，明挑出兴、亡二字，"年去年来"，搬寒搬热，用词极富新意，岁月如流，兴亡更迭，多情的燕子，自是见得很多，也诉说了不少！可见刘禹锡诗中的"燕"，在这里已成了抒情的"主体"。那么，与刘诗相较，此曲既有所因，又有所革，不似又似，似又不似，而这也正是作者意欲表现的艺术技巧与审美情趣吧。

中吕·山坡羊

长安怀古

骊山楼岫①，渭河环秀②，山河百二还如旧③。狐兔悲，草木秋；秦宫隋苑徒遗臭，唐阙汉陵何处有？山，空自愁；河，空自流。

【注释】

①骊山：在陕西临潼县东南，上有东绣岭和西绣岭，东西延绵起伏约五公里，所以说"骊山横岫"。岫（xiù）：峰峦。

②渭河：由甘肃入陕西绕长安向东流。

③"山河"句：形容秦国地势险要，二万人足当诸侯百万人。

【品评】

长安一带山水绮秀，地势险要，既可享乐游玩，又可以固守无忧，建都长安似亦颇有道理。不过，享乐虽可极尽其所能，固守则未必。人世沧桑，兴亡转烛，秦宫、隋苑……都做了衰草牛羊野、狐兔穴。此正可见"兴废由人事，山川空地形"（刘禹锡《金陵怀古》）。"山河百二还如旧"，秦汉隋唐……皆无救。无救皆因"人事"，其内涵由"遗臭"二字略作暗示，从秦始皇的"六王毕，四海一。蜀山兀，阿房出"

(杜牧《阿房宫赋》) 开始，大兴宫苑，广征声色，"取之尽锱铢，用之如泥沙"，就成了历代帝王穷奢极欲、遗臭万年的一个突出的表现，而这也恰恰为自己掘开了坟墓，就这样一代又一代地重复下去，还是杜牧说得好："族秦者，秦也，非天下也。……秦人不暇自哀，而后人哀之；后人哀之而不鉴之，亦使后人而复哀后人也"。那么，山有何益，水有何用！阅尽人间兴亡，只有徒然"自愁""自流"而已！当然，往事已成空。不过，"怀古"者恐怕亦非空叹往事。元代统治者从至元四年（1267）新筑大都，历时十几年，规模宏大，耗费空前，这不是依然走着前人的老路吗？其下场又怎能比他们美妙呢？以古鉴今，引而不发，殆是这首小令的主旨与技巧之所在。

双调·沉醉东风

秋日湘阴道中①

山对面蓝堆翠岫②，草齐腰绿染沙洲。傲霜橘柚青③，濯雨蒹葭秀④。隔沧波隐隐江楼。点破潇湘万顷秋，是几叶儿传黄败柳。

【注释】

①湘阴：今湖南湘阴，位于湘江下游，洞庭湖南岸。

②蓝：蓼蓝，深青色染料。蓝堆翠岫：意思是翠色的山峦像是蓼蓝堆染而成的。

③柚（yòu）：果实到秋末成熟。橘柚青：初秋景象。

④蒹葭（jiānjiā）：芦苇。

【品评】

"四时之景不同，而乐亦无穷也"（欧阳修《醉翁亭记》）。艺术也只有表现出景的"不同"，美的个性，才能给人真切的感受和审美的愉悦。从这首小令的内容看，作者是颇有这种发现和表现才能的。作品的大部分篇幅写雨后途中的所见，晴空一洗，山峦堆翠，绿染沙洲，橘柚青青，芦苇清秀，而那隐隐江楼，在水一方，开阔的视野，又为引出下文作一过渡，几片黄黄的柳叶既透露了秋意，更点染了万顷秋色。而其背景则是色彩明丽，生机勃勃。那么，潇湘初秋之美，便被这满目青翠几叶黄的画面，奇妙地传达出来了。而作者的心旷神怡，"乐亦无穷"的神情也自在其中。

双调·落梅风

江楼晚眺

枫枯叶，柳瘦丝，夕阳闲画栏十二①。望晴空莹然如片纸，一行雁一行愁字。

【注释】

①画栏：雕饰的栏干。

【品评】

当我们读到曲的后两句，便可以感知到一个"江楼晚眺"之"人"、之"情"，这时你会进一步发现，而且不得不去回味，原来那夕阳下，秋风中，飘零、摇落的枯叶、"瘦丝"和那空寂的画楼，所构成的一派萧瑟的景象，早已触发了"晚眺"之人的满腔愁情。于是乎你就更能体味到那空明如纸的天宇中，"一行雁一行愁字"，不仅仅是想象的奇巧，更是深情浓愁的自然感发。如果说前半是情寓景中，那么后半则是情借景发，一隐一显，灵活多变，又总是景中有情，景中有人，情景交融，浑然成篇。是所谓"情景名为二而实不可离，神于诗者妙合无垠"（王夫之《姜斋诗话》）。

张可久 （约 1280—1348 后）

　　一说名久可，号小山（关于他的名、字尚有各种说法），庆元（今浙江宁波）人。虽是"读书万卷"，却一生沉抑下僚，直到七十多岁，尚"匿其年数，为昆山幕僚"，强颜事人。奔波辛劳，终不得志，足迹遍及江、浙、皖、闽、湘、赣等地。他的那些感叹世道险恶，关心民间疾苦，向往田园，乃至众多的写景散曲，都与他的身世阅历有极为密切的关系。他不作杂剧，专写散曲，其特色是善融诗词作法，写得情景交融，蕴藉工丽；语言上易俗为雅，对仗工整，讲究格律音韵，是元散曲由前期的朴俗爽朗，向后期的清丽雅正转折的代表作家，也由此受到元代以及后代许多文人的称赏。《全元散曲》存其小令八百五十五首，套数九篇。

黄钟·人月圆

春晚次韵①

　　萋萋芳草春云乱，愁在夕阳中。短亭别酒②，平湖画舫，垂柳骄骢③。　　一声啼鸟，一番夜雨，一阵东风。桃花吹尽，佳人何在，门掩残红④。

【注释】

　　①次韵：依照别人诗歌用韵次序的和作，谓之"次韵"。这首小令系和何人之作，已不得而知。

　　②短亭：古代驿道设五里一短亭，十里一长亭，亦常为送别饯行之处。

　　③骄骢（cōng）：健壮的马。

　　④以上三句：化用"去年今日此门中，人面桃花相映红。人面不知

何处去，桃花依旧笑春风"（崔护《题都城南庄》）一诗的内容。

【品评】

芳草萋萋，春云撩乱，斜阳暮霭，触景生情，情因景浓。"愁"，曲中唯一的一个情词，便藉以自然吐出，也笼罩了全篇。若再联系下文，还可以看出那"萋萋芳草"不是寻常处，恰恰又是昔日分别之地，正是"故人一别几时见，春草还从旧处生"（顾况《赠远》）。于是那当年断肠分手的情景——短亭饯别，别语愁怀，依依不舍，又从记忆中浮现出来了。这别地重来，是着意寻访，还是旅途所经，虽未明言，却也无妨，但见那一幕幕清晰而迅速地重现的情景，也就可以感到"唯有别时今不忘"，"梦魂常在分襟处"，这就进一层深化了上面的"愁"字。"一声啼鸟"，无情地打断了他的追思缅怀，又使他不得不面对被"夜雨""东风"匆匆送走的春天，逝去的好时光。而那人去花残相见难的结尾，更留下了不尽的伤情和离恨。其今昔相映之境，深挚缠绵之情，一寓景中，空灵蕴藉，虚实相生，回环曲折，层层递进，既有曲的风味，更见词的工巧。

双调·折桂令

九　日①

对青山强整乌纱②，归雁横秋，倦客思家。翠袖殷勤③，金杯错落④，玉手琵琶。人老去西风白发，蝶愁来明日黄花。回首天涯，一抹斜阳，数点寒鸦⑤。

【注释】

①九日：九月九日，重阳节。

②强整乌纱：晋代桓温曾于九月九日在龙山宴请宾客，有风吹落孟嘉的官帽，他泰然自若。这里反用"龙山落帽"的风流雅事。

③翠袖：代指女子。

④金杯错落：形容举杯相邀，觥筹交错。

⑤以上二句：化用秦观"斜阳外，寒鸦数点，流水绕孤村"（《满庭芳》）的词意。

【品评】

重阳佳节，天高云淡，水绿山明，登高望远，饮酒赋诗，确是赏心乐事。不过也不尽然，张可久就说过："愁又愁，楼上楼，九月九"（《四块玉·客中九日》）。应该说这"乐"与"愁"反差的组合，才是社会生活的全景。这首小令也是写"九日"，然其诗情则显得更为复杂和深沉。诗人由于家境窘迫，不得不东奔西走，寄人篱下，功名无成，隐又不能，"我爱青山"，"羞见青山"，这不解的矛盾，早已使他心碎。而今"倦客思家"之人，又要面"对青山强整乌纱"，不仅兴味索然，更激起了满腹无奈的悲愤。虽然如此，可眼前已是美酒佳人，欢声笑语，歌舞频频。身不由己，更不能因自己的心情扫了达官名流的雅兴，只得陪酒侍宴，也许还不得不作点助兴的小曲，心中的落寞，表面的应酬，那辛酸的滋味只有默默地自尝自咽了。更何况以老迈之年，随人欢笑，心愿难称，欲哭不能，其凄楚悲凉之境，恰如那"一抹斜阳，数点归鸦"，挣扎在无际的天涯。"为爱髯张亦痴绝，簿领尘埃多强颜"（张雨《次韵倪元镇赠小山张橡史》）。"强颜"二字实可谓知其悲苦之言。

双调·折桂令
读史有感

剑空弹月下高歌①，说到知音，自古无多。白发萧疏②，青灯寂寞，老子婆娑③。故纸上前贤坎坷④，醉乡中壮士磨跎⑤。富贵由他，漫想廉颇⑥，谁效常何⑦！

【注释】

①剑空弹：战国齐人冯谖因家贫，寄食孟尝君门下，左右以其无能，待之以粗恶之食。冯谖先后三弹其剑，歌曰："长铗归来乎，食无鱼"！"出无车"！"无以为家"！孟尝君皆应其所求。后为孟尝君收债于薛，尽焚其券，为其市义于民。孟尝君被废，归薛，民皆迎之，终赖冯谖之力，得以复位。事见《战国策·齐策》。这里只用其故事的前半。

②萧疏：稀稀落落。

③老子：作者自称。婆娑：放浪自得的样子。

④故纸：古书。

⑤醉乡中壮士磨跎：《新唐书·马周传》载：马周孤贫好学，不为州里所重，曾住在新丰（今陕西临潼县东）旅舍，店主也不理他，他要了一斗八升酒，独自痛饮。壮士：指马周。磨跎：一作蹉跎，消磨时光。

⑥廉颇：战国时赵国名将。屡立战功，任相国，封信平君。赵悼襄王时被人诬陷逃到魏国，后来赵国为秦所困，欲起用廉颇，郭开贿赂前去的使者，使者遂称廉颇已老，不召，终死于楚。

⑦常何：唐中郎将。贞观五年，唐太宗召百官言时政得失，武将常何不善言辞，客居常何家的马周代为条陈二十余事。太宗怪其能，问之，常何具实以对。太宗召周以语，大为高兴，拜监察御史，官至中书令。

【品评】

冯谖弹铗而歌，马周醉中蹉跎，廉颇功高而逃，皆是"坎坷"，皆因"说到知音，自古无多"。"自古"二字，实已暗含"至今"。贯云石序张小山《今乐府》说："小山以儒家读书万卷"，可见他本来也有用世之才，进取之心。然而，青云未达，鬓发星星，寂寞一生，那正是"今"亦如"古"。"无多"二字，意未斩绝，留有余地，因为世上还有不掩他人之美的常何，还有"知音见采"的唐太宗。然"谁效"二字又深含着失望的悲痛。"百年歌自苦，未见有知音"（杜甫《南征》）。这已是唱了千百年的悲歌，不过这首曲还是值得品味的，它说的是古，叹的是今，身世之悲显而易见；自与"前贤"相比，"老子婆娑"，"富贵由他"，又颇见自负之情；"谁效常何"，既唱出世无知音之悲，也不无一见"常何"之望。全曲古今交错，正反相映，悲傲交织，看似零乱，恰是抒写其复杂情怀之需要，技巧之所在。

中吕·红绣鞋
天台瀑布寺①

绝顶峰攒雪剑②，悬崖水挂冰帘③。倚树哀猿弄云尖④。血华啼杜宇⑤。阴洞吼飞廉⑥，比人心山未险。

【注释】

①天台：即天台山，位于浙江天台县城北。

②攒：聚集。雪剑：尖削的山峰覆盖着积雪，犹如雪亮的宝剑。

③冰帘：指瀑布。

④哀猿：猿声凄厉，故称哀猿。弄云尖：在那高入云端的树梢上啼叫、攀耍。

⑤血华啼杜宇：杜宇，即杜鹃。相传蜀国望帝名杜宇，死后化为鸟，啼叫时直到喉咙出血为止，而血又化成鲜红的杜鹃花。华：同"花"。全句该是"杜宇啼血华"的倒装。

⑥飞廉：传说中的风神，这里指风。

【品评】

天台山是我国佛教天台宗的发源地，山中有宏伟古刹如国清寺、高明寺，可是曲中并未写"寺"。至于"瀑布"，直接言及的也只一句。不过，瀑布之"势"在于"山"，只有山高崖陡，方有飞流千丈，"疑是银河落九天"之气势。所以借"瀑布"写天台山，也是合乎情理的。天台山究竟怎样呢？"绝顶""悬崖""云尖"，何其高险！"雪剑""冰帘"，寒气逼人，哀猿凄厉，杜宇啼血，阴风怒吼，凄神寒骨，不堪闻听！反复形容，其意何在？"将军欲以巧服人，盘马弯弓惜不发"（韩愈《雉带箭》）。原来那一句一景，形色声态，险危惊怖，层层渲染，还只是"盘马弯弓"，意在最后一"发"——"比人心山未险"。"人面咫尺，心隔千里"。究竟是如何之"险"，只能留给读者寻思。全曲写景寓志，巧于兴发；结尾点到即止，余意深沉。

中吕·卖花声①
怀古（二首）

阿房舞殿翻罗袖②，金谷名园起玉楼③，隋堤古柳缆龙舟④。不堪回首，东风还又，野花开暮春时候。

美人自刎乌江岸⑤，战火曾烧赤壁山⑥，将军空老玉门关⑦。伤心秦汉，生民涂炭，读书人一声长叹！

【注释】

①卖花声：又名［升平乐］、［秋云冷］、［秋云冷孩儿］。句式为七七七、四四七，六句六韵。亦有第四句不叶韵，亦有四、五两句俱不叶韵。

②阿房：即阿房宫，故址在陕西西安市西郊阿房村一带。秦始皇三十五年（前212），驱使七十万人营建，始皇在位时只建成前殿，秦二世继续修建，项羽入关以后，付之一炬。

③金谷：晋太康年间豪富石崇筑金谷园（在今河南洛阳西北）。

④隋堤：隋炀帝大业元年（公元605年）开通济渠，旁筑御道，并植杨柳，后人谓之"隋堤"。

⑤美人：指虞姬。项羽被困垓下（今安徽灵璧南），饮酒悲歌，与虞姬诀别。姬亦以歌和之，据传其词为："汉兵已略地，四方楚歌声。大王意气尽，贱妾何聊生。"后项羽自刎于乌江渡，姬亦自刎而死。

⑥"战火"句：指三国时的赤壁之战。

⑦将军：指东汉名将班超。明帝和章帝时奉命安定西域，封定远侯。在西域生活三十一年，年老上书请还说："臣不敢望到酒泉郡，但愿生入玉门关。"最后还是其妹班昭（曹大家）上书求哀，于和帝永元十四年（102）召还，八月至洛阳，九月病逝。

【品评】

阿房宫，朝歌夜弦，舞翻罗袖。何曾想到"戍卒叫，函谷举，楚人一炬，可怜焦土"，匆匆而亡。大官僚石崇以劫掠搜括而致豪富，筑名园，争侈斗富，贵戚王恺亦不能敌，后来却为赵王伦所杀。隋炀帝三游江都，"春风举国裁宫锦，半作障泥半作帆"，荒淫者靡，沉湎酒色，终被禁军将领宇文化及等缢杀于宫中。举其三者，以概其余。总而言之，"历览前贤国与家，成由勤俭败由奢"（李商隐《咏史》）。曲中虽只写"奢"，"败"字不言，自在其中。"不堪回首"，承上启下。往事已矣，而眼前风景依旧。正是"春色不随亡国尽，野花只作旧时开"（萨都剌《登凌歊台》）。人世沧桑，无穷悲慨，一余言外。

第二首，前三句概写历史上纷乱征战一场接一场，有胜有败，有得有失。但不论怎样，"历史"总为他们留下了一笔，而"生民"呢？不管谁胜谁败，只有"涂炭"而已，怎不令人"伤心"！"读书本意在元元（百姓）"（陆游《读书》）。是的，"读书人"从没有停止过为此而呼喊："安得务农息战斗，普天无吏横索钱"（杜甫《昼梦》）；"去民之患，如除腹心之疾"（苏辙《上皇帝书》）。然而，"战血流依旧，军声动至今"，今之大元不依旧是征战频仍，官吏横索，民不聊生吗？怀古慨今，只有"长叹"而已！前曲以景结情，后曲无言长叹，手法各异，又总给人"优游不竭"的凝重之感！

中吕·卖花声

客　况

十年落魄江滨客，几度雷轰荐福碑[①]，男儿未遇暗伤怀[②]。忆淮阴年少[③]，灭楚为帅，气昂昂汉坛三拜。

【注释】

①荐福碑：指欧阳询所书荐福寺碑。宋彭乘《墨客挥犀》云：范仲淹守鄱阳（今属江西），书生张镐自言平生穷困。荐福寺碑文拓本价值千钱，范仲淹打算拓印千本相赠，资助张镐进京赶考，纸墨都准备好了，不料一夜间，碑被雷击碎。后人便以此事作为命途多舛，所至失意的典故。马致远有《半夜雷轰荐福碑》杂剧，明袁宏道诗："男儿有骨不乘时，处处相逢荐福碑。"（《赠黄道元》）

②未遇：未见赏识。

③"忆淮阴年少"三句：韩信，淮阴人，少时家贫，到处乞食，也受过胯下之辱。楚汉之争，他初属项羽，继归刘邦，被任为大将，汉朝建立后，封为楚王。气昂昂：形容韩信受封时志满意得的神情气度。

【品评】

张可久作为一名小吏，身不由己，长期生活在南来北往的奔波之中，所以抒写羁旅之怀、客中之感的曲作颇多。这首小令便是其中之一。前半写自己多年来飘零落魄，不遇知音，细思来只有暗自伤怀。后半由"忆"字领起韩信之事，想那韩信也有过贫困落魄，受人之辱的生涯，但后来毕竟遇到夏侯婴、萧何，当然主要的还是刘邦，得以一展才智，奇功卓著，"为帅""封王"，气宇轩昂。己之"暗伤怀"，彼之"气昂昂"，两相对比，其意尤深，不仅孤舟江海独自愁的客中情怀，生不成名身已老的悲哀，显而易见，而且还隐涵着令人难以觉察的期盼，那就是"如有长风吹，青云在俄顷"。惟其如此，才意味着、预示着一个更大的绝望，更深的悲哀，伴随着作者度过悲剧的一生。而透过这一典型，也就不难窥见元朝一代文人悲剧意识的深刻的内涵。

中吕·红绣鞋

西湖雨

删抹了东坡诗句①，糊涂了西子妆梳②，山色空濛水模糊。行云神女梦③，泼墨范宽图④，挂黑龙天外雨⑤。

【注释】

①"删抹"句：苏轼《饮湖上初晴后雨》："水光潋滟晴方好，山色空濛雨亦奇。欲把西湖比西子，淡妆浓抹总相宜。"这首小令是写"西湖雨"，自然不见"水光潋滟晴方好"的景色了，所以说"删抹了东坡诗句"。

②西子：春秋时，越国美女西施，苏轼把西湖比做西子，那么这"雨"也把她的梳妆淋糊涂了，所以下一句说："山色空濛水模糊"。

③行云神女梦：用宋玉《高唐赋》的故事。这里藉以指云雨。

④范宽：宋代著名山水画家。泼墨：中国画的一种技法，水墨挥洒，墨如泼出，不见笔路，故名"泼墨"。

⑤黑龙：黑云、乌云。

【品评】

苏轼《饮湖上初晴后雨》，虽只四句，实是超越时空，遗貌取神，概括了西湖山水的神韵，被誉为"前无古人，后无来者"的绝作。这首小令专写"雨"，虽是换了一个视角，却也借东坡之绝作巧加发挥。你看："晴方好"被"删抹了"；"总相宜"也"糊涂了"；不过"空濛""模糊"更好看。不是吗？轻烟细雨，如梦如幻，更增一层神秘的美；风雨潇潇，霏霏霭霭，宛如泼墨挥洒的画图，充满了艺术的气韵；再看看远方，云翻一天黑，雨色万峰来。更奇妙的"西湖雨"，还在欲来未来之际呢！苏轼言"山色空濛雨亦奇"，张可久正以其新奇的构思，奇巧的笔墨，在那个"奇"字上做文章，做得活泼灵巧，出人意料，又引而不发，耐人寻味，使含蓄与尖新得以奇妙地统一。

正宫·醉太平
无　题

人皆嫌命窘①，谁不见钱亲。水晶环入面糊盆②，才沾粘便滚。文章糊了盛钱囤③，门庭改做迷魂阵④，清廉贬入睡馄饨⑤。葫芦提倒稳⑥。

【注释】

①命窘：命运不好，穷困窘迫。

②水晶环：喻指清白纯洁的人。面糊盆：比喻追名逐利的官场，世风颓败的社会。

③囤：用苇篾编织的贮粮的器物，这里借指为盛钱的器具。

④迷魂阵：比喻有意设置的圈套、陷阱。

⑤睡馄饨：形容愚昧不清、懵懂糊涂的人。

⑥葫芦提：俗语，糊涂。这里用语双关，葫芦是酒具，葫芦提也可指喝酒。

【品评】

"处身者，不为外物眩晃而动，则其心静，心静则智识明"（欧阳修《非非堂记》）。而为张可久所深叹的正是"人皆"相反，一"嫌"，一"亲"，两相对照，便揭示出见钱眼开，逐利奔走，"眩晃而动"的心态神情。因此，失去理智常情，持身不正，也就成了必然之路了。请看：本是清白的人也要钻进名利场，蝇营狗苟，同流合污；提笔做文章，乃是"经国之大业，不朽之盛事"，应该有补于世，可是如今已堕落为追名逐利、聚敛钱财的工具；"门庭"本是迎接亲朋宾客的地方，可现在不仅薄情寡义，且包藏祸心，把它变成"斩客"获利的陷阱；人道是"好官必不爱钱"，可是现在清正廉洁者反被贬为糊涂无能之辈。嬉笑怒骂，一气而下，直把那寡廉鲜耻、物欲横流、是非颠倒的世态人情暴露无遗。结句一转，如此世道，醉酒糊涂，反倒自在安稳，是所谓"眼不见，心不烦"。虽有无可奈何的悲哀，却难掩愤世嫉俗之锋芒。曲的开头擒控题旨，引人视听，中间极尽铺排，发挥题蕴，反语作结，戛然而止，余意不尽。其结构体现了典型的散曲章法，即所谓"凤头、猪肚、豹尾"。

双调·落梅风

书所见

柳叶微风闹，荷花落日酣①。拂晴空远山云淡。红妆女儿十二三，采莲归小舟轻缆②。

【注释】

①酣：酣饮。指荷花红得似喝醉了的样子。
②轻缆：轻轻地把船系在岸边。

【品评】

一、二句是近景，微风摇着柳叶，着一"闹"字；晚霞映得荷花分外红艳，着一"酣"字，于传神写照之中，充满了爱悦之情。第三句将境界推开，万里晴空，白云绕山，着一"淡"字，更增一层轻飏飘拂，幻化不定的美。下面就在这远近、虚实、冷暖相映，而又以近、实、暖为主的背景中，引出人物——"红妆女儿十二三"，也恰似"荷叶满红鲜"。"采莲"与"荷花"相呼应,"小舟轻缆",也正是"落日"暮归时,前后勾连,景与人,人与事,事与景,浑然相融,诗情画意,如在眼前。

中吕·普天乐

秋 怀

为谁忙,莫非命。西风驿马①,落月书灯②。青天蜀道难③,红叶吴江冷④。两字功名频看镜,不饶人白发星星。钓鱼子陵⑤,思莼季鹰⑥,笑我飘零。

【注释】

①西风驿马:在凄冷的秋风中奔波。

②落月书灯:馆舍中只有落月、孤灯、书卷相伴。

③这句化用李白《蜀道难》诗句:"蜀道难,难于上青天。"

④这句化用唐代崔信明诗句:"枫落吴江冷。"(《全唐诗》三十八卷)

⑤子陵:严光,字子陵,不受朝廷任命,隐于富春江垂钓。

⑥季鹰:指张翰,吴郡人。曾因见秋风,思吴中菰菜、莼羹、鲈鱼脍,弃官南归。后人因以"思莼""思鲈",代指思乡、归隐。

【品评】

"为谁忙,莫非命",看似凭空而起,实是久郁于心的怨恨悲愤突然的喷发。"独有宦游人,偏惊物候新",其突然喷发的触媒,盖在题中的"秋"字。落叶惊秋,思归情切。然而,却要过着古道西风,奔走关山,旅馆寒灯独夜人的生活。如果说这三、四两句是实写的话,那么下两句则是化用成句,意在双关,旅途艰难,仕途更难,难于上青天;"红叶吴江冷",是秋日之清冷,也是人世之情冷。这就导致了功名无望，白发星星，心悲意冷。一路写来，其情，其境，其事，其心，"一例冷清清"。结尾一转，子陵、季鹰，适意自在，该笑我年复一年，四处飘零，为谁辛苦为谁忙！当然，自己也是"长恨此身非我有，何时忘却营营"。身心相背，依违两难，只得以自嘲之辞，不了了之。可是，百忧在心，万事劳形，依然如故。全曲笔墨灵活多变，起得情在笔先，结得辛酸难尽，中间景中寓情，景中寓事，叙事含情，层层递进，浑然成篇，其技巧之成熟与高明，亦于此可见。

中吕·朝天子
闺　情

与谁、画眉①，猜破风流谜。铜驼巷里玉骢嘶②，夜半归来醉。小意收拾，怪胆禁持③，不识羞谁似你！自知、理亏，灯下和衣睡。

【注释】

①"与谁、画眉"三句：据说汉代京兆尹张敞善于为妻子画眉，后来成为夫妻恩爱的典故。这里的意思是丈夫给别的女子"画眉"，"风流"的隐秘，被闺中少妇"猜破"了。

②铜驼巷：地名，在今洛阳市。俗语有："金马门外聚群贤，铜驼陌上集少年"，是当时少年子弟游乐的地方。这里借以美称少妇的居处。玉骢：好马。

③禁持：摆布。

【品评】

唐代无名氏词有一首《醉公子》："门外狗儿吠，知是萧郎至。划袜下香阶，冤家今夜醉。扶得入罗帏，不肯脱衣睡。醉则从他醉，还胜独睡时。"（《全唐诗·附词》）与此曲题材有点相似，写得也颇为生动。但比较起来便显得单纯，少了许多戏剧性。曲中的戏剧性来自于人物性格的复杂性和情绪的多样性。女主人公既然早已"猜破"，按常情一进门就该给他一点脸色看看，不！照样小心翼翼地侍候。已经暗自"风流"的男子，此刻该倍感妻子的宽厚善待之情，不！更拿出一反常态的气势去任意摆布。这双方的"表演"，使情节造成延宕、悬念，然而也是冲突的酝酿，高潮到来的前奏，此亦可谓"愈缓愈迫，笔妙之至，唯有一法曰忍"（王夫之语）。作者的笔在"忍"，女主人公的心绪也在"忍"，直到忍无可忍的地步爆发了——"不识羞谁似你"！男的呢？又出乎意料，一不支吾，二不反驳，三不叫骂，原来"自知理亏"，无言以对，只得一声不吭，赶紧爬进被窝。刚才那副神气呢？无影无踪。如此突变，就显得滑稽可笑，帷幕也就在笑声中徐徐落下。情节、结局都充满着意外和新奇，却又是那么自然、合理，耐人寻味。说它的戏剧性，那只是就其故事情节而言，若就其内容而言，则更像一出颇具嘲讽意味的喜剧小品。

中吕·山坡羊

闺　思

　　云松螺髻①，香温鸳被②，掩春闺一觉伤春睡。柳花飞，小琼姬③，一声"雪下呈祥瑞"④，团圆梦儿生唤起⑤。谁，不做美？呸，却是你！

【注释】

①云松螺髻：高挽的螺形发髻松散了。云：形容妇女乌黑的头发。

②香：指馨香的玉体。鸳被：绣着鸳鸯的锦被。

③小琼姬：美丽的小丫环。

④雪下呈祥瑞：民间有"雪兆丰年"之说，所以称雪为瑞雪。

⑤生唤起：硬被叫醒。

【品评】

一、二句宛如一幅睡美人的画图，第三句交待思妇是因"伤春"而睡，笔触已由人物的生活形态，深入内心世界，同时点出了"闺思"二字。四面春光，她却"掩"门而睡，不仅暗示了孤独苦闷无法排遣，也意味着她想静静地以睡忘忧，而不愿外物干扰。睡得怎样呢？暂且不表。却说那小丫环原是一派天真，无忧无虑，一见那柳絮飞扬，便惊奇地大叫"雪下呈祥瑞"！孰不知打破了人家的美梦。相思难得团圆梦，"去似朝云无觅处"，怎能不惋惜、不恼怒，于是"谁，不做美"？不遮不掩，冲口而出。稍稍一想，便断定只有那小丫头才有此举，可她原本就活泼爱闹，哪有什么"不做美"的意思呢？无可奈何，只有一声长叹！一边是美梦已破恼何益？一边是欣喜反成悔不及！各有各的难堪，各有各的窘态，读者自可意会。全曲写得淳朴而富于变化，明快而多曲折，人物语言不多，却声口毕肖。短而耐读的篇章，总有其丰富的审美内涵，令人咀嚼不尽的。

越调·凭阑人

江　夜

江水澄澄江月明，江上何人挹玉筝①？隔江和泪听，满江长叹声。

【注释】

①挹（chōu）：弹奏。筝：乐器，有十三弦。

【品评】

曲中的情景大概是这样的：水清月明，江天一色，长空寂寂，乐声阵阵。寻声欲问弹者谁，"隔江"人不见。人不见，如泣如诉声传情，

"和泪听"，不独我伤人亦泣，"满江如有长叹声"。短短几句，不知"何人"弹，不言弹何曲，不说艺如何，然而，弹者的幽伤，曲调的哀怨，技艺的高超，感人的魅力，读者又都可以从环境气氛的渲染中，从弹者、听者心灵的融合中，获得深切的感受和领悟。这种避开正面，侧笔传神，以少胜多，空灵蕴藉的手法，颇有唐人绝句的神韵。

至于这首曲子的艺术魅力与流播情况，明代朱权《太和正音谱》的一段记载可以一读："蒋康之，金陵人也。其音属宫，如玉磬之击明堂，温润可爱。癸未春，渡南康，夜泊彭蠡之南。其夜将半，江风吞波，山月衔岫，四无人语，水声淙淙。康之和舷而歌'江水澄澄江月明'之词，湖上之民，莫不拥衾而听，推窗出户是听者，杂合于岸。少焉，满江如有长叹之声。自此声誉愈远矣。"

徐再思

生卒年不详，字德可，嘉兴（今属浙江）人。与张可久、贯云石同时，曾为嘉兴路吏。"好吃甘饴，故号甜斋"。散曲与贯云石（酸斋）齐名，后人因辑两家作品为《酸甜乐府》，其实二人风格各异，贯曲以豪宕旷逸为主，徐曲则以清丽俊巧见长。《全元散曲》存其小令一百零三首。

中吕·阳春曲
皇亭晚泊

水深水浅东西涧，云去云来远近山。秋风征棹钓鱼滩，烟树晚，茅舍两三间。

【品评】

皇亭，疑是"皋亭"，皇与皋形近而讹误。小令写景如画，画中有景，有人，诗人自己也在画中。不过，画意之丰富，情韵之内含，更在言外、画外。东涧西涧，深浅、曲直、缓急，随处而变，水流千万状；远山近山，云去云来景不同，就如张养浩所说的"云来山更佳，云去山如画，山因云晦明，云共山高下"。一、二两句描绘的那种流动、变化的景物，与诗人行船江上，沿途所见相吻合。第三句由景而人，时近傍晚，"秋风征棹"，意味着船工急摇双桨忙于赶路，而把垂钓滩边的人却悠然自得，动静相映，神态迥异，皆因情事。暮霭沉沉烟笼树，于写景之中暗示了"晚泊"二字。小舟泊定，映入诗人眼中的是"茅舍两三间"，这简朴宁静的茅舍人家，更激起了一种人在旅途之感，思乡之情。如果说开头表现了"青山看不厌，流水趣何长"的兴致，那么结尾，便不无"移舟泊烟渚，日暮客愁新"的羁旅情怀了。

中吕·阳春曲

闺　怨

妾身悔作商人妇，妾命当逢薄幸夫^①。别时只说到东吴^②，三载余，却得广州书。

【注释】

①薄幸夫：薄情的丈夫。

②东吴：泛指今苏州一带。

【品评】

"商人重利轻别离"，别离之后，也未必都成了负心汉。但是，或因商务难料，或因行踪不定，或因风浪所阻，加之当时交通、信息不便，等等原因，既难以如期返家，也难与家人及时沟通，而居家的妻子由惦念、相思而生怨恨，亦属难免。所以便有："嫁得瞿塘贾，朝朝误妾期。早知潮有信，嫁与弄潮儿。"（李益《江南曲》）还有："那年离别日，只道往桐庐。桐庐人不见，今得广州书。"（刘采春《罗唝曲》）徐再思的这首小令，既无前首诗中那种怨极而言的气话，也不像后一首但言其事，怨情不露。女主人公自"悔"不该，又怨"命当"如此，那是因为行踪不定本是可以理解的，可是春去秋来"三载余"，不给一点音信，说他薄情倒也不无道理。写得言合事理，怨有所因，不夸不掩，平实朴素，真情自露。

越调·凭阑人

无　题

九殿春风鸲鹊楼^①，千里离宫龙凤舟^②。始为天下忧，后为天下羞。

【注释】

①九殿：帝王的宫殿。鳷（zhī）鹊楼：汉武帝建元年间在甘泉苑建造的三座观楼之一。

②离宫：正式宫殿之外建造的宫室，以便帝王游处之用。龙凤舟：指帝王后妃的游船。据说隋炀帝为了乘船游江都（今扬州），开运河，造龙船。大业元年（605）八月，炀帝乘四层高的龙舟，其他嫔妃、百官按品级分乘分千条船，仅拉船的壮丁就用了八万多人。三下江都，穷奢极欲，深重的灾难激起了农民起义，龟缩在江都的炀帝，终于被他的臣下缢死。

【品评】

观楼成了皇帝春风得意的宫殿，龙舟做了千里游玩的离宫，荒淫贪乐到了何等离奇的地步！"俭节则昌，淫佚则亡"。汉武帝祀神求仙，挥霍无度，徭役繁重，使农民流亡破产。隋炀帝下江都，实无异于置百姓于水火。举此两事以见一般，举此两人以概一切贪慝耽乐，不顾国政的君王。"豹死留皮，人死留名"，活着给国家造成忧患，给百姓带来苦难者，死了必为后世所羞，留下千古骂名。发思古之幽情，殆"有节于今"，其深意所指还在于对元代现实的批判与诅咒。曲中选材精炼，叙事形象，议论严密。而主题之大与篇幅之小，更显示了作者举重若轻的艺术功力。

双调·沉醉东风

春　情

一自多才间阔①，几时盼得成合②？今日猛见他门前过，待唤着怕人瞧科③。我这里高唱当时水调歌④，要识得声音是我。

【注释】

①多才：对情人的爱称。间阔：较长时间的分别。

②成合：结合。

③瞧科：看到。科：元剧中术语，指动作。

④水调歌：古乐府曲，相传为隋炀帝所制，声韵怨切。

【品评】

　　这首曲通过生活中的一个偶然情节，表现一位姑娘瞬间的心理活动和行为选择。一句写"别"，二句写"盼"，可见朝思暮想，已是她一个时期以来生活和感情的定势，定势中的插曲来自"今日个猛见"——好生欢喜！可是，他从门前一过而去，不停停，也不瞧瞧，害得她喜去急来。待要叫他，又怕人看见。怎么办？急中生智，高唱一曲"水调歌"，这"调少情多"的曲儿是相恋时常唱的，声音当然更是他所熟悉的——他应该知道我在这里。由思而喜，由喜而急，欲唤不能，灵机一动，托歌传情，一个机智、热情、执着的少女形象，就在这刹那间表现得活灵活现，至今读来犹在眼前，诚如朱光潜先生说的："本是一刹，艺术灌注了生命给它，它便成了终古。"（《诗论》）唱者有意，听者如何？还有一个耐人寻思的悬念在言外。

双调·蟾宫曲

春　情

　　平生不会相思，才会相思，便害相思。身似浮云，心如飞絮，气若游丝。空一缕馀香在此，盼千金游子何之①。证候来时②，正是何时？灯半昏时，月半明时。

【注释】

①千金：言其身份之尊贵。《史记·袁盎传》："臣闻千金之子，坐

不垂堂。"何之：到哪里去了。

②证候：症状。

【品评】

开篇三句用"不会""才会""便害"将"相思"二字连连重复，于回环之中见波澜，真切地刻画出一个初恋少女情感的变化、经历和遭遇。接下去用一个鼎足对，将"害相思"加以反复比喻形容：魂不守舍，坐卧不宁，心绪纷乱、气微力弱。初恋的痴迷、痛苦，被这种神形心态表现得淋漓尽致。而这一切都因为游子远去，音信全无。"人到愁来无处会，不关情处总伤情"。不过最痛苦、最难捱的是何时呢？那便是"灯半昏""月半明"，剔尽残灯梦不成的时刻。自问自答，笔墨灵活，情致深沉。"时"易言，"症"难尽，那时刻究是如何痛苦难熬，实不是几个愁字可以了得，作者索性不置一辞，给读者留下了想象的空间，这种不言言之，亦表现了作者善于言情的聪明与机智。此曲创意独到，言辞工整而洒脱，韵脚不忌重复，而又俊巧天然，既有传统诗词的侧面烘染，含蓄隽永之趣，亦有通俗畅达，尖新透辟的曲味。今人任讷曾评曰："……《尧山堂外纪》所举，[蟾宫曲]《春情》、[水仙子]《夜雨》与《红指甲》确已拔其精萃。惟兹不容不重引者，厥惟《春情》之词，曰：(录本首小令，略)首尾各以数语同押一韵，全属自然声籁，何可多得！末四句仅各四字，而唱叹转折，能一一尽其情致。真神来之笔。"(《曲谐·酸甜乐府》)

双调·清江引

相　思

相思如有少债的①，每日相催逼。常挑着一担愁②，准不了三分利③，这本钱见他时才算得。

【注释】

①少债：负债、欠债。

②一担：满担，形容"愁"之重。

③准：抵偿，偿还。

【品评】

　　"相思复相思，相思愁无极"，相思说不尽，也唱不歇。但是，好的作品总是"各师成心，其异如面"（刘勰《文心雕龙·体性》）。即或是同一个诗人的"相思"之作，也是各有特色的。比如这一首《相思》，与上一首《春情》，就是各有其趣的，仅就比喻而言，"身似浮云"等等，就显得雅丽，而以"债"喻情，就十分通俗化、生活化。元代盛行年利加倍的高利贷，名曰"羊羔利"，负债者常有倾家荡产、鬻妻卖子难还其债的悲剧。作者以债务缠身，日日催逼，心急如焚，喻相思萦心，愈陷愈深，不能自拔，可谓贴切而形象，人人可感。挑担者往往是初不觉重，然而，"常"挑下去便感到愈来愈沉，这种"常挑"之累，久愁之苦，非亲历者难有此感，亦难有此虽浅犹深、味之不尽的言辞。虽是不堪重负，但也抵还不了"三分利"（利息的一小部分），更别说"还本"了！结尾突转，只要见到"他"，便云开雾散，还有什么相思债算不清，还不尽的呢！相思只为盼君归，君归方得不相思，写得跌宕回环，深情恳切，无怪前人将此曲与上一首《春情》，同誉之为"得相思三昧"（《坚瓠壬集》卷三）。

双调·水仙子

夜　雨

　　一声梧叶一声秋，一点芭蕉一点愁①，三更归梦三更后。落灯花棋未收②，叹新丰孤馆人留③。枕上十年事，江南二老忧④，都到心头。

【注释】

①一点芭蕉：点点滴滴的雨珠打在芭蕉上。

②灯花：油灯里灯芯的余烬。赵师秀诗："有约不来过夜半，闲敲棋子落灯花。"（《约客》）

③新丰：古县名，治所在陕西临潼东北。孤馆：指客舍。唐代马周未发迹时，曾受新丰旅舍主人冷遇。此处有以马周自况之意。

④江南二老：指远在家乡的双亲，作者嘉兴人，故云"江南"。

【品评】

徐再思一生主要是在江浙一带度过的，但也有一段北上的经历，且滞留颇久，那大概是在中年时期。"山色投西去，羁情望北游"（《商调·梧叶儿·革步》）；"十年不到湖山，齐楚秦燕，皓首苍颜"（《双调·蟾宫曲·西湖》）等等，以及这一首《夜雨》，都是这一段生活、情感的写照与回顾。开篇点题，由景而情，妙在以少示多，一叶一声，一点一滴，却创造出风也萧萧，雨也萧萧，声不尽，点无数，秋浓愁更浓的情境。难得"情中紧语"（王世贞《艺苑卮言》），却写得如此工巧自然，不见着力。"归梦"，既因"愁"生，又引"愁"来，承上启下，转折自如。梦里亲人相聚，醒来孤灯只影，相反相成，更激起了心底的悲凉。"新丰"未必实指，可落魄千里则是实情，而可叹者又何止于此呢！辗转反侧，思如泉涌，十年飘零，万里家山，两地愁怀，酸甜苦辣，种种滋味，"都到心头"。戛然而止，无限悲恨，更在那凝情悄然之中，悠悠难尽。近人吴梅赞曰：其《夜雨·水仙子》："一声梧叶一声秋"云云，……语语俊，字字艳，直可压倒群英，奚止为一时之冠"（《顾曲麈谈·谈曲》）。这种柔婉绵长的风调，也正是徐再思散曲的一个基本特色。这与诗词的影响不无关系，请看："半夜灯前十年事，一时和雨到心头"（杜荀鹤《旅怀》）；"梧桐树，三更雨，不道离情正苦。一叶叶，一声声，空阶滴到明"（温庭筠《更漏子》）。仅此两例，亦不难发现其取材、手法、意境，乃至用语，都留有着诗词的痕迹。然而，它的辞巧韵密，雅中求俗，仍不失曲味，这也正是元后期散曲的一种风貌。

真氏

名真真，建宁（今属福建省）人，生平不详，大约在元代前期曾为歌伎。今存小令一首。

仙吕·解三酲①

奴本是明珠擎掌②，怎生的流落平康③？对人前乔做娇模样④，背地里泪千行。三春南国怜飘荡⑤，一事东风没主张⑥，添悲怆。那里有珍珠十斛⑦，来赎云娘⑧！

【注释】

①解三酲：南曲曲牌，正格九句：七七、七六、七七、三四四。"酲"，一作"醒"，字之形误。

②奴：古代女子自称。

③平康：唐代长安有"平康坊"，妓女聚居的地方，后用作妓院的代称。

④乔：假装。

⑤三春：旧称夏历一月为孟春，二月为仲春，三月为季春，合称"三春"。南国：泛指江南地区。

⑥事：侍奉。东风：春风，喻指卖笑生涯。

⑦珍珠十斛：十斗为一斛，十斛极言其多。晋代石崇用十斛珍珠买家姬绿珠。唐乔知之《绿珠篇》："石家金谷重新声，珍珠十斛买娉婷。"

⑧云娘：即崔云娘，唐代澧州官妓，形貌瘦瘠，事见范摅《云溪友议》。这里用以自喻形容憔悴。

【品评】

真真的故事在当时引起了不小的轰动，旧闻、笔记、诗歌述说者颇多。后来居上。笔者觉得吴梅《顾曲麈谈·谈曲》中的文字更为完整，且融入了这首小令，不妨引来一读。

> 姚牧庵，燧，以古文词名世，曲则不经见。顾其所作，亦婉丽可诵。其《寄征衣》[凭阑人] 曲云："欲寄君衣君不还，不寄君衣君又寒。寄与不寄间，妾身千万难。"深得词人三昧。……其在翰林承旨日，玉堂设宴，歌伎罗列，中有一人，秀丽闲雅，牧庵命歌，遂引吭而歌曰："奴本是明珠掌擘……来赎云娘"。盖 [解三醒] 曲也。牧庵感其词之悲抑，使之近前，见其举动羞涩，而口操闽音，问其履历，初不实对。叩之再三，泣而言曰："妾乃建宁人氏，真西山之后人也。父官朔方时，禄薄不足以自给，侵贷公帑，无所偿，遂卖入娼家，流落至此。"牧庵命之坐，乃遣使诣丞相三宝奴，请为落籍。丞相素敬公，意公欲以侍中柎，即令教坊检籍除之。公得报，语一小史黄楝曰："我以此女为汝妻，女即以我为父也"。史忻然从命。后史亦至显官，夫妇偕老。京师人相传以为盛事。其慷慨侠义如此。

读过上段文字，还得了解一点相关的社会背景，元代除了民间有数量庞大的青楼女子，还有为数众多的官妓，朝廷和各级官府都可以传唤，所谓"应官身"，或称"当番承应"。这次"玉堂（即翰林院）设宴"，真真在列，可知她身属官妓。"应官身"是随叫随到，不可怠慢，而且是应尽的义务，不取任何报酬，稍有违怠，就得问罪挨打。所以弃妓从良也是官妓们人人心中最大的，又是基本上无望的梦想（因为官妓不许从良，只可"乐人内匹配"），真真当亦如此。然而，世事复杂，"人生充满着意外和变化"（亚里士多德语）。真真的"意外"机缘，就带来了命运的"变化",虽是极富传奇色彩,却又并非偶然,这从吴梅那段文字所描写的人物言行神志中,又不难看出传奇中亦有合乎情理与逻辑的一面。比如说姚燧这位古文名家、朝廷命官,在这里表现得更多的是诗人的细心与敏锐,侠士的仗义与慷慨。除此之外,更重要的还在真真自身的诸多因素。她"秀丽闲雅",便透露出仪态气度的不俗,引来姚燧的注意、寻问,"初不实对",又引来深谙世事者的更多的疑惑与追问,只得泣诉:语带"闽音",因家于建宁。而更令人惊讶的是"真西山之后人也"。"真西山",即南宋名人真德秀,曾官至参知政事,也称"西山先生"。可是到了父辈只是北方的一个小官,俸禄低微,挪用了公款,又无力退还,只得把女儿卖入倡家,流落至此。人也沧桑,江山易主,家道衰落,命运凄凉,种种悲苦、羞愧与哀怨,一言难尽,也难以告人,而这种隐忍自伤恰恰更能引得听者的同情与叹息。说过这些那首小令也就不难理解了,一、二两句自诉从掌上明珠到流落平康,从天上直落地下,反差之大虽是现实,却难以接受,那种无法理解的悲哀尽在"复生的"三字之中。三、四两句又一反差,人前装欢,背地落泪,说不尽的辛酸与屈辱还在言外。五、六两句写自己如风中落花,随风飘落,不能自主。虽然如此,心中总还藏有一丝无法割舍的梦想——落籍从良——但这又是不可能的,"那里有",也就是"没有"。字字泪,声声悲,而心不死,令听者动容,更激起姚燧慷慨相助。姚燧诣请丞相三宝奴,是因为真真身属教坊,丞相即令除籍,以为姚燧欲得真真为侍执中栉的婢妾,而姚燧则以父女相待,并为其择夫婚配,这个小小的插曲,不仅使姚燧的侠士风度、诗人气质更为丰满,也使人间难得的传奇变得更加生动与感人,无怪乎"京师人相传以为盛事"。

赵显宏

号学村。生平事迹不详。《全元散曲》录其小令二十一首，套数二篇。

黄钟·昼夜乐①
冬

风送梅花过小桥，飘飘。飘飘地乱舞琼瑶②，水面上流将去了。觑绝时落英无消耗③，似才郎水远山遥。怎不焦。今日明朝，今日明朝，又不见他来到。　　［幺］佳人佳人多命薄！今遭，难逃。难逃他粉悴烟憔④，直恁般鱼沉雁杳⑤。谁承望拆散了鸾凰交，空教人梦断魂劳。心痒难揉，心痒难揉。盼不得鸡儿叫。

【注释】

①昼夜乐：黄钟宫的一个曲牌，须连用［幺］篇换头。第三句首二字须叠上句，第八、九两个四字句，亦须叠用。句式为七二、七七、七七、三四四六。［幺］七二二、七七、七七、四四六。［幺］篇首句稍异，多一个二字句，下面减一个三字句。

②琼瑶：琼英瑶华，这里形容梅花。

③觑（qù）绝：极目望断。消耗：这里指消息、音信。

④粉悴烟憔：脂粉慵施，烟鬟懒理，形容憔悴。

⑤鱼沉雁杳：音信断绝。古有"鱼雁传书"之说。

【品评】

这是一支代言体的曲子，主人公是一位思妇。开篇便写落梅随水，极目远望，终无踪影。反复细腻的摹写，旨在引出"似才郎水远山遥"。语言铺排，喻意显豁，这种"赋"与"比"的特色，与诗、词中以景"兴"起的精炼、深婉，是各异其趣的。"似才郎"一句，既点明景语的内涵，又开启下文叙事、抒情之门径，可谓一曲之眼。"怎不焦"，语促情急，细说来则是日复一日，不见他来；如若人不见，信频传，似亦不必过于心焦，所以前曲虽了，而言未了，只得再续一曲。"佳人多薄命"，以往也许听过、见过，"今遭难逃"，一旦亲身体验，就大不一样了。"粉悴烟憔"，其苦可见。想当年"同床共枕如鸾凤"，何曾想到离鸾有恨，梦断魂劳，往事今情，倍感伤怀。"心痒难揉"两句，将那种心知无限苦，无计可消除的烦恼和焦急，表现得极通俗而又十分新奇。孤灯长夜，自是难熬，"盼不得鸡儿叫"。不过，"捱过今宵，怎过明朝"？虽是明言直说，却也有悠悠不竭的情味，"风送梅花"六句，言辞细腻素雅，旋律轻盈飘忽；［幺］篇则多为"耳根听熟之语"，质实明快，然而，作者却能根据写景、叙事、抒情的需要，恰到好处地组织到一起，塑造出一个生动的思妇形象，这种雅俗并存，文采与本色相融相映，亦是元曲中的一格。

李爱山

生平不详。《全元散曲》存其小令四首，套数一篇。

双调·寿阳曲

厌 纷

离京邑，出凤城①。山林中隐名埋姓。乱纷纷世事不欲听，倒大来耳根清净②。

【注释】

①京邑、凤城：都指京城。

②倒大来：极大、何等的意思。

【品评】

开端破空而来，又连用两个三字句，并以两个动词领起同一个对象，这种喷涌叠起，急促难收的笔势，将主人公愤极而去、义无反顾的神情刻画得栩栩如生。离京之后往何处去？去干什么？答案立即顶上——"山林中隐名埋姓"。如此干脆利落，则深思已久，自不待言。究竟为什么要如此坚决离京归隐呢？原来是为了"乱纷纷世事不欲听，倒大来耳根清静"。前句写"厌"，后句写"求"，一反一正，相辅相成，"不听"方可求得"清静"，"清静"只有"不听"，直率透辟，本色甚浓。章法上采取层层倒剥的方式，先写"动向"，后写"动因"，篇幅虽短，而无一眼见底之弊，却有着愈进愈深之妙。

张鸣善

名择，号顽老子。原籍平阳（今山西临汾），家于湖南，流寓扬州。做过宣慰司令史。曾作杂剧《烟花鬼》《夜月瑶琴怨》《草园阁》三种，均不存。《全元散曲》录其小令十三首，套数二套。

双调·水仙子

讥 时

铺眉苦眼早三公①，裸袖揎拳享万钟②，胡言乱语成时用③，大纲来都是哄④。说英雄谁是英雄？五眼鸡岐山鸣凤⑤，两头蛇南阳卧龙⑥，三脚猫渭水飞熊⑦。

【注释】

①铺眉苫（shān）眼：挤眉弄眼。三公：周以太师、太傅、太保为三公。这里指朝廷中握有军政大权的高官。

②裸袖揎（xuān）拳：捋袖挥拳。享万钟：享受丰厚的俸禄。钟：古代容量单位，六斛四斗为一钟。

③这句意思是：胡说八道的人行得开，受重用。

④大纲来：总之。哄：哄骗、胡来。

⑤五眼鸡：乌眼鸡，凶狠好斗的鸡。岐山鸣凤：传说周朝兴起时，有凤鸣于岐山（在今陕西），是为周有天下的祥兆。

⑥两头蛇：不祥之物，喻指歹毒之徒。南阳卧龙：诸葛亮曾隐居南阳，也称卧龙。

⑦三脚猫：喻指不中用的东西。渭水飞熊：《史记·齐太公世家》载文王出猎占卜，辞曰："所获非龙非螭，非虎非熊，所获霸王之辅。"后果遇吕尚（姜太公）于渭水，辅佐朝政，大兴周室。这里说"飞

熊"，是因为后来又有文王梦遇飞熊而得吕尚的传说。

【品评】

"惟材是择"，历史上不能说没有。但是，"纨绔不饿死，儒冠多误身"；"人皆劣骐骥，共以驽骀优"；确是封建社会不治的顽症。到了"奸佞专权"的元代，吏制腐败更为世人所憎，讥骂之声不绝。因此，这首曲的主题倒也并不是未经人道的。不过在表现上仍有其独到之处，挤眉弄眼，善于作态的小丑；捋袖挥拳，逞狠霸道的痞子；胡说八道，巧舌如簧的骗子；都窃居高位，享受荣华，畅行无阻，这是何世道，不言而喻。各色丑类，跃然纸上，既有漫画一般的通俗性，讽刺性，又有引而不发的深意，"讥时"二字自可体味。世界上的事物是复杂的，白石似玉，葶苈似菜。鸡与凤，蛇与龙，猫与熊，不也有相似之处吗？流氓骗子，摇身一变，头戴乌纱，身披朝服，前呼后拥，哼哼哈哈，不也有模有样，俨然一副"三公"的派头吗？"说英雄谁是英雄？"冷冷一问，锋芒直逼。"相似"决不等于"相同"，"物多相类而非也"，鸡就是鸡，蛇就是蛇，这又从另一个角度剥掉了"三公"要员们的画皮和假面，还其原形，露其嘴脸——一个个都是凶残歹毒的怪物。还应该指出的是，这些鬼蜮、丑类身居"三公"，位同宰辅，则皇帝是什么东西？还用再说吗！其深刻与大胆又非一般刺世之作可比。曲的第四句总上，第五句引下，前后形式对称，内涵既有联系又有区别，两个层面的结合，现实的黑暗，朝廷的昏聩，尽在其中，言辞犀利，语势酣畅，想象奇特，曲之豪辣于此可见。

杨朝英

生卒年不详，号澹斋，青城人。"青城"有二，一在山东，一在四川，一般认为他是山东青城人。与贯云石交游甚密。杨朝英辑录元人散曲两种：《乐府新编阳春白雪》《朝野新声太平乐府》，搜罗赡富，诸格俱存，功绩颇巨，为元散曲的研究提供了重要的资料。《全元散曲》存其小令二十七首。

双调·得胜令

日日醉红楼，归来五更头。问着诸般讳，揪捽不害羞。敲头，敢说个牙痛咒。揪揪，揪得来不待揪。

【品评】

这是闺房生活中的一个插曲。天快亮了，丈夫归来，不因家事，不因公务，而是红粉楼中醉酒寻欢，况且常常如此。这一次，妻子再也忍不住了。进得门来，劈头一"问"，这当然是"猜破风流谜"的明知故问，是望其认错回头的责问。谁知他却闪烁其辞，左右搪塞。不料蒙混过关，正引来火上加油。"文"不能屈，"武"随之，不过这"武"也是很有特色的。那混不过去的丈夫，大概也是摆出一副赶紧"灯下和衣睡"的架势，不行！她伸手拉住他，并以纤纤细指敲敲（不是打）他的脑袋说：你敢赌个咒吗！不过这赌咒的内容已经限定好了，不是天诛，不是雷劈，只是"牙痛"而已。作势凶凶，疼之切切，心领神会，依之何妨。于是解颜一笑，雨过天晴。一个躲躲闪闪"心亏做事差"，一个吵吵闹闹皆因爱，人物的心理、言行、表情，都在这一场风波的起因、过程和结局中，表现得十分真实而有趣，曲折而自然。市井生活是元散曲的一大题材，无庸讳言，浅薄鄙陋之作常常可见，然亦不乏常中见奇，活泼佻达，情趣盎然的精品，此亦一例。其真切、微妙之处，对明代小曲的创作亦不无影响。

双调·清江引

　　秋深最好是枫树叶，染透猩猩血①。风酿楚天秋②，霜浸吴江月③。明日落红多去也。

【注释】

　　①猩猩血：形容枫叶之红。
　　②楚天：南国的天空。长空中下游曾属楚国。
　　③吴江：江苏吴江，这里泛指南方的江河。

【品评】

　　刘勰说："物色之动，心亦摇焉。"（《文心雕龙·物色》）"心"不尽同，"摇"亦有异。"自古逢秋悲寂寥，我言秋日胜春朝。晴空一鹤排云上，便引诗情到碧霄。"（刘禹锡《秋词二首》）"秋气堪悲未必然，轻寒正是可人天。绿池落尽红蕖却，荷叶犹开最小钱。"（杨万里《秋凉晚步》）可见同是"未必然"者，其审美视觉也未必相同。惟其如此，主体的个性，审美的意象，才是那么多姿多彩！这首小令无疑又是一例。深秋时节，西风萧瑟，红衰翠减，青山都瘦。然而，也正是此时此刻枫叶火红，一展其魅人的风采，"停车坐爱枫林晚，霜叶红于二月花"。这便是这首小令前两句要表现的情与景。"天上秋期近，人间月影清。"（杜甫《月》）天地、江河、明月都被风霜染得一派清冷，而红艳艳的枫叶，勃勃的英姿，恰恰是傲霜斗寒的结果。"风酿楚天秋，霜浸吴江月"，作者从构图的中心与背景，从景物变化的因果关系，两个层面加以衬托、对此，巧妙地突出了枫叶的外美与内美。结语多有惋惜之情，显而易见。但是，惋惜不在"悲秋"，而在枫叶"去也"，依然是对"美"的执着与赞叹！

周德清 （约 1277—1351 后）

字日湛，号挺斋。高安（今属江西）人。宋代著名词人周邦彦的后裔，精通音律，著有《中原音韵》，总结了北曲用字用韵等格式上的规律，是一部曲韵韵书的开创之作，为散曲的创作作出了有益的贡献，后来南曲韵书的编写体例也受其影响。《全元散曲》收其小令三十一首，套数三篇。

中吕·阳春曲
秋 思

千山落叶岩岩瘦[①]，百结柔肠寸寸愁，有人独倚晚妆楼。楼外柳，眉叶不禁秋[②]。

【注释】

①岩岩瘦：即瘦岩岩，瘦削的样子。
②眉叶：似眉的柳叶。

【品评】

"千山落叶"，本之自然。但是，说它"岩岩瘦"，不仅叶落枝枯之形可见，且顿增一层浓浓的感情色彩，这就自然地引出了"百结柔肠寸寸愁"。"愁"则令人"瘦"，"瘦"则因人"愁"，前后呼应，亦物亦人，蕴意妙合。至此，"人"已是呼之欲出。果然，人物出场了。晚妆之后，是愁思难遣，还是盼人心切，抑或两者兼有，她独上层楼放眼望，望到什么呢？柳叶瑟瑟，难耐秋风，"人言柳叶似眉愁"，着一"眉"字，正是"叶不禁秋"，人不胜愁，物态人情，巧语双关。全曲自然流畅，亦物亦人，亦景亦情，但又不像"独倚阑干凝望远，一川烟

262

草平如剪"（谢逸《蝶恋花》）那样含而不露，其尖新俊巧，文而不文，俗而不俗，情韵显豁，正体现了散曲中的一种审美情趣。

双调·蟾宫曲

倚蓬窗无语嗟呀①，七件儿全无②，做甚么人家。柴似灵芝，油如甘露，米若丹砂。酱瓮儿恰才梦撒③，盐瓶儿又告消乏。茶也无多，醋也无多，七件事儿尚且艰难，怎生教我折柳攀花④。

【注释】

①蓬窗：编织蓬草为门窗，极言其穷困。嗟呀：叹息。
②七件儿：指柴米油盐酱醋茶。
③梦撒：又作孟撒，与下句"消乏"同是缺乏的意思。
④折柳攀花：青楼买笑。

【品评】

"唐之诗人，类多穷士"；"诗人少达而多穷"。这都是欧阳修的感慨嗟叹。可惜，他还没能见到更多更穷的元代诗人。读一读这首小令，对于了解元代文人空前悲惨的状况，会有一些具体感受的。第一句虽只七个字，但破屋茅舍中的诗人，无语悲叹的神情声态全在眼前。二、三两句写叹的原因。接着对"七件儿全无"，一一道来，柴、米、油，无比昂贵，贵到如灵芝、甘露、丹砂一样，不仅一般人无法拥有，甚至见也难得见到，"无"字自然不必明言了。酱瓮、盐瓶也空了，"恰才""又告"，紧相呼应，一件接一件，压得人难以喘息；下面两个"也无多"，反复叠用，直逼到山穷水尽"七件儿全无"的绝境。再写下去，似乎该是悲悲戚戚，痛不欲生了。不！请看，生计尚且如此，"怎生教我折柳攀花"呢！一退一进，调转话题，言在此而意在彼，意在当今之世寻花问柳大有人在。这就是为善的受贫穷，为恶的享富贵，以调侃诙谐之辞，行冷嘲怒骂之实，化悲痛为愤激，直刺现实。全曲写得铺排而不呆板，直白而寓巧思。《顾曲麈谈》评此曲曰："余谓天下最苦之事，莫若一穷字。饥寒交迫，而犹能歌声出金石者，即原思（孔子弟子原宪，字子思，亦称原思）在今日，恐亦未必能如斯。"就称赞其困窘而不失创作之情兴而言，不无见地。不过穷而"能歌"者，倒是早已有之，只是各有特色而已，且举一例："空腹有诗衣有结，湿薪如桂米如珠，冻吟谁伴捻髭须。"（苏轼《浣溪沙》）与这首曲的质朴、恣情相比，苏词就显得典雅而内敛了。词、曲之别，可见一斑。

钟嗣成（约1279—约1360）

字继先，号丑斋，祖籍大梁（今河南开封），寄居杭州。曾从当时名儒邓文原学诗文，累试不第，愤而杜门著书。所著《录鬼簿》记录了元代重要戏曲与散曲作家的生平、著述，以及剧作家的一些活动和组织等等情况，其中也表现了他的比较进步的思想和文艺观点，为研究元代戏曲提供了宝贵的资料。此外，尚著有杂剧《章台柳》《蟠桃会》等七种，今都不传。《全元散曲》存其小令五十九首，散套一套。

正宫·醉太平（三首）

绕前街后街，进大院深宅。怕有那慈悲好善小裙钗①，请乞儿一顿饱斋②，与乞儿绣副合欢带③，与乞儿换副新铺盖，将乞儿携手上阳台④，救贫咱波奶奶⑤。

俺是悲田院下司⑥，俺是刘九儿宗枝⑦。郑元和当日拜为师⑧，传留下莲花落稿子⑨。搠竹杖绕遍莺花市⑩，提灰笔写遍鸳鸯字⑪，打爻槌唱会鹧鸪词⑫。穷不了俺风流敬思⑬。

风流贫最好⑭，村沙富难交⑮。拾灰泥补砌了旧砖窑，开一个教乞儿市学⑯。裹一顶半新不旧乌纱帽，穿一领半长不短黄麻罩⑰，系一条半联不断皂环绦⑱，做一个穷风月训导⑲。

【注释】

①小裙钗：小女子。

②饱斋：饱吃一顿。旧时施舍给僧尼、乞丐的饭食叫作"斋"。

③合欢带：一种双穗绣带，象征男女和合。

④阳台：男女合欢的地方。语出宋玉《高唐赋》。

⑤咱波：语气词，无义。

⑥悲田院：乞丐收容所。

⑦刘九儿：元杂剧中乞丐的共名。宗枝：即宗支，同宗的子孙。

⑧郑元和：元石君宝《曲江池》杂剧中的人物，亦即白行简《李娃传》中的郑生。由风流落魄而乞食街头。

⑨莲花落：旧时行乞者常唱的俗曲。

⑩搠（shuò）：拄着。莺花市：妓女集中的地方。

⑪这句大意是：提起蘸着灰浆的笔写些男欢女爱的小曲以求人施舍。

⑫打爻槌：即打爻鼓，一种歌唱兼杂技的说唱形式，乞丐也常操此行乞。

⑬敬思：潇洒放浪而又可爱可敬的意思。

⑭风流：这里指有才学而不迂腐。

⑮村沙：粗俗、愚劣。

⑯市学：公学。

⑰黄麻罩：麻布罩衫，古代平民穿麻布衣。

⑱皂环绦（tāo）：黑腰带。

⑲穷风月：穷风流，穷开心。训导：学官。

【品评】

元代流传的"九儒十丐"之说，对钟嗣成创作这个"形丐而实儒"的形象，恐怕不无启示。其实，说到底还是生活的启示。由于"丐"只是"形"，只是"外衣"，所以作者不去描写一般乞儿所有的饥寒交迫之苦，形容枯槁之状，而对"实"的一面，则以浓墨重彩层层渲染。这个绕街串巷的"乞儿"，想得却是天赐奇缘——遇上一位好心肠的小女子、请吃喝、送穿戴、换铺盖，最后竟是"携手上阳台"，同入温柔乡，共做鸳鸯梦。想入非非，煞是浪漫。对此，既不必投以轻蔑地一笑，也不要简单地斥之为轻薄文人寻花问柳的恶习难改。实际上这种荒诞可笑的背面，潜藏着的正是一种不畏重压，蔑视礼教的叛逆。关汉卿不也曾高唱过："则除是阎王亲唤取，鬼神自来勾，……那其间才不向烟花儿道上走"（《不伏老》）。这不也同样是一种不平之气，耿耿于怀，至死不屈的抗争吗？"不平"，是可以理解的。因为能唱能写、多才多艺，"既通儒，又通吏，既通疏，更精细"的人，流浪落魄，等同"乞儿"。另一面则是"不读书有权，不识字有钱"，这世道公平吗！不过，"穷"又能怎样呢？"穷不了俺风浪敬思"。正是"富贵不淫贫贱乐，男儿到此是豪雄"（程颢《偶成》）。第三首，沿着这一层意思，进一步明言对"风流贫"与"村沙富"的爱憎褒贬，而这种思想与态度就决定了只能去破窑中，"开一个教乞儿市学"，做一个穷教书匠。这又能怎样呢？"裹一顶"，"穿一领"，"系一条"……虽是一副穷酸，却依然掩盖不住潇洒自得，穷且亦坚，不改其趣的精神风貌。

如果说《录鬼簿》是作者花了十五年心血，以严肃的史笔，为"门第卑微，职位不振，高才识博"，而"湮没无闻"之士树碑立传，使他们得以成为"不死之鬼"，如果说他的《自序丑斋》，以自我嘲讽之笔画出了胸藏锦绣，满腔愤激，"丑中冗美"的自我形象，那么，这个"形丐而实儒"的形象，则是元代那些才华横溢，沉沦悲抑，而不甘屈辱的儒士们生活和精神的一个艺术写照，它以"搜奇索怪"之文思，恣肆谑浪之言辞，寓庄于谐的手法，使放浪不羁、滑稽诙谐、自得其乐的言行，与愤世嫉俗、爱憎分明、贫贱不移的人格追求，获得了奇妙的统一，创造了一个诗词中难见的世俗化的玩世形象。曲中巧用排偶和衬字，对于增强曲味，表现人物，也都有着不可忽视的妙用。

汪元亨

字协贞，号云林，别号临川佚老，饶州（今江西波阳）人。元末明初散曲作家，做过浙江省属吏，著有杂剧《仁宗认母》《斑竹记》《桃源洞》三种，今已不存。《录鬼簿续编》说他"有《归田录》一百篇行于世，见重于人"。有人认为"现存云林小令适百篇，疑即《归田录》之全"（隋树森《全元散曲》）。其内容均属警世、归隐之作。另有散套一篇。

正宫·醉太平
警　世

憎苍蝇竞血①，恶黑蚁急穴②，急流中勇退是豪杰，不因循苟且。叹乌衣一旦非王谢③，怕青山两岸分吴越④，厌红尘万丈混龙蛇⑤，老先生去也。

【注释】

①苍蝇竞血：喻指追逐功名利禄之人如苍蝇竞舔血腥一样，下文"黑蚁争穴"用意与此类似。

②恶：厌恶，痛恨。

③乌衣：南京乌衣巷。晋代王导、谢安等豪门权贵聚居于此。刘禹锡有《乌衣巷》诗："朱雀桥边野草花，乌衣巷口夕阳斜。旧时王谢堂前燕，飞入寻常百姓家。"

④这句大意是：为了争权夺利，图王称霸，青山绿水相连的吴国和越国，弄得相互攻伐。

⑤红尘：指尘世。混龙蛇：比喻贤愚不分。

【品评】

　　要了解这首曲，不妨先读作者的另一首［双调·折桂令］《归隐》："二十年尘土征衫，铁马金戈，火鼠洋蚕。心不狂谋，言无妄发，事已多谙。黑似漆前程黯黯，白如霜衰鬓斑斑……"此中可见作者有过久沉下僚的生涯，对人情世态，官场腐败早已深知。不过他自己还是想以"心不狂谋，言无妄发"的态度，在黑暗中求得生存与发展，这无疑是十分痛苦的！尽管这样躬奉职守，克制谨慎，熬了"二十年"，还是"前程黯黯"。蓄积则泄，正是这种长期委屈、压抑而失望的苦闷，酿成了深恶痛绝之情，终于在这一首曲中，像火山的岩浆一样喷射而出。它在表现上一个明显的特点，就是多用感情色彩极其强烈的词领起全句，如憎、恶、叹、怕、厌，层出迭起，难抑难已。既憎且恶的是争名夺利，如此官场岂可久留！为下文伏笔。三、四句，一反一正，既包含了对已往经历的痛苦反思和决裂，也表明了隐退的选择。接下去是一个鼎足对，说古论今，总在深化"退"的必要，即使像王、谢那样显赫一时，还不是终归衰败。所以古人说："能勇退于富贵急流，去得道不远矣"。然而世人不知，抑或知之而不能为，诚可叹也，吴越争霸，而今安在？但是弄得江山破碎，生灵涂炭，岂不令人忧心！尘世混浊、龙蛇莫辨，是非不分，实在叫人生厌。如此种种，只有归去。不过要指出的是此"去"，不因"高卧烟霞"之雅兴，也无"不管人间"的超然，而是挣扎之后的绝望，是悲哀之后的彻悟，是愤极之后的傲世，是深思之后的洒脱，它与元前期的一些乐隐之作是有所不同的。也正是这种长期的进、退萦心，反复回旋的矛盾、痛苦的心理历程，才使得汪元亨写下了那么多警世、归隐之作的吧。

汤式

字舜民，号菊庄，元末明初象山（今属浙江省）人。一说宁波人。曾补本县吏，后落魄江湖，性好滑稽。明成祖即位前对他"宠遇甚厚"，永乐年间更是"恩赉常及"，但似乎未任官职。作有杂剧《风月瑞仙亭》《娇红记》，均已不存。《全元散曲》录存小令170首，套数68套，另存一残套。《录鬼簿续编》评其"语皆工巧"，在当时颇负盛名。

双调·天香引

留别友人

乍相逢同是云萍，未尽平生，先诉飘零。淮甸迷渺渺离愁①，淮水流滔滔离恨，淮山远点点离情。玉薤杯拼今朝酩酊②，锦囊词将后会叮咛③。鱼也难凭，雁也难凭④。多在钱塘⑤，少在金陵⑥。

【注释】

①甸（diàn）：郊外。《雍熙乐府》收这首小令题作《淮安话别》，则淮甸、淮水、淮山均就淮安周围的景象而言。元代淮安路辖境相当今江苏清江市及淮安市、盐城、涟水、洪泽等县地。

②玉薤（xiè）：酒名。

③锦囊：锦制的囊。李商隐《李贺小传》："恒从一小奚奴，骑钜驴，背一古破锦囊，遇有所得，即出投囊中。"

④鱼、雁：古人谓鱼、雁皆可传递书信，后即用以代指书信。王僧儒《捣衣》："尺素在鱼肠，寸心凭雁足"。

⑤钱塘：地名，今浙江杭州市。

⑥金陵：地名，今江苏南京市。

【品评】

"问先生掉臂何之？在云外青山，山上茅茨。"（汪元亨［双调·折桂令］《归隐》）隐逸山野是元代文人歌唱的、追寻的生活，为什么？因为那里多一点安全、安宁，少一些烦恼。请看："白云深处青山下，茅庵草舍无冬夏……煞强如风波千丈担惊怕"（邓玉宾［正宫·叨叨令］《道情》）；"相看绿水悠悠，回避了红尘滚滚"（无名氏［南吕·一枝花］《渔隐》）；"山林中隐名埋姓，乱纷纷世事不欲听，倒大来耳根清净"（李爱山［双调·寿阳曲］《厌纷》）。当然，改变环境，转移心绪，所带来的心灵自由、愉悦也有利于思考与创作。但这并不意味元代文人不需要朋友，不珍惜友情，恰恰相反，"山林中隐名理姓"，与"相逢且莫推辞饮"，在元人那里又是一对奇妙的统一，正如贯云石写的："弃微名去来心快哉，一笑白云外。知音三五人，痛饮何妨碍。醉袍袖舞嫌天地窄。"（［双调·清江引］）远离尘世，隐逸山林"快哉"，朋友相聚，更是狂欢醉饮。因为"孤独生活的人，心里总有一些话想找人倾诉"（契诃夫《关于爱情》）。

是的，汤式这首小令就是写友人相聚与"倾诉"，文字不多，却起伏跌宕，别具情致。人在旅途总是更觉孤单寂寞，你来我往，陌路相逢，自无"倾诉"之可能。但是，意外偏偏出现了——"乍相逢同是云萍"。两个四处漂泊、多年不见的朋友，万想不到巧于逆旅相逢，"乍见翻疑梦"，这种无心巧遇，分外亲切，更觉有缘，也会永留在此生的记忆中，所谓"邂逅两相亲，缘念共无已"（鲍照《赠傅都曹别》）。

惊喜、激动之后，该是坐下来相互倾诉了。然而行程在即，世途坎坷，人生遭际，难得尽情倾诉，只能先聊聊从哪里来，往何处去。"未尽平生，先诉飘零"，平实的语言中，包涵了多少艰辛、感慨与遗憾！而面临的即将分手，更令人伤怀，曲中连用三句写出满眼所见，山水原野，莫非"离愁""离恨""离情"，不惜笔墨尽情抒发了聚散苦匆匆的悲恨。"此中一分手，相逢知几年"？恐怕谁也答不上。下面话锋突转，离恨、别情……暂且不言，举起眼前杯，拼了今朝醉。谁料酒酣耳热诗兴起，玉薤化作叮咛词，互嘱珍重，但愿再聚，常通信息……但书信往来也不容易，何况人又漂泊不定，诗人只能说出个大概，我是"多在钱塘，少在金陵"。虽说是"大概"，却是生活的真实，诚恳的期待，那不了的思念自在言外。惊喜、欢快、遗憾、别恨、痛饮、叮嘱、牵挂、期待等等，浓缩在短短的诗篇中，曲折多变，而又自然流畅，一气呵成，人谓其"语皆工巧"，诚不虚誉。

双调·庆东原

京口夜泊①

故园一千里②，孤帆数日程③。倚篷窗自叹漂泊命④。城头鼓声，江心浪声，山顶钟声。一夜梦难成，三处愁相并⑤。

【注释】

①京口：故址在今江苏镇江市。

②故园：故乡。一千里：言其远，非确数。

③孤帆：孤舟。

④篷窗：船窗。

⑤三处：指"城头鼓声，江心浪声，山顶钟声"。

【品评】

杜甫说"月是故乡明"，未必合乎理，却一定合乎情。"人情怀故乡，容易思故林"，这是久远的农本社会，乡土生活孕育的文化心理，因而乡情也成了中国诗词中一个常唱的主题。元代由于游牧文化与农耕文化的融合、碰撞，导致传统价值的变异，文人地位的失落，所以元曲中的乡情更多了一些沧桑、沦落之感。就以汤式的小令来看吧，比如：

起初，看书，只想学干禄。误随流水到天隅，迷却长亭路。古灶苍烟，荒村红树，问田文何处居？老夫，满腹，都是《登楼赋》。

[中吕·谒金门]《长亭道中》

与传统文人一样。汤式本也想奔着读书仕进的道路，可结果只补为本县小吏，自非其志，于是乎离乡漂泊，"误随流水到天隅"，浪迹四方，到处碰壁，所见到的是一派凄凉凋敝，哪里还有什么求贤好士的孟尝君？岁月蹉跎，"江湖已半生，伤心一事无成。物换人非旧，时乖道不行，愁对书灯"（汤式 [双调·湘妃引]《和陆进之韵》）。和王粲一样，除了满腔怀才不遇的悲愤，便是思乡之情。思是思，归却不易，就如王粲所言："悲旧乡之壅隔兮，涕横坠而弗禁"（《登楼赋》）。小令《京口夜泊》抒发的也正是这种悲情。京口到象山（或者宁波）在今人的眼中，当然不算远。但我们只能以那个时代的交通工具，并结合诗人的境遇、心情来理解，那就是故乡渺渺，孤帆摇摇，归心似箭，寂寞难熬。空间、时间、速度、心绪，种种主客观的负面因素皆叠加在："故园一千里，孤帆数日程"两句诗中。无可奈何，只能倚窗自叹，"漂泊命"更意味此非偶然，而是久已如此，不可改变，方有命定之叹。

下面进一层"夜泊"，也就是停船宿夜。那"鼓声""浪声""钟声"，本是夜夜有之的常景、常态，周边的人和船工大概皆"不觉有之"，安然入睡，而诗人的反应则是："声"向心头撞，"一夜梦难成"。那是因为小令的前几句所表露的心境、情绪早已为此蓄势，所谓"人到愁来无处会，不关情处总伤心"。"三处愁相并"的"愁"，倒也不一定是"三处"声不断，今夜不可眠的"愁"，而是空江夜无眠，更引愁无数，诸如离乡背井，漂泊江湖，一事无成，孑然归来，人面高低，凄凉滋味……纷至沓来到心头。这，又是小令结尾给人留下的言外之意。

"人情同于怀土兮，岂穷达而异心"（王粲《登楼赋》）。是的，"穷达"都有"怀土"之情，返乡之举，但其内涵与追求则各不相同。

273

"达"者衣锦还乡，荣归故里，要的是光耀门庭，彰显辉煌。（不过，睢景臣的《高祖还乡》颠覆了"辉煌"，为世人开拓了另一个视角与思路，亦属难能可贵。）至于"穷"者，为什么也要怀土归乡？我们仍以汤式作品来回答。请看：

> 归路香，去程遥，谁不恋故乡生处好。粝饭薄醪，野蔌山肴，随分度昏朝。隔篱犬吠嗷嗷，投林倦鸟嘈嘈。烟霞云黯淡，风雨夜萧骚。纱窗外有芭蕉。
>
> ［越调·柳营曲］《旅次》

写诗当然不能一一细说，其实生于斯，长于斯的那块土地上，除了曲中所言的种种"好"必然还有父母长辈，兄弟姐妹，亲朋好友，童年伙伴，还有村前小河，桥头垂柳，田间小道，山间古庙……归去吧，那梦魂萦绕的一切，会营造一个比往日更为亲切、温馨的港湾，抚慰游子疲惫的心灵。归去吧，"南陌笙歌地，西湖锦绣天，都不如松菊田园"（［双调·香妃引］）《送友人归家乡》。这，是汤式的"送友"之词，当亦隐含了自己的心思，而《京口夜泊》则将此等"心思"直截演绎成"自叹"与深愁了！

兰楚芳

西域人，生卒年不详。曾任江西元帅。与刘庭信在武昌唱和乐章，时人比之为唐代的元稹、白居易。《录鬼簿续编》说他"丰神英秀，才思敏捷"。《全元散曲》存其小令九首，套数三篇。

南吕·四块玉

风　情

我事事村①，他般般丑②。丑则丑村则村意相投③，则为他丑心儿真，博得我村情儿厚。似这般丑眷属，村配偶，只除天上有。

【注释】

①村：蠢笨。
②般般：样样。
③则：虽。

【品评】

围绕着男才女貌，才子佳人，流传了无数的故事，这其中自然反映了社会上较普遍的审美与追求。不过莱辛说："替人类情感定普遍规律，从来就是最虚幻难凭的"（《拉奥孔》）。是的，这首小令就给大师的言论添了一个注脚。曲用第一人称自述其事，其情，既亲切，也多了说服力。至于作品中的"我"，是男、是女？各家见解有异，但对于主题理解也无大碍。这里为了更好地呼应作品反世俗观念，试以女性口吻来解读。"我事事村，他般般丑"。女主人公这种非同寻常的坦率，一下子吸引了读者。再读下去，你又觉得这并非故作惊人的笑话，而是来自于

275

生活的体验，情感的交流，理智的评判。惟其如此，所以她又进一步地肯定他们的美满姻缘，"只除天上有"，人间实难寻。自满自得，自信自夸的神情心态，溢于言表。"形相虽恶而心术善，无害为君子也。"（《荀子·非相》）。这话姑娘未必能道得，然而事实上却已付诸行，她能透过"般般丑"，去发现、去感知对方的"心儿真"，而且能排除婚恋中种种"唯美""攀高"的世俗观念，毫不犹豫地报之以"情儿厚"。"易求无价宝，难得有心郎。"（鱼玄机《赠邻女》）她把握的也正是婚恋中最最根本的基点，看来她倒是"村"在外，而慧于中。对方呢，则是"丑"其形貌，而美在心灵。可见这首小令便是透过"村"与"丑"的表象，歌颂了慧与美的富有诗情与哲理的统一，成就了人间难得的美妙良缘。"欢愉之辞难工，而穷苦之言易好"（韩愈《荆潭唱和诗序》）。如果说此话不无道理，那么这首自唱、自夸的"欢愉之辞"，能写得如此有情有理，似浅还深，俗中有雅，机趣盎然，实亦是诗中难寻的奇作。

无名氏

正宫·叨叨令

绿杨堤畔长亭路，一樽酒罢青山暮。马儿离了车儿去，低头哭罢抬头觑。一步步远了也么哥，一步步远了也么哥！梦回酒醒人何处？

【品评】

"人去阑干静，杨柳晚风初定。芳春此后莫重来，一分春少，减却一分病。 离亭薄酒终须醒，落日罗衣冷，绕楼几曲流水，不曾留得桃花影。"这首《青门引》是清代词人谭献的词作，与这首曲一样也是写离亭暮别，不妨作一比较。谭词用"静"的氛围暗示了人去之后的孤寂，透过"芳春此后莫重来"的期求，更深一层地表现了寂寞无助的情怅，那个"冷"字，也隐含了心境的写照，"不曾留得桃花影"，意亦双关，那就是美好的春光与心上的情人，都无影无踪了，水悠悠，思悠悠，意难收。含蓄蕴藉的意象，深藏着凄楚动人之情，是需要由表及里细细体会的。我们再看看这首曲，开头两句写送别的地点、时间，"绿杨堤畔""青山暮"的景物描写，不无感情色彩，结语"梦回酒醒人何处"，从对面落笔，抒发惦念之深情，亦颇有婉曲的词味。然而，它的特色更在："马儿离了车儿去，……一步步远了也么哥"，不仅言辞通俗，还在于它铺叙出一系列的具体的、外在的动态、动作、表情，以其刻露与强烈的态势，直呈在读者的面前，无须细嚼，即足以感知其撕肝裂肺的悲痛。这种铺陈直露，极情尽致的艺术手法，是大异于词的，却也正是曲的审美特征之所在。

正宫·醉太平

堂堂大元，奸佞专权，开河变钞祸根源①，惹红巾万千②。官法滥刑法重黎民怨，人吃人钞买钞何曾见③，贼做官官做贼混愚贤。哀哉可怜！

【注释】

①开河：元顺帝至正十一年（1351），以贾鲁为总治河防使，在民不聊生的情况下，征集民夫十七万，修治黄河，而工粮又被官吏层层克扣，致使民怨沸腾。变钞：指元代币制频繁改变，弄得物价腾贵，百姓遭殃。当时民谣曰："丞相造假钞，舍人做强盗。贾鲁要开河，搞得天下闹。"

②红巾：元末农民起义军以红巾裹头，故名。

③钞买钞：每次变钞之后，旧币与新币并行，官府利用兑换之机加收工料费，打折补现，巧取豪夺。

【品评】

这首小令对元代政治、经济、吏制、刑法等等方面，都给予了大胆的、直截了当的抨击，画出了一个悲剧时代的种种黑暗，唱出了黎民百姓的愤恨。正因为如此，陶宗仪在《南村辍耕录》中说这首小令："自京师以至江南，人人能道之。……今此数语，切中时弊，故录之，以俟采民风者焉。"那么，对于未留下姓名的作者和保留下作品的陶宗仪，后世都应该表示感谢的！制造这个悲剧时代的是"堂堂大元"，自掘坟墓的也是"堂堂大元"，是他们的野蛮残暴，"惹红巾万千"，这就一反正统史书上那种"盗贼蜂起"的调子，而写得有因有果，是非分明，是所谓官逼民反，民不得不反。虽不知作者何许人也，然其正义感、同情心，已经表明了他对农民起义军的肯定。"红巾万千"，也是事实，当时的韩山童、刘福通、郭子兴、徐寿辉、张士诚等人统率的义军，确是浩浩荡荡，遍及大江南北。骄纵一时的"堂堂大元"至此已是奄奄一息，面对末日，却也无力回天。"哀哉可怜"，是对那个悲剧时代的深沉浩叹，也是与开头巧相呼应——堂堂大元，哀哉可怜——想不到也有今朝！反语相讥，冷嘲热讽，将无限悲愤，化作居高临下的蔑视和嘲弄，就这一点而言，其笔墨又是十分尖刻与冷峻的。

正宫·醉太平
讥贪小利者

夺泥燕口，削铁针头，刮金佛面细搜求，无中觅有。鹌鹑嗉里寻豌豆①，鹭鸶腿上劈精肉，蚊子腹内刳脂油②，亏老先生下手③。

【注释】

①嗉（sù）：鸟类食道下的嗉囊，消化器官的一部分。

②刳（kū）：剖、挖。

③老先生：原本是对年老博学者的称呼，后来对达官显贵以及朝官亦以此相称，因而篇中所"讥"，不限于"贪小利者"，而更在于贪官。

【品评】

翻开中国思想史，春秋战国时代算是辉煌的一章，诸子百家，各出其说。但我们觉得在为人的品德修养上，倒亦有"英雄所见略同"之处。《老子》中说"士大夫处其厚，不居其薄"；《论语》中有"君子喻于义，小人喻于利"；《孟子》中有"焉有君子而可以货取乎"；《韩非子》中有"君子不听窕言，不受窕货"；等等。话虽不同，意思总在于为人要淳厚、正直，不能见利忘义。这是值得深思的，它深刻地反映了我们民族文化，在人品的塑造上是有着悠久的、共同的价值观念和美的追求。"临官莫如平，临财莫如廉"，也正是这种意识的延伸与检验。遗憾的是，言者谆谆，听者藐藐。有史以来"不以清廉方正奉法，乃以贪污之心枉法以取私利"（《韩非子·奸劫弑臣》）的贪人败类，实是罄竹难书，到了元代更是贪官遍地，污吏横行。那么，这首小令的主题不仅凝聚了深重的历史阴影，更是它所诞生的时代的一面"照妖镜"，而且只要"贪"不绝种，这面镜子依旧可以照下去。这，就是艺术的生命力！说到"艺术"，这首小令确也有值得称道之处。明代李开先曾在《词谑》中指出此曲直刺"贪狠"，颇为准确。曲在结构上分为两层，前半偏于写贪，后半则由贪而至于残狠。在刻画上它以行写神，用一系列的动作，诸如夺、削、刮、寻、劈、刳等等，而这些无所不用其极，甚至致生灵于死地的行为，与欲得之小，之少，之"无中觅有"，又形成了强烈的反差，其穷凶极恶的嘴脸，无孔不入的贪心，便毕露无遗，昭然于世，而讽刺的力度与效果也就自在其中了。

中吕·朝天子

志感（二首）

　　不读书有权，不识字有钱，不晓事倒有人夸荐。老天只恁忒心偏①，贤和愚无分辨。折挫英雄、消磨良善，越聪明越运蹇②。志高如鲁连③，德过如闵骞④，依本分只落的人轻贱。

　　不读书最高，不识字最好，不晓事倒有人夸俏。老天不肯辨清浊，好和呆没条道。善的人欺，贫的人笑，读书人都累倒。立身则《小学》⑤，修身则《大学》⑥，智和能都不及鸭青钞⑦。

【注释】

　　①恁（nèn）：那么。忒（tè）：太。句子大意是：老天那么偏心，

也太过分了。

②运蹇：命运不好。

③鲁连：鲁仲连，战国齐人。善于计谋策划，排难解纷，而不肯出仕。曾为赵解秦围，平原君谢以千金，鲁仲连笑辞而去，故曰："志高"。

④闵骞：闵子骞，春秋鲁国人，孔子七十二贤弟子之一，以德行著称。

⑤小学：古代小学教授六艺，故礼、乐、射、御、书、数，都称为小学。或指宋代朱熹、刘子澄编的少儿教育课本，包括《立教》《明伦》《嘉言》《善行》等篇，这里采用后说。

⑥大学：原为《礼记》中的一篇，朱熹把它抽出来与《论语》《孟子》《中庸》相配合，称为《四书》。

⑦鸭青钞：元代用鸦青颜色的纸印制的钞票。

【品评】

　　始于隋，盛于唐、宋的科举制度，既造就了一个人数可观的文人阶层，也为这个阶层的人士提供了建功立业、"禄在其中"的途径。虽然也充满着说不尽的艰难辛酸，但毕竟为其实现人生价值打开了一扇门，而且在客观上也有益于文化的继承与发展。到了元代，以征战起家的统治者，出于其挫制的需要和畏惧的心理，把这扇久已打开的"门"基本上给"关"上，偶一打开，也是人分四等，汉人、南人试卷特难，限额又少。登科无望，极效无途，再加上娼之下、丐之上的地位，有元一代文人前所未有的悲剧也就注定了。"君子之学，或施之事业，或见于文章"（欧阳修《薛简肃公文集序》）。失落了传统位置的元代文人，只有"见于文章"了。散曲便是其中的一种形式。在散曲中他们往往通过嘲弄历史、歌唱隐逸，以否定现实，消解悲剧的重压。但这两首小令则不然，它既无避世之超脱，也无玩世之佯狂，而是直面现实，直笔控诉，"不读书"的有权，有钱，最高，最好，最为人夸耀。相反的，学而明理，聪明、志高、贤德、本分的人，却只有遭厄运，受轻贱，都累倒。作者充分地发挥了铺排、对比的艺术效果，淋漓尽致地抒发了一腔悲愤。而那满纸不平的文字，也为我们认识那个践踏文化，价值颠倒，道德险薄，愚昧和邪恶横行的时代，留下了难得的史料。

中吕·四换头

两叶眉头，怎锁相思万种愁。从他别后，无心挑绣。这般证候，天知道和天瘦。

【品评】

愁眉不展，早已是人们熟知的成语。曲的开头两句，就其以"眉"写"愁"这一点来看，实属常见。然而能于熟中创新，亦颇见机巧。"两叶"与"万种"相对，突出了"愁"之多；"眉"与"愁"用"怎锁"二字相连，构成反诘句式，则无计销愁愁更愁的情态便跃然纸上。"从他别后，无心挑绣"。这是承上启下的两句，前句点明"相思"之因，后句叙述针线慵拈、无计销愁之态。结尾两句说：像我这样深重难遣的相思病，就是老天知道也会和我一同消瘦的！这话又是似曾相识，因为人们早读过："天若有情天亦老"（李贺《金铜仙人辞汉歌》）；"树若有情时，不会得青青如此"（姜夔《长亭怨慢》）。虽然如此，但亦无老调重弹之感，这不单是因为语言不雷同，更在于作者能根据自己的题材内容、塑像造境的需要，巧加点化，发挥自如。其效果不仅显得似熟还新，耐人寻味；而且又进一步在愁情、懒绣之外，更增一副消瘦之躯，则情与态，身与心并现，神与形兼备，于是乎一个生动感人的思妇形象，便凸现在人们的眼前，不能不说是一个成功的结尾。用寻常口语，写人们熟知的题材，而又能给人俗中见雅，常中有新的美感，是这首小令的动人之处，也是元曲艺术魅力的一个重要方面。

中吕·四换头

东墙花月，好景良宵恁记者。低低的说，来时节，明日早些。不志诚随灯灭。

【品评】

小令写一对青年男女的幽会，题材并不新鲜，写得倒很别致。它没写"跳墙"私期之类的戏剧场面，也没写"潜潜等等"的期待，也没写"携手暗相期"的欢会，也没有"教郎恣意怜"那种过"热"的镜头。它只选取最后一刻——分别。当然，"分别"可写的也很多，而它只录下了那女子的几句话。恁，即你；记者，犹记着。你可要记着这东墙花月，好景良宵啊！似直还曲，话中有话。从下文看，那显然是指他们的幽会之处，幽会之时，幽会之境，以及像我们前面所列举的那些也可能会出现的情节、场景等等，而这一切又都包涵了只有他们彼此心知的幸福与情爱，所以叮嘱他要记着。只此两句，便省去了许多笔墨，其奥妙就在景中寓事，景中有人，景中含情。此话一出，对方自有反应，作者不写，不是疏忽，恰是机巧，再听下去自可明白。说"来时节"，则可知双方已相约"东墙"；说"明日早些"，那切盼之心简直跃跃欲出；明乎此，则以情动情之效果，以情报情之反应，皆不言而喻，能不佩服作者的高明吗？不过事难料，口难凭，那细心而又认真的姑娘还要与他以誓相约——谁不以赤诚之心践约，谁就随灯火一道"熄灭"。通俗简练，干脆利落。不仅进一步袒露了她的诚挚坚定，而且在她那钟情、纯朴、细心的性格中，又增添了几分天真与泼辣，这就更显得多姿多彩，生动饱满。就以上所言，不难看出这首曲子，不但由于选材独到，令人耳目一新；在笔墨上也颇有特色，它看似简明浅露，却有虚有实，以少示多；看似松散不连，纯属口语，然而语语含情，声声传神。

283

商调·梧叶儿①

嘲谎人

东村里鸡生凤，南庄上马变牛，六月里裹皮裘。瓦垄上宜栽树②，阳沟里好驾舟③。瓮来大肉馒头，俺家的茄子大如斗。

【注释】

①梧叶儿：又名［知秋令］、［碧梧秋］，亦入［仙吕］。句式为三三五、三三三七，七句五韵，一、四句可不叶韵。

②瓦垄：屋面上的瓦脊。

③阳沟：屋檐下排水的明沟。

【品评】

鸡生凤，马变牛……一个劲地吹下去，似乎还不足以使人信以为真，于是乎再加一码，"俺家的茄子大如斗"。你能不信吗？那是"俺家的"，俺亲手种、亲手摘、亲眼见……（不过，现在俺已经亲口吃到肚子里去了，十分遗憾！）大如斗的茄子虽然看不到，但是，一连串瞒天过海、无稽之谈的谎话，已足以画出了撒谎者的嘴脸，作者"嘲谎人"的任务也就出色地完成了。当然，生活中的说谎、造假决非如此简单，而且随着时代的前进，谎言之动听，造假之技巧，也会日新月异，为这位"谎人"所望尘莫及！因此，曲之荒诞可笑，亦不无寓庄于谐的启示。更值得注意的是，那些扭曲灵魂，着意编谎造假者，决不是一时之谐戏，自有其用心藏于背后。而谬种流传，谎不绝迹，亦决非偶然，那就是因为有人要，有人信，还有人"炒"。诚所谓大千世界，无奇不有。"流言止于知者"，善良的人们不能祈求世无"谎人"，而只能要求自己不断提高识别的能力。

商调·梧叶儿

贪

一夜千条计，百年万世心，火院有海来深^①。头枕着连城玉^②，脚踏着遍地金^③。有一日死来临，问贪公那一件儿替得您？

【注释】

①火院：佛教名词，亦作"火宅"。《法华经·譬喻品》："三界无安，犹如火宅，众苦充满，甚可怖畏。"比喻火坑苦海之境。

②连城玉：价值连城之玉。《史记·廉颇蔺相如列传》："赵惠文王时，得楚和璧，秦昭王闻之，使人遗赵王书，愿以十五城请易璧。"

③踏（chǎ）：踩，踏。

【品评】

见到曲题《贪》，首先联想到的就是"贪官"。这既与当下强劲的反贪之风有关，也还因为这个"贪"字，很能反映元代社会的一大特色。元朝官吏贪腐之盛是空前的，人们对贪腐的嬉笑怒骂也是空前的，散曲中有"贼做官官做贼混愚贤"。民谣中有"解贼一金并一鼓，迎官两鼓一声锣。金鼓看来都一样，官人与贼不争多"（叶子奇《草木子·谈薮篇》）。舞台上有"我做官人单受钞，不问原被都只要。若是上司来刷卷，厅上打的鸡儿叫"（孟汉卿杂剧《张孔目智勘魔合罗》）。这种自嘲自暴，加以形体表演，会有很好的舞台效果，不过现实中的贪官恐怕不会如此傻帽，而是聪明过人、心机多多的。试想头上戴着乌纱帽，心中想的是贪财掠物，这就要修炼出绝妙的演技，用台上的一套，掩饰好台下的一套——这是颇心思的。再说捞钱，不同的对象要采取不同的途径、方式，还要想好如何制造假象，不露痕迹，这些也都要考虑

285

周密。还有捞到手的黑钱如何收藏、转移、洗白、增值，而又能不留一点后患，等等，一言以蔽之，就是："一夜千条计"，绞尽脑汁，煞费苦心。是不是这样？请听眼下一位陈姓贪官的直白，他对专案组说："你们反腐败辛苦，我搞腐败也很辛苦啊"！请注意他的"辛苦"前面还多了一个"很"字！既然如此，那为什么还要贪呢？答案在曲子的第二句，人生不过百年，却一心要为自己为子子孙孙聚敛万世之财，而不顾火坑深似海。"头枕着连城玉，脚踏着遍地金"，贪得够多了，不过欲壑难填，也未必收手，孰不知"业贯盈，横祸添，无处闪"。是的，即使在上下皆贪的元代，即使曾被忽必烈重用的贪官阿合马、卢世荣、桑哥也难逃一死的下场，而且还要"纵犬咬其肉"，"刲其肉以食禽獭"，是所谓多行不义，恶有恶报。这，能给"官人"们一点警戒吗？从"前腐后继"，世代相传来看，答案是：靠不住的。但也丝毫不影响世人对像《贪》这一类作品的欣赏，因为它既宣泄了百姓心中的憎恶之情，也有助于加深人们对古往今来的历史与现实的了解与认知。

南吕·阅金经①
失题十二首（选一）

锦笺题芳恨，旧香余绣衾。两处相思一样深。琴，有谁能解音。情难禁，爱郎不用金。

【注释】

①阅金经：又名金字经、西番经。

【品评】

这首小令见于陈乃乾辑《元人小令集》（中华书局 1962 年版）。曲写一位女子自诉心绪，她展开华丽的信笺，写下心中的离思别恨，再看看对方的书信——"旧香余绣衾"——绣花的衾枕上至今还留有熟悉的芳香，只此一言，已见一片痴情。"两处相思一样深"，情流自然，不见着力地绾合了双方。下面又回到自我，无可奈何，满腹相思，一腔离恨，只有尽赋琴声——有谁能知音，有谁能相助——希望，失望，寂寞，无助，一言难尽。曲的结尾，表明了她对这份感情的执着与态度，这其中也就透露恩爱两分离的原因——"金"。

曲终意未了。"你"为了"爱"不嫌"郎"贫穷无"金"，不等于"你"的父母不要门当户对、彩礼聘金。又或者身处青楼，那"银堆里舍命，钱眼里安身"的鸨母，更是需要"珍珠十斛，来换云娘"。因此，"两处相思"的结局，依然是个大大的悬念，恐怕还是凶多吉少。但可以肯定的是女主人公的观念与态度，确是颠覆了世俗传统和陈规陋习，而坚持的是"个人的意愿"，是爱的清淳，体现人类婚恋文化的一种共同的、进步的理念。因为在"爱情里面要是搀杂了和它本身无关的算计，那就不是真的爱情"（莎士比亚《李尔王》）。

后　记

　　1995 年下半年，黄山书社计划出一套"古典文学导读丛书"，约我写其中的《元曲二百首》注评。我之所以应约，一是因为那时我已退休，时间属于自己了；二是对元曲也有兴趣，这之前也给《元明散曲鉴赏集》（人民文学出版社）、《元曲鉴赏辞典》（上海辞书出版社）写过一点东西。拙著于 1996 年 4 月完稿，1997 年 4 月出版，1998 年 3 月第二次印刷。至此，出版社完成了计划，我完成了任务，"她"（《元曲二百首》注评）两次问世，便淹没于茫茫书海之中，但也算是了却了使命吧。不过，"她"对我个人的影响并没有了结，相反的，变成了一个新的起点。

　　"文革"前，我从事先秦两汉魏南北朝文学教学，"文革"后，从事唐宋文学的教学。自从撰写《元曲二百首》注评，我的精力全都转移到"元代"这个往日极少涉猎的"新天地"。遗憾的是，时不我待，夕阳西下，老牛破车，走走停停，摇摇晃晃。勉力而为，倒也"摇晃"出一点东西：《进退出处　谁识其心——浅谈张养浩其人、其曲》《"权利"与"文明"——从元代"刀笔得官者多"想开去》《失之东隅收之桑榆——谈元代文人"心理防卫"的因由、表现与效应》《"寻求发展的灵感"——论元代文人的"渊明情结"》《官德　官识　官品——读张养浩的〈三事忠告〉》等十多篇文章，还有拙著《透视元代文人精神文化》（安徽大学出版社）。

　　有人说，"阅读可以改变人生"。不错。但我的又一个体会是："写作也可以改变人生"。不是吗？起码我这一二十年的学习、思考、视角、兴趣、探讨，乃至生活安排，都因撰写《元曲二百首》注评而带来了一系列的变化。所以这个小册子对别人不值一谈，但对我个人而言，是有着"改变"一段人生轨迹和心路历程的意义。今年三月的一天，安徽师范大学出版社侯宏堂先生打来电话说，他们有意把这个小册子收入"名家选评中国文学经典"丛书。闻之，欣欣然，惶惶然。本是"无名"，却忝列"名家"，能不惶惶！想不到早已淹没书海的"她"，又将"复出"，欣欣之感，也不禁油然而生。既然有机会"复出"，总得尽可能给"她"一点"新颜"吧。于是对原稿作了一些修订、改写，同时又增补了一部分选目，使题材内容更宽泛一点。关于"品评"，只能说尽力将自己所见、所感，放笔写出，有长有短，不拘格套，以期给自己多一点自由，给文字多一点可读性。至于所言当否，效果如何？则要等待"阅读的眼光决定一切"。我这里静候批评与指正，不胜感激！

最后，对安徽师范大学出版社领导、责编为此书出版给予的支持，付出的辛劳，谨致深谢！

赵其钧

2014 年 6 月 4 日于凤凰山陋室